诗经里的中国

关鹏飞 著

北方联合出版传媒(集团)股份有限公司

万卷出版公司

2020年·沈阳

ⓒ 关鹏飞　2020

图书在版编目（CIP）数据

诗经里的中国 / 关鹏飞著. —沈阳：万卷出版公司, 2020.10
ISBN 978-7-5470-5412-3

Ⅰ.①诗… Ⅱ.①关… Ⅲ.①《诗经》—诗歌研究 Ⅳ.①I207.222

中国版本图书馆CIP数据核字（2020）第163295号

出 品 人：王维良
出版发行：北方联合出版传媒（集团）股份有限公司
　　　　　万卷出版公司
　　　　　（地址：沈阳市和平区十一纬路25号　邮编：110003）
印 刷 者：辽宁新华印务有限公司
经 销 者：全国新华书店
幅面尺寸：145mm×210mm
字　　数：260千字
印　　张：10.5
出版时间：2020年10月第1版
印刷时间：2020年10月第1次印刷
责任编辑：张洋洋
责任校对：高　辉
装帧设计：▨鼎籍文化创意　马婧莎
ISBN 978-7-5470-5412-3
定　　价：48.00元
联系电话：024-23284090
传　　真：024-23284448

序

　　说到《诗经》，我们都知道它是中国第一部诗歌总集，却很少意识到这部总集是最早全方位展示中国的作品。"中国"一词，始见于1963年陕西宝鸡发现的西周铜器何尊铭文中，讲述武王伐纣建立西周，并祭祀上天："余其宅兹中国，自兹乂民。"大意谓我们周人从此治理中国。葛兆光认为铭文中的"中国"一词，"可能指的就是常被称为天之中的洛阳"[①]。他进一步指出，直到"秦平定六国，以郡县制取代封建制，这才使得古代中国基本成为一个政治、制度和文化上具有同一性的统一帝国，只有在这种新国家的制度中，所谓中国才可以算基本形成并成为很多人认同的共同体"，而"殷周两代也初步形成了一个共同体的基础"[②]。按照葛先生的研究，殷周的建立是中国"共同体"形成的基础，那诞生在这片土地上的《诗经》，则凝结着一个文学、文化意义上的活生生的早期中国。在这个早期中国里，先民们充满忧患而又浪漫的生活情况，都生动地保存在《诗经》古老而美丽的字里行间，等待我们勇敢而羞涩地掀开它那历史的面纱，一亲芳泽。

　　《诗经》里的中国虽然属于"早期中国"，但我们更愿意使它成为一个有待讨论的话题，而不仅仅是列文森口中的博物馆或

① 葛兆光:《宅兹中国·自序》，北京:中华书局2011年版，第3页。
② 葛兆光:《历史中国的内与外》，香港:香港大学出版社2017年版，第7-11页。

史华慈笔下的图书馆，优美或忧伤地陈列在展柜玻璃后面或书架的最上排，我们离它如此近，它却离我们那么远。这样只会把《诗经》当作知识的教条，考试的教材，跟我们自己的生活脱节。遗憾的是，多年以来，我们注解《诗经》，却忘了用《诗经》注解我们的时代，我们的生活，我们的中国。

活用"经典"，一直是中国学术的传统之一，《左传》中记载的大量"赋诗言志"便是如此。但最有影响力的人也许是孔子，萧公权就说孔子"必于旧政之中，发明新义而自成一家之言，然后七十子乃心悦诚服，奉为宗师"。[①] 史华慈也指出："凭藉着传述者的身份，他（指孔子——笔者注）设法赢得了弟子们的自愿服从；不知出于什么原因，孔子对所传述的内容附加了部分内容，正是这部分内容中包含的反思性的和新鲜的洞察力吸引了他的弟子。"[②] 孔子的这种活用经典的做法，被汉代《诗经》学者总结为"诗无达诂"，并发展出一套成熟的美刺理论，使《诗经》跟当时的社会发展相匹配。历代《诗经》学者无不如此。我们也许不必像《左传》记载的那样"断章取义"，但灵活地选择跟我们时代息息相关的诗旨和专题，不仅会增加我们的阅读兴趣，培养我们的文学鉴赏力，也会使我们更有能力进行独立判断，为古老的《诗经》催生出新的生机。

出于这样的考虑，我们要把《诗经》研究尽量"中国化"地加以表述，就会发现制度中国、文化中国等方面研究得较为深

① 萧公权：《中国政治思想史》，北京：新星出版社2005年版，第4页。
② 史华慈：《古代中国的思想世界》，程钢译，南京：江苏人民出版社2003年版，第68页。

入，并已结出累累硕果，而相应的性别中国、生态中国等，虽也与前者颇多关涉，但作为较明确的专题来加以探讨的，还不多见。我们尝试从九个较为新颖的专题来对《诗经》作品进行"价值重估"，以期抛砖引玉。这九个专题即青春中国、性别中国、食色中国、歌舞中国、乐学中国、幽默中国、和平中国、岁时中国和生态中国。每个专题下面以具体阅读《诗经》诗篇的观感出发，挑选数量不一的作品解读，有话则长，无话则短，得54篇文章，直接涉及60余篇诗歌作品的当代诠解，算是一本从我个人趣味出发、希望对时下风气有所思考的新式《诗经》作品选。全书除《诗经》基本参考文献外，还征引书籍百余种，以备读者朋友核查或延伸阅读。

值得一提的是，当我们这样划分专题时，很容易让人觉得是平面式的处理，忽略了《诗经》长达五百多年的形成历史。实际上我们在划分时，对此复杂性已有所考虑，但《诗经》的诗篇绝大多数是无法有可靠系年的，我们也就无法做进一步细分。我们的论题主要依据现在所能读到的《毛诗》文本，它本身所指向的那个具体时空，除非我们乘坐时光机返回，否则已永远湮灭，我们唯一有可能抵达的就是它给我们展示出来的文本世界。萨义德指出过较好的文本解读法："我觉得最好的解读方法是将本文看作是作曲家、作家或者诗人一系列抉择的最后结果。我们得到的便是结果。因此在阅读时，你必须理解这些音符和词汇得以出现在纸上的过程。"① 问题在于，《诗经》因本身的特

---

① 古兹利米安编：《在音乐与社会中探寻》，杨冀译，北京：生活·读书·新知三联书店 2005 年版，第 72 页。

殊性而无法精确到这种程度，怎么办？所幸古人已有这类研究，郑玄《诗谱》就把《诗经》中的诗篇时代和地域做了较为粗略的划分。后来学者的系年也有助于我们在考察具体诗篇时加以采用。总之，从这个文本世界的巨大影响力来看，它本身所指向的时空究竟如何，其实并不是最重要的，重要的是它如何影响了我们和我们的世界。

最后有一点需要特作说明。拙稿中多引用西学著作，这实在是机缘巧合。2019 年在莫师砺锋先生的推荐下，我本来想去香港浸会大学跟随张宏生教授访学，不料未能成行，又遇到 2020 年新冠疫情肆虐，遂在家里大量阅读西学典籍，并有意无意中写进本书了。一开始我比较惶恐，因为西学毕竟与《诗经》相隔甚远，然而英国学者汤因比却指出比较研究中存在的两类关系："一类关系是在一个社会内部的各个集团之间的关系，一类关系是在不同社会的彼此之间的关系。"① 也就是说，可以在同一类文明体内部进行比较，也可以在不同文明体之间进行比较，使我略感放心，不过在具体运用时还是尽量小心，防止附会。但我才疏学浅，书中错误在所难免，恳请读者朋友不吝赐教。

关鹏飞

2020 年 5 月 27 日草

6 月 20 日三改

---

① 汤因比著，索麦维尔节录：《历史研究》，曹未风译，上海：上海人民出版社 1986 年版，第 11 页。

目录

食色中国

歌舞中国

乐学中国

幽默中国

和平中国

岁时中国

生态中国

青春中国

说来奇怪，据现有史料来看，搜集和整理《诗经》的多是老人。据宣公十五年《公羊传》注所说，"男年六十，女年五十，无子女，官衣食之，使之民间求诗"，则采诗男女皆为无儿无女的孤寡老人。《史记·孔子世家》又记载孔子"自卫反鲁，然后乐正，雅颂各得其所"，孔子返回鲁国是公元前484年，已经六十九岁了，那么整理《诗经》的孔子也是老人。汉代离《诗经》的时代比我们近，所说当有一定的根据。既然《诗经》中的诗篇多是老人所选择与整理的，那着眼点自然与年轻人不一样，他们在选诗的时候，会有更多的顾虑，会更加成熟与稳重。奇怪的是，我们在阅读《诗经》时，却常感到年轻的、蓬勃的青春色彩喷涌而出，这或许与孔子"不知老之将至"的年轻心态和老人对青春活力的羡慕有关，但更重要的还是诗篇本身所具有的无法掩盖的生命活力。我们的当务之急，是把这份成熟与稳重剥离开，尽可能地接近那个朝气蓬勃的青春中国。

《卷耳》：热血流年

采采卷耳，不盈顷筐。嗟我怀人，寘彼周行。

陟彼崔嵬，我马虺隤。我姑酌彼金罍，维以不
永怀。

陟彼高冈，我马玄黄。我姑酌彼兕觥，维以不
永伤。

陟彼砠矣，我马瘏矣，我仆痡矣，云何吁矣。

——《周南·卷耳》

在《卷耳》诗中暗藏着热血青春，等待我们开启。

诗中的主人公（有人说就是周文王[①]）用采摘卷耳起兴，悟出一个治理国家的道理：如果用心不专一，哪怕是容易采摘的卷耳，也不能轻易装满畚箕；治理国家如果不能用心求得贤能之士，再好的国家也治理不好。他一想到这里，便感叹地说："我是多么想要把贤人安排到各个岗位上啊！"这样一来，"寘彼周行"就不再是"把畚箕扔在大路上"的意思，而变为"让贤人遍布朝

---

① 王先谦:《诗三家义集疏》，吴格点校，北京：中华书局1987年版，第25页。

廷行列"。

主人公的热血倒不仅仅在此，明白道理谁不会，关键是他接下来的行动。他爬上崎岖的山石丘陵，去访求那些遗世独立的贤能隐士，常常人马俱疲，有时连仆人都撑不住，他也没有丝毫退却。他沽来美酒，用刻着云雷花纹的青铜酒杯或犀牛角制成的大酒杯，来劝贤人喝酒。也许他们不一定会出山，但对主人公来说，他努力了、尝试了，哪怕最终没有成功，他也能在这苦苦的求贤之旅中，忘掉原来的感伤，获得心灵的平静。

为这份赤子之心，他即便人马皆病，无法访求，也不忘远眺那贤人所在的地方。

身体会老病，心灵却永远热血沸腾，这不就是我们的青春吗？尽管他在追求贤人，我们在追求不一样的理想，可是这份努力、行动、坚持和热血，不也常常让我们为之激动不已吗？多年以后，我们回头去谈论那些追逐的目标，有时不免为之一笑，会怀疑当年是否值得全力以赴。可夜深人静的时候，我们想起那些奋不顾身的时刻，还是会热泪盈眶。因为不是结果有多重要，而是那样单纯而美好的我们，已渐行渐远。

《卷耳》似乎把时光卷了个环，让我们有机会侧耳倾听热血年华。

《汉广》：自卑恋歌

　　南有乔木，不可休思。汉有游女，不可求思。汉之广矣，不可泳思。江之永矣，不可方思。

　　翘翘错薪，言刈其楚。之子于归，言秣其马。汉之广矣，不可泳思。江之永矣，不可方思。

　　翘翘错薪，言刈其蒌。之子于归，言秣其驹。汉之广矣，不可泳思。江之永矣，不可方思。

——《周南·汉广》

　　青春的爱恋是青涩的，夹杂着各种暗涌的情愫和莫名的自卑，却又最具有奋不顾身的奉献和美好。为此，我不忍心把这类诗歌放进食色中国里面，而归于青春中国中。

　　用汉代今文经学家的说法，《汉广》这首诗就是"说人"①，"说"即"悦"，也就是喜欢别人。但这种喜欢是把自己放到最卑微的位置上，形成一种不平等的爱恋关系，也就无果而终，转化为一曲自卑的恋歌了。

---

① 王先谦：《诗三家义集疏》，吴格点校，北京：中华书局1987年版，第51页。

我们的主人公看到汉水边出游的佳人，那么端庄优雅。他没有想着去搭讪，而是看着高高的树木出神①。它们的枝叶都在树梢，没有办法遮挡阳光，树下没有阴凉也就没有游人休息。这仿佛是上天的暗示，那高不可攀的佳人就像眼前的乔木，是他不能够也不应该接近的。可是佳人比乔木更危险，乔木只要不接近就不会灼伤自己，而没有把握的佳人只要看上一眼，无论靠近还是疏远，心都会千疮百孔。

可不是吗？那惊鸿一瞥，再难忘怀。

主人公以为自己喜欢的佳人，就是大家的佳人。他单纯到还不知佳人最难找对象，只是想，那堆得高高的柴火，都曾是长得最好的植物，而这样优秀的佳人，自然也是大家都会追求的国民媳妇，很快就会被别人娶做妻子吧。他自己不敢接近却又忘不掉，又时刻处在佳人将要出嫁的想象中（他甚至想到佳人出嫁前要乘坐的马匹已经喂饱，就等出发了）。这种掺杂着自我折磨的爱情失落，虽然还没开始就已结束，它所造成的心灵动荡却会像湖中的波纹，每当清晨或黄昏便随风荡漾。

青春时期的自我虽不成熟，却最不喜欢被人说幼稚，这是真的稚嫩。

————————

① 有一些学者，不了解青春心理，以为喜欢了就一定会追，比如陈启源就说："夫说之必求之，然惟可见而不可求，则慕说益至。"（转引自《诗三家义集疏》，第 51 页）今人还称赞此说是"确能体会作者真挚恳切的心情"（程俊英、蒋见元：《诗经注析》，北京：中华书局 1991 年版，第 22 页）。实际上，陈氏之说自相矛盾，既说"必求之"，又说"不可求"，而诗中明言"不可求"，则前面所说的"必求之"，当依本文之意，理解为一种没有付诸行动的追求冲动较好。

主人公稚嫩到什么程度呢？他不敢承认自卑，反而把原因安到汉水和江水上。他觉得是水面把他们分隔开了，说什么汉水很宽广，游不过去，江水荡漾不停，乘舟也无法抵达。归根究底，还是缺乏勇气和自信。

一般的故事，到这里也就结束了。若干年后，化作风干的标本，在记忆中闪闪发光。偶尔拿出来喟叹一次，或者唱几句"假如我年少有为不自卑"，仅此而已了。

我却还想再追问一句：为什么要怪罪汉水、江水呢？

实在地说，也不是小伙子的错，他不过是如实地把因爱情失落带来的悲哀和悲哀的原因混淆了。无论是江水还是汉水，都流动不已，像奔腾的时光不息。如果时光可以慢一点儿，等他长大，等他成熟，等他不再自卑，那么佳人也不会被他想象得那么快就要嫁人，也许他还有机会。可江汉就是不停地奔涌啊，这让他的缓兵之计化为泡影。他在找不到其他办法的情况下，为了减轻自己的罪愆而归错于无辜的流水，我们也就不必求全责备了。

这种自卑却不朦胧的青春之恋，究竟有没有价值？

历代《诗经》学者最喜欢给我们说教，比如有人认为这首诗阐释了"发乎情，止乎礼"的礼防思想，某些当代学者甚至从中总结出不要去追求"游女"的教训，这都是说教的体现。但我说的价值，并非这种经验教训，而是指就事论事的想法。我不想引申得太远，而愿与诗歌本意更贴近些。

他所经历的这一切，实际上不过是他的所见和所思，更多的是他的内心戏。他在内心戏中演绎了失恋的全过程，虽然把自己伤得很深，却完全无害于别人。我想这不仅对他人是一种善良，对他自己也是一种仁慈，他会从中经历成长。对青春来说，长身体很重要，长心灵更重要，而佳人于他而言，岂不是种痛苦的引领吗？

前文一直说他不勇敢，这是指他没有采取行动就退缩了，如果从他真实地面对自己心中的痛苦的角度来看，他是最勇敢的。或者不如说，他在这个面对自我的过程中学会了勇敢。没有这样的挫折和预演，他如何学会更好地爱一个人呢？

至于启发"恰似一江春水向东流"的创作，那是文学史上的大事，在他并不算什么。

《雄雉》：不打扰的浪漫

雄雉于飞，泄泄其羽。我之怀矣，自诒伊阻。

雄雉于飞，下上其音。展矣君子，实劳我心。

瞻彼日月，悠悠我思。道之云远，曷云能来？

百尔君子，不知德行。不忮不求，何用不臧？

——《邶风·雄雉》

芸芸众生，总有一个与众不同。

这句话并不能完全证明那人鹤立鸡群，而只说明你们气味相投，所以多看一眼。

多看一眼，常常是故事的开始。罗伯特·J. 斯滕伯格（Stemberg·R. J.）等人就指出："在浪漫之爱中，个体首先把另一个人看作是特殊的，甚至是唯一的，然后会高度关注他（她）所喜爱的这个人，夸大爱人的优点，而忽略或缩小他（她）的缺点……逆境会增强他们的激情……当分开的时候会感到分离焦虑。"[1] 几

---

[1] 罗伯特·J. 斯滕伯格、凯琳·斯滕伯格：《爱情心理学》（最新版），李朝旭等译，北京：世界图书出版公司北京公司 2010 年版，第 92 页。

乎把爱情最初的状态描绘得入木三分。

在《雄雉》这首诗中，女诗人就遇到这么一个让她多看一眼的人。

此人是"百尔君子"中最独特的一位，女诗人称他是"展矣君子"，认为他才是众多君子中真正名副其实的君子。为了这么一个心头所爱，女诗人心都想碎了。即便如此，她也并不责怪他，而把过错都归到自己头上，觉得这一切的痛苦都是她自找的。事实上也确实如此，诗中的语言似乎也在暗示他们之间的故事还没开始就结束了。

很可能这个爱情故事，只是她的一厢情愿。

诗中说她望见雄雉飞翔，羽毛舒展优雅，她想起那位君子中的君子，也是如此的玉树临风；听见雄雉的叫声忽上忽下，她想起那位君子中的君子，也是这样撩拨得她的心忽上忽下。这真是心有所想满眼皆是，看什么都是他。用《匏有苦叶》中的"雉鸣求其牡"（闻一多先生把这句诗翻译为"野鸡叫唤着寻找她的雄伴"）来概括她，最恰当不过。

这么想念，为什么不想办法接触呢？

她的理由是我们隔得太远，他远得就像天上的太阳和月亮。我们之间的道路那么遥远，他怎么可能来找我呢？不过是给我留下漫长的思念罢了。这种遥远的距离感，有可能是指他们之间的地理位置，也有可能是指他们之间的身份悬殊，更有可能只是她的心理感觉，而没有具体的所指。因为不行动只是暗恋，近在咫尺也远在天涯。

可是她不能也不敢行动，这倒不是说她被礼教束缚，而是因为她有自己的原则。

这个原则就是，人们如果能够不害人、不贪求，就无往而不利。她这个原则是在惨痛的经验中形成的，那众多追求她的所谓的君子们没有太高的德行，不仅没给她带来幸福，还让她深陷痛苦。她痛定思痛，设身处地思考，如果我也这样粗鲁地去追求那位君子中的君子，他会不会也跟我一样痛苦？那我这还哪里是爱他，简直就是害他了！这样的话，我还有什么资格获得美好的爱情呢？

不行动就是最好的行动，她笃定地这样坚信着，绝不打扰他。

如此，我们才能深刻地明白她的卑微和骄傲。她任由自己思念成灾也不打扰，哪怕这种痛苦一再吞没她的心灵，她也甘愿承受，无怨无悔，卑微地认为这就是她自己选择的命运。但即便在思念最为猛烈的时候，她也不曾绝望，也仍然骄傲地坚信，不打扰他就是不害他，只要她在炽热的爱情中守住了品性，就一定会守得云开见月明！

于人，我希望她不去告白，那么他就是她的一生所爱。

于己，她能这样卑微和骄傲，不就是人生的强者吗？

在一个明白自己一生所爱的强者面前，我们与其可怜她，不如抱紧自己。

《叔于田》：花痴

叔于田，巷无居人。岂无居人？不如叔也，洵美
且仁。

叔于狩，巷无饮酒。岂无饮酒？不如叔也，洵美
且好。

叔适野，巷无服马。岂无服马？不如叔也，洵美
且武。

——《郑风·叔于田》

"花痴"的本义是指痴迷于花，渐渐地被拿来形容想异性想
到非正常程度的行为或人。

比如看到心怡之人流口水，或情不自禁地尖叫，等等。

在《叔于田》诗中，女诗人的花痴行为就是眼里只有这个
男子。

一旦他外出，无论打猎还是透风，她就觉得整个聚居区再
没有人，不是真的没有人——如果真的没有人，那她就等于是
在骂不能外出的她自己不是人，而是大家都不如他长得好看，
不如他仁厚谦逊。再也没有能喝酒的人了，不是真没人喝酒，

而是没有人像他那样长得好看，不如他那样心地善良。再也没有骑马的人了，不是真没人骑马，而是没有人像他那样长得好看，不如他那样勇敢英武。

什么？能不能喝酒还要看长得好不好看？会不会骑马还要看长得好不好看？

总之一句话，这位女诗人最看重的就是他长得好看。

至于所谓的仁厚谦逊、心地善良和勇敢英武，那都是在好看的基础上才成立的。如果不好看，同样的仁厚谦逊估计就会被她当作自卑，同样的心地善良就是伪善，同样的勇敢英武就是好斗了。这当然不是正常的看人之道，我们称女诗人为花痴，没有太大问题。

如果有读者问，怎么个好看法呢？那就是太不懂花痴的内心世界了。

好看不好看，花痴说了算。她认为好看就好看嘛。

但是我们也知道，大多数花痴并不是一直痴，只不过偶尔花痴一下。

这样的行为跟爱情很接近了，它所反映出来的审美观念背后的成因相当复杂，我们难以在简单的文字中详述，只能说它既含有生活经验，也含有文化观念。从她的女诗人身份来看，或许文化观念占有比较重要的位置，像包法利夫人所看之书就深深地影响了她的痴恋："书上无非是恋爱、情男、情女、在冷清的亭子晕倒的落难命妇、站站遇害的驿夫、页页倒毙的马匹、阴暗的森林、心乱、立誓、呜咽、眼泪与吻、月下小艇、林中夜莺，公子勇敢如狮，温柔如羔羊，人品无双，永远衣冠修整，哭起来泪如泉涌。"[①]

从我们的女诗人关注他打猎、喝酒和骑马等事来看，主要是受当时"国之大事在祀与戎"的观念影响，认为男人能否孔武有力、身手矫健、豪情纵饮是很重要的，这实际上都跟男子要承担冷兵器时代的作战任务密切相关。

只有能跟这样的社会制度无缝对接、完美适应的身体，才能给她带来安全感。

而一个能够在社会上混得风生水起、打出天地的男子，其实就是很多人心中的理想情人，就像包法利夫人说的那样："一个男子难道不该无所不知，无所不能，启发你领会热情的力量、生命的奥妙、一切秘密吗?"[②]这样的男子当然不存在，但是一个对社会制度有极强适应能力的男子，已足够遮盖包法利夫人们的视界，从而让她们误以为他无所不知、无所不能。

用现在的俗话来说，没有绝对的合适与否，只有一物降一物。

所以我们并不认为花痴不好，但把它写成诗歌，就有了一定的误导性。

这首诗诞生以后，我们可以想象一些能够读到此诗的读者，他们之中有没有像包法利夫人那样一头扎进去出不来的人呢?也许她是一位真正的伯爵夫人，因为要执行国家的适量饮酒的

---

① 福楼拜:《包法利夫人》，李健吾译，北京：人民文学出版社1958年版，第32页。

② 福楼拜:《包法利夫人》，李健吾译，北京：人民文学出版社1958年版，第36页。

规定，所以伯爵本人从不开怀畅饮。伯爵夫人如果用这首诗来表达对他的不满，可就真的是无理取闹了。再比如当代人的生活，性别的区分不再或不以力气为主了，某些男子可以选择像一个女生那样精致地装扮，如果他的女友以他不符合这首诗中勇武的男子汉气概为由天天家暴他，恐怕也是误读了这首诗。

像上面所列举的事难免有些极端，但我们的本意是想澄清该诗可能造成的误会。

很多的诗歌都是如此，它们也许感动了我们，但不代表我们就要奉为圭臬。

希望机智的读者在处理我们的文字时，也能用这种态度进行，那我们就放心多啦！

《静女》：简单定情物并不简单

静女其姝，俟我于城隅。爱而不见，搔首踟蹰。

静女其娈，贻我彤管。彤管有炜，说怿女美。

自牧归荑，洵美且异。匪女之为美，美人之贻。

——《邶风·静女》

青春最让人羡慕的事情之一，就是有爱饮水饱。

用《静女》诗中"匪女之为美，美人之贻"的说法来讲，就是"匪水之饱人，人之爱深"。

话说这位静女一点也不淑静，她跟她的恋人约定在城上角楼见面，结果把自己打扮得漂漂亮亮，却不急着见面，藏在其他地方。恋人急了，没有见到她，第一反应不是她躲了起来，而是以为自己记错时间或者迟到了，紧张地在原地直转圈，不停地挠着后脑勺，嘴里念念有词地问自己："难道不是这里吗？记得是这里呀？究竟是在哪儿呢？"

事后知道被捉弄了，一个大男人说生气就生气，噘起小嘴要走人。

静女不慌不忙，成竹在胸，等他转身往城下迈步开走了，这才掏出早已准备好的礼物：一支彤管。这个彤管是什么，我们后面再说。只见他眼前一亮，小脸一红，叽叽歪歪地往静女身上靠，嘴里喃喃自语："人家就知道你是坏人，大坏人，准备礼物去了干吗不告诉人家？让人家等得好生心焦。"

"你不是准备甩头就走吗？"静女觉得有必要提醒一下。

这下恋人着急了，因为他没有带礼物，不能礼尚往来呀。不过他很机智，想起自己从郊外赶来赴约时随手采摘的嫩茅草。本来把嫩茅草叼在嘴里，显得很桀骜不驯，有男人味（因为他缺乏，所以特别注重），结果没想到一来就没见到她，自然也就留着没派上用场。这下好了，他急中生智，把嫩茅草拿出来，轻轻插进彤管中，哈哈哈地笑着说："你看你看，红色草管（即彤管）里面有嫩茅草，像不像你心中有我，我心中有你？"

静女瞪大眼睛盯着他，突然扑哧笑了出来。

恋人的嘴，骗人的鬼，静女可不会就此放过他，故意刁难地问他："说的倒是挺甜蜜，不知心里究竟是不是真的这么想。不如让我考考你吧。你觉得，是我送给你的彤管漂亮，还是你送我的嫩茅草美丽？"此问一出，刹那间空气中弥漫着看不见的刀光剑影，却能听见兵器碰撞的刺耳尖锐之音，恋人脸色一沉，当下意识到危险在以光速逼近。

见他略作停顿，静女自不能给他思考的时间，逼近一步，凑近他的脸颊，盯着他的眼睛。

恋人亦非凡品，想必也是久经此类考验，迅速镇定下来，一边感受着她咄咄逼人的气息喷到脸上，一边觍颜地面不改色答道："嫩茅草确实美丽，与众不同，红色草管也如此。但最让我感动的不是它们天衣无缝的组合，也不是它们背后所象征的属于我们的时光，而是这礼物是你所送，而你呢，是我生命之光，我永生的爱！"

静女嘴角上扬，似乎很满意他的回答。

可不要以为如此就结束了，真正的好戏才刚开始。她心思敏捷，立刻抓住恋人话中的漏洞，呵斥道："你可真是骂人不带脏字！依你说，则我是自私的人，只顾自己在你心中的位置，而不顾我们的时光和爱情了！天可怜见，如何让我遇到你这样忘恩负义之人，竟以自私相待，说得好像我不懂大义一般。这等辱没我若受了，以后不知还会有多少屎尿盆子扣在我的头上，你的良心不会痛吗？"

恋人身体一僵，意识到大事不妙。

所幸插着嫩茅草的彤管依旧在手，遂高擎目前，涨红脸庞激辩道："如何我又造次如此，以致你误会甚深！我若不说个明白，放在心里闷死自己倒也不必怜惜，可惜牵累你的深情，我又岂敢不说个清楚。我们分开是红色草管和嫩茅草，合在一起是爱情。爱情固然重要，可若非是你，其他人的爱情我宁愿不要！在我心中，你才是第一的。因为你，我们的爱情才值得回味；因为你，我才愿意相信爱情；也是因为你，我才愿意为你放弃爱情，如果为了你我不得不如此做的话！这一切的一切，都缘于我爱你啊！"

静女听到"我爱你"三字，抿嘴一笑，伸手捂住他的嘴巴。

他们的故事到此才算圆满结束，但我还想再探讨一个看似无关紧要、实则密切相关的问题，就是为什么最先送礼物的是静女？这跟我们现在的套路不一样啊。我们现在的男女恋爱，不是男的送花送礼物吗？怎么诗中倒是静女先送彤管？是因为她的恋人不够主动吗？还是说她真的只是为了掩盖自己捉弄了他？从诗中我们不难看出，这位男子若不主动，想必也不会来约会了吧。而从静女的强势来看，捉弄他一下就需要送礼物，那也太小看静女的能耐了。既然以上猜测都不牢靠，那究竟有没有原因？

还真有，原因就是女性在维系人际关系中的重要作用。

据华人学者杨美惠研究，在"不同谱系和宗族的人们中"，他们的关系常常是"通过母亲或姐妹联结起来的"，所以"那种导致社会关系的跨群体和跨边界的活动流通之柔和，和不可捉摸的力量通常是女性化的力量"[1]，而女性要想发挥这种柔和的联结力量，最主要的途径就是婚恋，通过不同家庭关系的调整加以实现。正是意识到女性在关系学上的重要作用，所以杨美惠在书中写道："关系学中的性别可以认为是女性，因为它推动的是关系性的主体，每一个关系主体只有在同他人的交换中才能变得完整起来。"[2]

原来女性更善于挑选礼物、维系关系，怪不得男生送礼物总是胆战心惊。

最形象的就是《木瓜》诗中的男主角了。他收到女主亲手采

[1]　杨美惠:《礼物、关系学与国家》，赵旭东等译，南京：江苏人民出版社2009年版，第286、287页。

[2]　杨美惠:《礼物、关系学与国家》，赵旭东等译，南京：江苏人民出版社2009年版，第287页。

摘的木瓜和桃李，这当然是表达爱意的礼物，他急忙解下身上的玉石回赠给她。但这时候难题来了，正如布迪厄所说："在任何一个社会可能都能观察到，如果不想造成侮辱，回礼必须被推延并有所不同，因为立即回送完全相同的物品显然等于是一种拒绝。"[1] 如今他送的是玉石，但从价值而言算是超过桃李，成功地避免了回送相同物品所暗示的拒绝之意。

但另一个难题又来了：她会不会认为回礼过于贵重、超出她的承受范围呢？

在普通亲友之间，送礼要讲究适度，否则就变成显摆了，不仅不能维持礼尚往来，还可能招致愤恨："随礼是一种表达人情的方式，而人情就是人的感情。每个人都懂点人情，所有送礼的规则必须合乎人情。"[2] 人情尚且如此复杂，何况爱情！问题是现在贵重的玉石已经回赠过去了，无法收回，怎么弥补呢？

男主想到一个好办法，那就将错就错，从人情上升到爱情吧！

当机立断，他赶紧写下"匪报也，永以为好也"的诗句，送给女主，告诉她，我并不是按照普通的人情来回赠你的礼物，而是把它当作我们之间永远美好的纪念！这就等于在告白了，等于是在跟她说，收下我的礼物，让我们永远美好地在一起。

跟《静女》不同，《木瓜》的男女之爱，像是木石前盟的初

---

[1] 转引自阎云翔：《礼物的流动》，李放春等译，上海：上海人民出版社 2000 年版，第 123、124 页。

[2] 阎云翔：《礼物的流动》，李放春等译，上海：上海人民出版社 2000 年版，第 125 页。

始版。

　　相同的是，无论她们送的是简单的瓜果还是红草管，背后的用意都不简单。

《摽有梅》：女工作狂之恋

摽有梅，其实七兮。求我庶士，迨其吉兮。

摽有梅，其实三兮。求我庶士，迨其今兮。

摽有梅，顷筐塈之。求我庶士，迨其谓之。

——《召南·摽有梅》

中国南方的五六月份，梅子熟。

酸酸甜甜的梅子，在古代一般用来做调味品，就像我们现在做菜会放陈皮、香叶。

梅子成熟后，一般由女子采摘，说是采摘，也只是针对那些没有熟透的梅子而言。有经验的女子都会轻轻摇摇梅树，成熟的果实就会大批大批地落在草地上，远比一颗一颗采摘高效。梅树上的梅子并非一夜成熟，那些没熟透的也不能摇得太用力，否则伤树根，隔几天成熟了再摇。这样摇个几遍，基本上也就摘完了，剩下零零碎碎的果子，留给鸟雀。

劳作中感到困乏了，女子难免要吃上几颗梅子。那短暂的休息时间，她们品味着嘴里炸裂开来、充满口腔的酸酸甜甜味儿，不由得想起那些同样酸酸甜甜的情事。

就像男人谈论女人一样，她们也要谈谈男人。

我们世界的规则，作兴男人谈论女人，对于女人的八卦，一向易于流播，也不觉得那流播的男子有何不妥。奇怪的是，一旦女子对男人品头评足，似乎就犯下大忌，那女子便被视作淫邪。在这种不公平的氛围下，男子追求女子被我们讴歌，女子追求男子则更容易成为谈资，一不小心就身败名裂。

可是哪个少男不钟情，哪个少女不怀春呢？

对于少男我们称为"钟情"，对于少女我们就看作"怀春"，从我们后世对"情"和"春"的不同演化来看，我们对女子怀春的偏见实在太大。一开始，怀春就跟钟情一样，所谓的"情"与"春"一致，共同组成我们的青春。后来"春"却越发带有艳情的色彩，什么春心荡漾、春宵一刻等，不断被污名化。女子怀春本来不过描述事实，也渐渐成为女子父母的大忌，而被严格管教与控制。

怀春尚且如此，更别说追求白马王子了。

越来越多的开明之士意识到这种性别不平等对于人类整体发展的局限。早在1904年，任保罗就在《万国公报》上撰文指出女性的重要，他说："凡贫弱之国，类皆发源于薄待女人，若不从根本上施治，而释放女人，造就女人，绝不能望其转贫为富，化弱为强矣。"[1]尽管这番话在今天看来无甚高论，在当时陈旧的中国却振聋发聩。

女子地位上升，她们追求男子的权利也日渐得到尊重。

女追男不仅不再被歧视，还成为女性优雅的表现之一。奥

---

① 任保罗：《论家之本在女》，《万国公报》1904 年第 183 期。

修就说："男追女是普遍的模式，女人不主动才是优雅的，但这个奇怪的观念令人不解，因为哪一方主动都是优雅的，其实主动的那一方才勇敢。"[1] 女子主动追求爱情，是优雅和勇敢的表现，已经越来越成为人们的共识。

我们这样来看待《摽有梅》中的采梅女子，就能避免很多偏见。

其中的一位采梅女子，也勇敢地谈论着自己对追求者的期待。她说，梅树上的梅子已成熟了三分，还有七分等待成熟，那些要追求我的男子，要抓住良辰吉日啊。而当大部分梅子成熟的时候，那些追求她的男子就可以行动了。等到所有的梅子都采摘完，她就会接受那个跟她约会的男子，并把自己辛辛苦苦采摘来的梅子都给他。

有人说这是古代歌咏找不到对象的大龄女青年的诗，这是忽略了女子辛勤劳作与恋爱生活之间的密切关系。

当梅子还有七成没有摘下来的时候，这位女子当然要一心扑在劳动上，看起来就像是女工作狂，以至于那些要追求她的男子，也只能挑好日子来。这所谓的好日子，不就是梅子摘完的那一天吗？等到大部分都采摘完毕，她果然答应追求的男子，今天就可以来啦。而当二人相会的时候，这些辛苦采摘的梅子就可以拿来表达她的爱意。

原来辛苦工作，是为了证明自己有能力爱别人。

这样努力工作从而获得恋爱能力的女子，我们怎能粗暴地

---

① 奥修：《女人，自在平衡自己》，陈明尧译，台北：生命潜能文化事业有限公司 2009 年版，第 68 页。

说她是找不到对象的大龄女青年呢？

我们知道，辛勤工作和恋爱生活之间存在很大的矛盾，所以很多女子宁愿嫁个好老公，也不愿辛苦打拼，获得经济独立。遗憾的是，很多人却不知道经济问题和恋爱生活之间的矛盾更大，多少无知少女因为一些小恩小惠而迷失自我，又有多少所谓的成熟女性因为经济无法独立而在婚恋生活中处于弱势。

不是采梅的工作耽误了她的爱情，而是采梅让她有底气谈论并追求所爱。

真正的爱情，何来早晚的硬性区分？

能被区分的爱情，来得再早又如何？

《关雎》：爱的两面

关关雎鸠，在河之洲。窈窕淑女，君子好逑。

参差荇菜，左右流之。窈窕淑女，寤寐求之。

求之不得，寤寐思服。悠哉悠哉，辗转反侧。

参差荇菜，左右采之。窈窕淑女，琴瑟友之。

参差荇菜，左右芼之。窈窕淑女，钟鼓乐之。

——《周南·关雎》

　　"关关雎鸠，在河之洲"不仅是《关雎》的首句，也是《毛诗》的首句，据说是孔子调整的，古人对此有很多解释，不外乎通过男女之事的和谐来达到天下的和平。这是非常正确的，一个人如果爱情、婚姻不幸福，如何能够更好地造福社会呢？尽管周文王很重要，但也没必要像古人一样，一定要把这首诗安到周文王和他的后妃们身上。

　　我们不如跳开古人排布下的疑兵阵，直接从诗意出发来探究。细细审读之后会发现，《关雎》诗中的追求者原本多少是"始于颜值"的颜控，后来经过相思苦的洗礼，日益转变为声控，而这转变的契机，就是鸟儿的鸣声。至于这声控背后所代表的爱情，无疑恰恰是诗中"淑女"所渴求的，当追求者能够给予淑女最渴求的志同道合的爱情时，那他们的故事自然也就没有不美好的了。

先来看作为"君子好逑"的"窈窕淑女"。"窈窕"本指淑女外貌之好，据《方言》解释，外貌漂亮是"窕"，内心美好是"窈"，而以"窈窕"的顺序来组词，是把内心美好放在前面，但不管怎么样，以"窈窕"为淑女的形容词，可见追求者是"始于颜值"的。

《毛传》把"窈窕"解释为"幽闲"，从另一个侧面验证了这种颜值。从后文的"辗转反侧"来看，这位淑女并不容易追求，那么这位淑女无疑是比较高冷了，而"幽闲"背后的深远的距离感，正是这种高冷在追求者那里形成的印象。越是高冷，越是有距离感，就越是因距离产生美，就越是渴望得到，才有后文的相思之苦。所以"悠哉悠哉，辗转反侧"的"悠"字，不仅指因思念而无眠的夜晚漫长，也指所思而不得的女子离得遥远。

但是大自然给了追求者勇气，"参差荇菜，左右流之"，那高高低低的荇菜，其中长得好的就是给人采摘的，而如此美好的淑女，也是给人追求的。这当然过于显示女性的被动，实际上美好的淑女也是可以去追求心上人的，但每个女子都不同，有的喜欢被追，有的喜欢追人，各取其适可矣。而《关雎》诗中的淑女，无疑属于前者。

经过虔诚的相思之苦洗礼的追求者，终于开窍了。他自己是以"窈窕淑女"的原因爱上淑女，不免带有看脸的嫌疑，殊不知心上人却并非看脸，那"关关"之声犹传在耳，淑女听那雎鸠之声，岂不是在暗示他，她更倾向于听声吗？

薛夫子《韩诗章句》说："诗人言雎鸠贞洁，以声相求。"①《鲁诗》解释"关关"为"音声和也"②，王先谦进一步指出"关"有相通、相关之意："鸟之情意通，则鸣声往复相交。"③可见鸟儿以声音相互沟通，背后似有情意在。鸟儿实际上并没有所谓的情意，但人们的话语交谈却有。两个相爱的人，仿佛有说不完的话，岂不就像雎鸠在那里"关关"个不停吗？这样一来，听声背后所关联起来的真情实意，可以一生一世永不相弃，而看脸不易长久，因为朱颜容易凋零，淑女岂能永远十八岁？

相比之下，从看脸到听声，是情感的加深。

追求者经过痛苦相思后，明白了这个道理，改变策略，换成"窈窕淑女，琴瑟友之"，用琴瑟来跟她套近乎。这个"友"是名词转为动词，跟她结为朋友。这个朋友，我们不免会联想到男女朋友，但在古人看来，"同志为友"，要成为朋友，得志向相同，非常严格，不像今天这样宽泛，任何人都可以成为朋友，因为多个朋友多条路嘛。

志向如何通过琴瑟传达呢？我们可以想想高山流水的故事，不仅如此，诗本身也是言志的，说不定追求者就在淑女面前唱了这首《关雎》呢？但不管怎么说，通过琴瑟，两人的心志剖析

① 王先谦：《诗三家义集疏》，吴格点校，北京：中华书局1987年版，第7页。

② 王先谦：《诗三家义集疏》，吴格点校，北京：中华书局1987年版，第8页。

③ 王先谦：《诗三家义集疏》，吴格点校，北京：中华书局1987年版，第8页。

明白了，也等于是打开了淑女的心房，后面的"钟鼓乐之"，即通过演奏钟鼓之音来使她快乐，也就间接地说明他们的爱情是幸福快乐的。

诗中没有说明二人的结果，但从快乐的爱情来看，这样恰到好处的结尾是最自然的。孔子说《关雎》是"乐而不淫，哀而不伤"。所谓的欢乐，就是二人之间总有说不完的话题的快乐；所谓的哀愁，就是二人关系还没有完全确立时的哀愁。这是爱情中最微妙也最美好的时刻，也是人生最高的境界，如弘一法师所说的"悲欣交集"。如果这个时候不懂得满足，不懂得止步，快乐和哀愁就会失去节制，化为悲伤。

所以《关雎》没有结局，就是最好的结局。

 性别中国

虽然一直强调男女平等，好像不存在性别问题，但正如戴锦华所指出的，"中国于 1978 年前后启动的、'委婉地称之为现代化'的进程中"，包含着"男权秩序的全面重建"①。《诗经》中的某些反映性别问题的作品，正是在这个维度上对我们当下的读者产生作用。诚如美国学者米利特所说，文学作品中的见解或反映出的倾向，不应该被悬置，而要跟读者或阐释者的生命相连才有意义。她说："文学批评这一极具冒险精神的活动不应局限于完成职守似的做出一番恭维，而应抓住文学作品在描写、解释甚至歪曲生活时赋予它的更加深刻的见解。"②《诗经》时代的性别用语有模糊之处，如"清扬婉兮"，既可以像"清扬婉兮，舞则选兮"(《齐风·猗嗟》)那样用来赞美男性射手，也可以像"有美一人，清扬婉兮"(《郑风·野有蔓草》)那样用来赞美女子。但更多的是自觉或不自觉地强调性别差异，这种因性别差异而带来的女性枷锁，遍布当时女性的身份和角色，像未婚妻、妻子、母亲、岳母、闺密、女诗人等，几乎贯穿女性的一生。很多问

---

① 戴锦华：《性别中国》，台北：麦田出版社 2006 年版，第 18 页。
② 凯特·米利特：《性政治》，宋文伟译，南京：江苏人民出版社 2000 年版，第 2 页。

题至今没有得到完全解决。在我们挑出的十一篇作品中，有些女性勇敢地破除枷锁并留下可歌可泣的精神遗产，更多的女性则深受枷锁毒害而呼告无门。我们试图继承前者，而对后者则通过指出问题的实质所在而提醒读者朋友注意。无论我们是男性还是女性，如果无法自觉地维护男女平等，性别中国的建设就无从谈起。

《邶风·柏舟》：女性枷锁

汎彼柏舟，亦汎其流。耿耿不寐，如有隐忧。微我无酒，以敖以遊。

我心匪鉴，不可以茹。亦有兄弟，不可以据。薄言往愬，逢彼之怒。

我心匪石，不可转也。我心匪席，不可卷也。威仪棣棣，不可选也。

忧心悄悄，愠于群小。覯闵既多，受侮不少。静言思之，寤辟有摽。

日居月诸，胡迭而微？心之忧矣，如匪浣衣。静言思之，不能奋飞。

——《邶风·柏舟》

尽管男女平权倡议已久，但离真正抵达还很远。

米利特就曾指出："凭借天生的权力进行统治的群体正在迅速消失，但是，一群人按照天生的权力统治另一群人的古老而普遍的格局仍然存在，即盛行于性别领域的那种格局。"[1] 社会给予男性更多优势的现象并不少见。这些现象背后所代表的社会思想和观念，有时候造成的深远影响是我们难以想象的。

在所有男女不平等中，最令人痛心的是某些女性也会成为自身的枷锁。她们受到社会影响，不自觉地成为帮凶，甚至在对待自己的时候也不手软。

《邶风·柏舟》就写了这样一位悲剧女性。

据《列女传》记载，卫桓公的妻子是齐侯的女儿[2]，她刚随着出嫁车队来到卫国城门口，就传来卫桓公被他的弟弟州吁杀害的消息。随行的保姆告诉她，遇到这种情况，可以返回齐国，不必出嫁。但她没有听从保姆的意见。在春秋时期，保姆不仅有服侍女主人的义务，更有教育的权利。可是她却执意要进卫国，成为卫桓公的寡妻，并为他守丧三年。

卫桓公的弟弟（不知是州吁还是卫宣公）即位后，要求跟卫桓公寡妻一起吃饭。

这顿饭可不好吃。据学者研究，当时只能夫妻共同用膳。新任国君提出这样的要求，虽然理由是卫国狭小，不能提供更多的饮食让他们分开食用。但明眼人能看出，新国君是对卫桓公寡妻别有所图。她当初有理由摆脱这门婚事，却因从一而终的时代观念而不听劝告，执意出嫁并守丧，现在面对新国君的

---

① 凯特·米利特：《性政治》，宋文伟译，南京：江苏人民出版社2000年版，第33页。

② 赵逵夫说："如果《列女传》之载有据，则当为桓公之妻。"（《骚愁满纸启屈平——读〈邶风·柏舟〉》，《古典文学知识》2011年第3期，第109页），可从。

如意算盘,自然更不会答应。

她的娘家是齐国,实力强大,却没有为她撑腰。

据她诗中的话来看,她在齐国的兄弟不止一位。当她在卫国受到新国君的欺负时,她急切地派人前往齐国求援,她的兄弟们不仅没有给她想象中的帮助,反而勃然大怒。原因不难猜测,本是政治联姻,如今不但没有得到好处,还要为她的行为买单,换作其他国家,恐怕也不能如她所愿。

这下情况糟糕了,她立刻意识到自己处在夹缝中。

她发现自己就像柏舟,似乎不得不顺流而下了。柏舟坚固,像她的品德。尽管如此,面对左右为难的时势,再高贵的人似乎也不能不顺势而为。一想到这里,她就忧愁煎迫,不能入睡。贵为卫桓公寡妻,虽然并不缺酒,但因忧愁太深,已无法借酒浇愁。

何况酩酊大醉不过是逃避,此刻她更需要清醒。

在极度的清醒状态中,她一遍一遍地追问自己究竟想要什么。她深知自己的心灵不像镜子,任何丑陋的影像都可以容纳到镜面上。更知道自己的心灵不像石块,可以被人移来移去,也不像席子,可以任人卷开合上。明白自己的真实心意,并没有帮她解决实际的问题,但毫无疑问,使她更坚定了。于是她盛装威严,仪容美备,不可胜数,没有半点瑕疵。

这当然不是说你美你就有理,而是暗示她举止完备,没有毛病给别人挑。

她想得过于单纯了。她既然得罪新国君和齐国兄弟,不怕没有迎合国君的小人给她穿小鞋。因此,她还是不可避免地遇到很多中伤她的事情，也受了不少的侮辱。每天醒来，想起那些不堪忍受的羞辱，她就不能不多次拍胸口以舒缓激动的心情。却不想有时越想越气，不知不觉中加重了力道，把拍胸口变成捶胸顿足。

大家闺秀岂能有这样的举止？不过她实在是快要被逼疯了！

时光不断流逝，这种忧愁不知什么时候才会消失。就算不能消失，变得微小一些也好呀。连这样的微弱心愿也无法实现，她忧心忡忡，就像脏衣服没有洗干净那样心烦意乱。好不容易冷静下来思前想后，也都没有结果。因为她已进退失据，除非能像鸿雁那样举翅远飞，否则岂能逃出生天？

我们深为她的遭遇难过，但如果仔细追究，她当初就不该进入卫国。

在她最不堪之际，她第一个想到的是她的兄弟，而不是当初那个劝她不要入卫的保姆。我们不去探讨究竟谁更有可能帮她——这没有意义，因为诗中的她没有获得帮助，我们应该透过这个下意识的选择去剖析她的心灵世界。她确实是坚贞的，但她宁愿寄希望于男子，而不听从同性保姆的建议，背后是不是带有性别歧视的潜移默化的影响呢？如果她一开始就重视保姆的意见，或许也会遇到其他问题，但好歹不会像现在这样处境艰难。

每个人都有自己的十字架要背，女性更难的是，她们有时还要戴着自我的枷锁。

《行露》：悔婚

厌浥行露，岂不夙夜？谓行多露。

谁谓雀无角？何以穿我屋？谁谓女无家？何以速我狱？虽速我狱，室家不足！

谁谓鼠无牙？何以穿我墉？谁谓女无家？何以速我讼？虽速我讼，亦不女从！

——《召南·行露》

婚姻殿堂是神圣的，人们总是小心翼翼地步入其中，唯恐遇人不淑，一生心事付诸东流。但婚姻总是伴随着很多不可控因素，即便今天大量男女同居、试婚，也未必每桩婚事都称心如意，何况在信息不对等的《诗经》时代呢？

信息不对称是造成不幸婚姻的重要原因，这种信息不对称尤其体现在婚前，它一方面是客观上较为封闭的环境所造成，另一方面也跟人们的重视不足有关，英国学者贝克尔在书中就指出："人们常对婚前信息不完善、不全面了解对方一事，不予重视，认为是无关紧要的，对婚后生活不会带来多大损失。但事实上，获得信息与否和信息是否全面却是一个人在婚姻市场上寻求配偶的主要依据，是其子女为年长的父母作出贡献，赢得好名声以及其他行为的主要因素，也是婚姻离异的根源所在。"①

其实何止婚前信息不对称会酿成大错，在今天，交男女朋友如果稍有不慎，也会万劫不复。人心莫测，本来就增加觅得佳偶的难度，如今又出现针对异性心理的研究和操控，更使情感之路危机重重。

既然连试婚也无法完全考量婚姻合适与否，很多人就认为理想婚姻是不存在的，因此萌发出凑合着过的想法。这当然也是一种婚姻态度，但比较而言，那些敢于悔婚的人似乎更勇气可嘉②，他们知道对方不是自己的理想伴侣，便及时止损，好过婚后的互相折磨。

这种风气在民国刚主张自由恋爱的时候比较盛行，很多知识男女经过西学洗礼后，纷纷要求改变原来"父母之命"式的婚姻结合，而要靠自己去追寻幸福。让人惊诧的是，《行露》这首诗就写了一位女子坚决悔婚的事。哪怕男方要将其告上法庭，也在所不惜。这可是两千多年前，但我们却从女子的坚决态度中，读出了新女性的气概和胆量。

① 加里·S.贝克尔：《家庭经济分析》，彭松建译，北京：华夏出版社1987年版，第252页。
② 《诗经》时代的悔婚不知道具体代价如何，但从未婚夫要告上法庭来看，也比较严重，我们可以用唐代的法规来做个大概的对比，《唐律疏议·户婚律·许嫁女报婚书条》说："诸许嫁女，已报婚书及有私约，而辄悔婚者，杖六十。"实际上，以我们的经验来看，悔婚无论在哪个时代，都是非常危险的行为，这种危险不仅体现在个人名誉上，更体现在具体的损失中。

不过细细一想，也不奇怪。时代保守，并不意味着每个人都保守，比如《行露》中的女子；时代进步，也不一定意味着每个人都进步。

为什么《行露》中的女子要悔婚？表面来看，是她的新郎已有妻室。

诗歌一开头，女子就以路上露水太浓来暗示婚姻之路的坎坷，这与马尔克斯在《百年孤独》中通过营造潮湿的氛围来显示性的生命力大有不同。当然，她一开始也曾犹豫不决，毕竟订婚之后的无数个夜晚，想必她也一遍又一遍地畅想过婚后的幸福生活。那么多次的畅想，却被眼前的现实击个粉碎。她痛定思痛地说：我哪里不想早点动身嫁人呢？但这婚姻之路潮湿难行，我若不想个清楚，被谎言欺骗，如何对得起自己？

女子用鼠雀之辈来比拟自己的未婚夫。谁说雀鸟没有角，不然怎么能够钻进我的屋子？谁说老鼠没有强健有力的獠牙，不然怎么能够把我的墙壁打出洞来？谁说你没有家室，不然怎么会想把我告上法庭？就算是法庭上见面，我也不会顺从地嫁给你！

老鼠的獠牙和雀鸟的角，本来都是不存在的，但是却造成事实上的破坏，我们不妨称之为无形的牙角；未婚夫有妻室自然不会告诉女子，而是处于隐瞒状态，否则当初怎么会订婚呢？所以对于女子来说，未婚夫的妻室也是不存在的，但敏感的女子却通过未婚夫对她的态度，比如想要去法庭告她，而真切地感受到他的不诚实和不尊重，于是便当机立断，写下这首悔婚诗。

从"虽速我讼，亦不女从"的"虽"（即使的意思）来看，写这首诗时，他们并未真的走上法庭，而是未婚夫以法庭的名义要挟她。

鼠雀无形的牙角，可能会让某些读者以为女子是无理取闹、无中生有，但实际上很多的家暴对别人来说，都是无形却有实际伤害的行为。尽管二人并未完婚，但从未婚夫的态度来看，是不排除这种暴力倾向的，所以朱熹干脆说这个女子是"不为强暴所污者"。她之所以能够逃脱厄运，及时止损是最重要的原因。

而及时止损的前提，就是尊重自己的感受。

哪怕大自然中本来没有雀角鼠牙，她却凭着敏锐的感受力（女性的直觉），感受到了这无形中的伤害。如果这个时候，法官只以事实来做判决，她也不为所动，而选择尊重自己的感受。这是何其自信而强大的心灵！其实道理很简单，婚姻不仅是柴米油盐，更是心灵生活，如果连自己的心灵感受都不尊重，又何谈尊重别人呢？

所以说，未婚夫有没有妻室，并不是最重要的。

而从无形的牙角来看，女子似乎也并不真的认为未婚夫另有家室。只不过，两人心灵无法深度交流、融合的时候，即便现在没有，也难说以后不会有。

女子从这个角度出发，做出这样的决定，可能会被别人质疑，说她是诛心之论，主观性太强，或者用我们熟悉的话来说，就是太"作"。实际上，人们从这个角度来评论她的时候，问题出在评论她的人身上，而不在她。毕竟，对于劝和不劝分的和稀泥的人来说，哪怕她的未婚夫真另有妻室，他们也一定能找到劝和的理由。

　　只要她觉得没问题，我们又有什么权力置喙呢?

《燕燕》：婆媳同盟

燕燕于飞，差池其羽。之子于归，远送于野。瞻
望弗及，泣涕如雨。

燕燕于飞，颉之颃之。之子于归，远于将之。瞻
望弗及，伫立以泣。

燕燕于飞，下上其音。之子于归，远送于南。瞻
望弗及，实劳我心。

仲氏任只，其心塞渊。终温且惠，淑慎其身。先
君之思，以勖寡人。

——《邶风·燕燕》

前文指出女性的自我枷锁，言外之意似乎在说，只要卫桓
公寡妻听从保姆的意见，就能避免此后的悲惨遭遇。没有这么
回事儿。前文不过指出事后的遗憾，大的时代氛围没有改变，
怎么可能一蹴而就地避免危险？我们不过是想强调社会枷锁已
然无可逃遁，又何必给自己套上自我枷锁呢？如此一说，似乎
女性的自我枷锁无足轻重了，反正都逃不出社会的枷锁。

并非如此。当女性结成和谐的同盟关系时，即便最后可能

仍于事无补，但对结盟的双方来说却未必是可有可无的。甚至恰恰相反，在结果几乎注定的前提下，结盟的目的已不再是争取到更多女性权益，而是彼此扶助着度过艰难岁月。

在《燕燕》诗中，就写了这样一种婆媳同盟的关系。

婆媳关系是个复杂的问题，千头万绪无从下手。我们如果把它分为理论型和实践型，那么婆媳虽然在理论上是可以和谐的，但实践起来还是会产生各种问题。理论指导实践的定律，在婆媳关系上似乎不那么可靠、有效。

然而，如果我们再换个角度，把握住婆媳关系所暗含的中心，即婆婆的儿子和媳妇的丈夫是同一个男子，问题似乎就清晰多了。很大程度上来看，婆媳关系与其说是婆婆和媳妇的关系，不如说是一个男人和两个女人的关系。能否处理好婆媳关系也就意味着一个男人能否同时扮演好儿子和丈夫的身份角色。

恰恰就是这么一个关键的男子，在《燕燕》诗中过世了。

他是卫定公的长子，定姜的亲生儿子，娶了媳妇后不知何故撒手西去。他媳妇也没有为他留下子女，守丧三年后，定姜要送她回娘家。据说婆媳二人关系很好，但由于卫国的新国君卫献公是卫定公的妾的儿子，跟定姜的关系不好，所以王先谦说："定姜之子年长而夭，妇既贤孝，宜可相依，乃必归其国，至于远送野外，恩爱悲感若此，盖时事逼迫，有不得不然者。"[1]认为婆媳分开有不得已的原因，甚是。

定姜在历史上以文辞著名，这次跟媳妇的别离，自然催生

---

[1] 王先谦：《诗三家义集疏》，吴格点校，北京：中华书局1987年版，第142页。

出好诗。

她们分别的时间大约在春夏之交，燕子在空中飞来飞去。它们或上或下，或高或低，不时传来欢快的啼啭。定姜看见头顶欢快的燕影，不由得想起与儿媳相依为命的岁月，虽然因了儿子的去世而带有凄苦，总体而言也颇为清闲安晏。如今迫于形势不得不送她回去，万般不舍也都无可奈何，只好一送再送，一直跨过郊野，送到国都的南边。

眼看儿媳消失在地平线外，定姜泣涕如雨，心如刀割。

也有学者指出，定姜的伤心不独为儿媳的离别而发，也含有指责卫献公不孝顺自己的言外之意。这是典型的万般不离国君的迂腐思路，我们从诗中读出来的，主要是婆媳情深。也就是说，这首诗的主角根本不是什么国君之流的男子，而是婆媳这两位女性。女性在生活中处于边缘，在诗中还要被当作傀儡来解读背后的含义，未免太过分。

诗的末尾全都在写儿媳，可不是最明显的证据吗？

定姜抒发完自己的不舍之情，心绪略略平复，她知道，如果儿媳无缘无故回到娘家，是会被娘家看不起的，所以她决定如实地夸赞一番儿媳。在定姜眼中，这位排行第二的儿媳如此值得信任，是因为她的心思不仅深不可测，而且诚实无伪、温良贤惠，全身上下都散发出善良和谨慎。她怀着对已逝国君的追思，恭谨地孝顺着我。想到这里，定姜脑海中涌现出很多往日的温馨画面，再不敢继续往下说了。

好不容易止住的眼泪，再说下去，怕是又要滑落。

而这一次，远在地平线外的儿媳，再不能为她拭泪了。

《鄘风·柏舟》：古代丈母娘

泛彼柏舟，在彼中河。髧彼两髦，实维我仪；之
死矢靡它。母也天只！不谅人只！

泛彼柏舟，在彼河侧。髧彼两髦，实维我特；之
死矢靡慝。母也天只！不谅人只！

——《鄘风·柏舟》

常听到调侃丈母娘的段子，说得好像没有她们的阻拦，单
身男子就能有女朋友似的。

丈母娘的阻拦，说白了就是基于她们自身对世界的认识和
经验，而对男子进行价值评估。这样的评估标准和评估对象有
所误差在所难免，也是无可厚非的，但比较让人气愤的是这种
评估很多时候不是出于沟通和交流，而是作为不可置疑的否定
理由。

似乎男子当下符合条件就永远符合，不符合就永远不符合。

学过辩证法的高中生都知道，这样固化的标准不仅是没用
的，甚至多数时候还是有害的。遗憾的是，很多人高中毕业以
后就把这些知识还给政治老师了。等到他们为人父母时已年代

久远到没有一丁点儿记性，又何谈用发展的眼光来挑选女婿呢？

还有比当代人更惨的，那就是古代的青年男女。

古代的丈母娘狠起来，连自己的女儿都不放过。

《鄘风·柏舟》中的少女喜欢上了一位年轻的男子。从他两边分披的头发来看，可能还没成年，那少女的年纪恐怕也差不多。他们的爱恋放在今天算是早恋，但在古代很正常。不正常的是少女受到母亲极大的阻碍，从她反抗的强烈程度来看，母亲的反对应该也很强烈。

可惜少女还是没经验，急于表白自己的爱情，却忘了驳斥母亲反对的原由。

她来到岸边，行走在旷野中，大口呼吸着，以防被母亲气死。眼前的河水中漂浮着一叶柏舟，它随水流起伏不定，一会儿漂到河中央，一会儿浮到水岸边。前后是随大流，左右是往返跑，像极了少女不知所措的心。究竟是像母亲说的那样以大多数人的标准来择偶，还是坚持自己的意见而甘愿左右为难、前途渺茫、进展微小？

左思右想，瞻前顾后，她越想越气，越气越想，可希望却丝毫看不见。

她只能对着旷野声嘶力竭地喊道："那个披发少年就是我爱，就算去死，我也绝不会嫁给别人！"她向前面的河流奔跑起来，体内涌动着年少的血液，鼓涌起"举身赴清池"的冲动！她轻盈的身段在奔跑中感觉到了风声，年轻的体力使她毫不费力。在奔跑中她感受到了自由飞翔的快乐，有那么一刹那，潜意识告诉她，死亡很简单，但死后怕是再也见不到心上人了——于是她急忙停下脚步。

惯性助推着她的身子倾向奔流的河水，她的身体前后摇摆很久才停在岸边。

要不是年轻的身体很柔韧，此刻她已葬身鱼腹。

虽然没有跳进河里，但她的双眼却化作河流，泪水像决堤的河水喷涌而出。她向后仰倒，瘫软在岸上，无声地哭泣着，起伏的胸口上仿佛压着千斤重担，让她呼吸困难。高高的天空上白云流动，蔚蓝的天空像是少年无辜的眼神，肃穆而深邃。她无声地呐喊着："妈呀苍天呀，为什么不能体谅我的心情？"

我们深深地为少女的勇敢折服，但诗中全没展现少年的态度，让人很吃惊。

很有可能，诗中展现的是少年被丈母娘劝退后，少女晚来的抗争。

少年还没成年，他对于爱情的责任考虑不成熟，当少女的母亲软硬兼施、旁敲侧击后，遭受打击的他很难重拾信心。何况，丈母娘也许还打着女儿的名义跟他提分手呢？我们不能低估一颗母亲的心，她会想出各种方法来攻克少年的心堡。但不管怎么说，母亲亲自出面沟通，在当时的社会上一定会有很大的冲击力，少年被她一顿操作猛如虎地杀人诛心之后，萎靡不振地消失在少女的世界中，是极为可能的。

为什么丈母娘有这么大的权力？

韦伯在分析家父长制的时候指出，有时女性也会担当重要的权力分配者。"有时家权力会分割：例如出现与表面占优势的权威并存的、独立的家母的权威。此一现象与最古老的分工——

即两性的分工——有关。"[①] 值得指出的是，家母的权威在子女婚姻方面尤其有发言权，因为古代中国是男主外、女主内，而婚姻是从属于家庭的，本来就属于女性管辖的领域之内。

少女的结果我们不得而知，但丈母娘的厉害看来古已有之。

① 韦伯：《支配社会学》，康乐等译，桂林：广西师范大学出版社 2004 年版，第 94 页。

《凯风》：被忽视的母亲

凯风自南，吹彼棘心。棘心夭夭，母氏劬劳。

凯风自南，吹彼棘薪。母氏圣善，我无令人。

爰有寒泉，在浚之下。有子七人，母氏劳苦。

睍睆黄鸟，载好其音。有子七人，莫慰母心。

——《邶风·凯风》

再没有比母亲收获更多赞美的了，也再没有比母亲更受忽视的了。

母亲，对婴幼儿时期自理能力极差的人类来说，有着极为特殊的作用。如果我们把生命比作奇迹的话，母亲、母爱或母性则是奇迹中的奇迹。母亲的角色，不仅深刻地影响着她所养育的子女，也对她自身产生不可磨灭、不可逆转的神奇效果。

很多时候我们赞美母亲，就等于是在赞美生命、爱和美。

与这种对抽象的母亲角色的极度赞美相反，我们在生活中又极度地忽视那些具体的母亲们。我们高歌着母爱，高举着母性，然后在家里对母亲指手画脚，心安理得地享受着母亲提供的一日三餐，为她的一点点过错而大声嘲笑，仗着她的宠爱而无所不为。

我们称这种分裂而矛盾的状态为母爱的伟大与无私!

这不过是打着母爱的旗号来剥削女性!因为大多数女性都会成为母亲,所以这种剥削可以称作人类有史以来最丑恶、最大规模的暴政。也正是因为它的规模之大、丑陋之深能够深深地威胁到人类的生存和延续,于是人们都三缄其口,不敢呼吁,甚至都不敢批评,害怕一旦发声就会被视作大逆不道。

不仅男性熟练而自觉地操控着母亲,女性也温顺而悦服地配合着。所不同的是,很多男性究其一生都无法明白自己的罪恶,而很多女性等到自己成为母亲后,才会从心底里明白自己做女儿时的可恶。不过她们很快就心理平衡了,因为自有她们的子女来剥削她们。如此代代相传,"子子孙孙无穷尽"。

虽然"愚公"们能挖掉眼前起伏的山峦,却不知道对很多女性而言,他们也是山。

像《凯风》诗里的"有子七人,莫慰母心",历代学者就都解释为儿子不孝,而忽略先秦时期的"子"也含有女子的意思。这种习焉不察的偏见,是不是在昭告男子的恶行呢?完全不是,与其说它是在昭告男子的不孝,不如说是在通过揭短的方式低调地秀实力:你得长大后有机会待在母亲身边,你才能不孝啊。女性一长大就出嫁,去伺候公婆,她充其量只能对丈夫母亲不孝,哪里还有机会来孝顺或不孝顺自己的母亲呢?

诗中说母亲像南风,吹拂着酸枣树成长并长成。长成后还能待在母亲身边有机会不孝顺她的,不就只能是儿子吗?难怪历代学者都这么解释。

《凯风》提出了儿子不孝的社会问题，却没有也不可能给出有效的解答。

美国学者贾丝明·李·科里（Jasmin Lee Cori）的话或许可以给我们一些启发："母亲看似被置于神坛上，其身后却几乎没有得到任何实质上的支持。作为成年人的我们意识到了这个问题。我们中大部分人都会觉得，母亲是值得尊重的，却没有意识到母亲做的事总被视为理所当然，她们的牺牲从未受到重视。然而，我们中的许多人都暗暗地（或明显地）对我们从母亲那里得到的感到不满，并心怀怨恨——无论她们有没有过错——她们没能满足我们的一些重要需求。"①

在贾丝明看来，不孝的原因可能是母亲没有满足他们的需求、心生怨恨所致。

我们也不排除有的母亲或许并不称职，但从诗中说"母氏劬劳"来看，《凯风》中的母亲即便有，也不是主观上的，毕竟她有七个儿子（还不包括女儿），在抚养的过程中不小心流露出来一些力不从心的举止很正常，而这些无意识的行为或许会在孩子心中留下怨恨。

但是，如果母亲真有偏见，那一定也会有被偏爱的孩子，不然这个偏见没有参照物。

从诗人一直在说母亲"圣善"来看，这位诗人或许就是那个被偏爱的孩子。

但诗中又说"有子七人，莫慰母心"，如果他是其中之一，

---

① 贾丝明·李·科里：《为何母爱会伤人·第二版导言》，于玲娜等译，北京联合出版公司 2020 年版。

他不该也不孝啊？何况，能写出这样的诗，本身就是一种孝顺的体现，这位诗人应该不是那"七子"中的一个。是不是其他的旁观者所写呢？诗中说"我无令人"，则诗人跟这"七子"关系应该很亲密，不然怎么深入知道他们跟母亲的事，还用亲切的"我"字把自己置身事中呢？

这位诗人很可能是"七子"的姐妹，得知兄弟们不孝顺母亲，写诗加以指责。

她写诗指责别人，可见在侍奉公婆上她是很孝顺的。而兄弟不孝顺母亲，自然也包含着他们的媳妇不孝顺母亲。兄弟们加上他们的媳妇就是十四个不孝的人，这1：14的比例很清楚地说明当时"礼崩乐坏"的程度。原来的忠孝观念已无法维系社会的正常运转了，不仅如此，它还带来劣币驱逐良币的恶性循环，在道学家看来，真是世风日下。

实际上我们很清楚，靠一首诗是解决不了问题的。

之所以不孝顺母亲，是因为孝顺母亲的成本太高，而不孝顺的惩罚力度不够，两相权衡取其轻，人们就更倾向于不孝了。母亲是在这个过程中第一批失去利用价值后被抛弃的，却远不是最后一批；这种抛弃的行为早就发生了，却直到今天仍在不断上演。说起来触目惊心，但真正愿意面对这个沉重话题的人少之又少。大家不过都习以为常，年幼时想不到，青壮年不愿想，衰老后不敢想。

如此这般，人生代代无穷已，抛与被抛只相似。

诗人能够勇敢地发声，已很了不起，可惜，她没抓住关键。

她想用母亲的付出来唤醒兄弟们的良知。且不说良知能否被唤醒，就算能被唤醒，也还是会不时昏睡的呀。她对母爱的认识也受到命运不幸的母亲的负面影响，她把母爱比作滋润城邑的泉水，比作悦人耳目的鸟鸣，这当然能感动很多善良的人，但要解决问题，就要能对那些不那么善良的兄弟们产生约束力才行。很显然，如果他们能被一首诗轻易打动，恐怕也不会不孝顺母亲了。

这需要有健全的赡养法才有效，我们也不必苛责诗人。

但有一点似乎还是说清楚比较好。诗人的唤醒良知的努力，虽然对缺乏良知的人不大见效，却很容易唤醒有母爱或母性的读者（不论男女）的共鸣。从诗歌陶冶性情的角度而言没问题，但如果真的因此而试图去扮演"圣善"的母亲或父亲，怀着自我感动、自我陶醉的心态去给自己套上自我枷锁、自我束缚，那不仅不利于你自身的发展，也不利于子女的培养和社会法制的健全，这样"好心办坏事"的现象，是我们要尽量避免的。

如果有一天母爱不那么伟大，或许人们也就不那么自私。

《葛覃》：妻子的迷失

葛之覃兮，施于中谷，维叶萋萋。黄鸟于飞，集于灌木，其鸣喈喈。

葛之覃兮，施于中谷，维叶莫莫。是刈是濩，为绤为绤，服之无斁。

言告师氏，言告言归。薄污我私，薄浣我衣。害浣害否，归宁父母。

——《周南·葛覃》

"女人如衣服"自然是一种偏见，但这偏见却揭示出中国女性与衣服的不解之缘。跟今天擅长买衣服的女性不同，古代的女性更擅长制作衣服，尤其是给丈夫制作衣服，成为女性贤惠与否的重要标志。这是因为当时制作衣服并不轻松、简单，不是去大街上买来布料加以剪裁、缝制就行的，往往需要涉及布料的生产。"男耕女织"的"织"，最能说明女子制作衣服的关键，不在于裁剪手艺，而在于布料生产的能力。

在这种氛围下，大多数女子很小就开始学习。而《葛覃》这首诗，就叙述了一位少女因为学得好而成功嫁人的事。诗中的她一心一意给丈夫制作衣服，却忽略了自己，在初次返回娘家之前，竟因不知如何安排自己的衣物而慌张请教保姆。

诗歌开头以葛藤起兴，说葛藤生长蔓延到山谷，它的叶子非常茂盛。郑玄认为，"葛延蔓于谷中，喻女在父母之家，形体浸浸日长大也"[1]，把葛藤的生长与少女的成长联系起来，是非常贴切的，因为葛藤的皮制成纤维后可以用来织布，本来就更受女性关注。而葛藤茂盛的季节，也是少女风华正茂的时候，最能吸引异性追求，所以诗中接着写黄莺在灌木上"喈喈"地互相鸣叫，来比喻少女跟她的追求者情话绵绵。

这与"关关雎鸠"是一样的手法。

很快，葛藤成熟，被砍下来，蒸煮它的皮就能获得纤维，织成或粗或密的布，这当然是女子所做，问题在后面的"服之无斁"，究竟是说她的丈夫因为是她亲手所做因此绝不厌弃这些衣服（朱熹的观点），还是说她自己一点也不厌弃地为丈夫织布做衣？前者体现出她的劳动获得认可和尊重，后者说明她无怨无悔。我们不妨认为两者都有。

何以现在就有丈夫了呢？因为前面用葛藤茂盛来比喻少女长成，这里葛藤成熟被采，也含有少女学成出嫁的意思，用王先谦的话来说就是："仲春昏时，女子睹物有怀，未夏适人，亲治绤绤为君子服。"[2] "适人"就是嫁为人妇，她在娘家学的织布

---

① 王先谦：《诗三家义集疏》，吴格点校，北京：中华书局1987年版，第17页。

① 王先谦：《诗三家义集疏》，吴格点校，北京：中华书局1987年版，第17页。

② 王先谦：《诗三家义集疏》，吴格点校，北京：中华书局1987年版，第21页。

做衣的技巧，如今正可用来实践了，从她乐此不疲和还能回娘家看，她的丈夫是比较满意的。

初为人妇，丈夫满意，这无疑是成功的，但诗的末尾却另有内涵。诗中少妇跟保姆商量回娘家的事儿，并急切地为回娘家做准备，但在准备自己的换洗衣服时却有些迷茫了。她问保姆，哪些衣服该洗，哪些衣服不用洗呢？换句话说，她懂得为丈夫做衣的方方面面，却不知道自己应该带哪些换洗衣服回娘家！

我们也许可以理解为她第一次回娘家时心情激动，但无论如何激动，也不至于连简单的换洗衣服都搞不定。在我们这些经常为自己做选择的人看来，她所面临的是一个小问题，但她却要请教保姆，可见她为自己做的选择何其少，以至于此刻要为自己回娘家选衣服的时候，她却六神无主了。

这种选择困难症，与她为丈夫所做的事情形成鲜明对比。难怪她的行为会感动一大批男性《诗经》学者。

可是这种感动于她而言公平吗？

《大车》：妻子的决定

大车槛槛，毳衣如菼。岂不尔思？畏子不敢。

大车啍啍，毳衣如璊。岂不尔思？畏子不奔。

谷则异室，死则同穴。谓予不信，有如皦日。

——《王风·大车》

楚国灭掉息国后，息夫人的决定在两种不同的记载中截然相反。

有的说她嫁给楚子①，还为他生下几个儿子。

有的说她虽被纳妾，却誓死不从，一次跟楚子乘大车出发，遇到被发派为看守城门的息君，两人相见，她对息君说："大不了一死，我们何必过得这么辛苦？我忘不了你，是绝不会再嫁的，如果不能跟你在一起生活，那就让我们死则同穴吧。"

息君听到前半部分还挺受用，毕竟落魄之中还被记挂，谁都会感动。

可是听到后面，要一起死的时候，息君大惊失色，他还不想死呢。

---

① 楚子就是楚王，因为楚王的爵位是"公侯伯子男"中的"子"。

息君赶紧劝她，让她就此丢开手吧，不要为难自己。息夫人哪里肯听，从高车上摔下来成功自杀。这息君仰天长叹一声，没想到不是死于敌人之手，而是要命断妻子之手，他也是受够了看守城门的屈辱，一咬牙，一闭眼，一个激灵跳下去，跟息夫人同日摔死。

楚子一脸迷惑，看在他们死了就不会再有麻烦的分儿上，合葬了他们。

这两种说法，第一种说法就算是真的，也肯定不算是息夫人主动的决定，因为她是被迫成为楚子之妾的，生儿育女也情非得已，比较好理解。

问题是，第二种自杀的选择，可不可以看作是她自己的决定呢？

要解决这个问题，我们就要先来看看这首《大车》。诗中说大车慢悠悠地朝城门驶来，楚子穿着兽毛大衣坐在车上威武庄严。息夫人远远看见城门边的息君，心里哪能不想他呢？但是她害怕楚子，所以不敢去见他。等到大车越来越近，她看得越来越分明，想要跟息君逃奔的念头也越来越强烈，可是害怕楚子，还是不敢行动。

息夫人的害怕楚子，更多地是害怕楚子知道她的想法后，折磨息君。

马上就要擦肩而过了，息夫人用口型告诉他："我们活着分在两地，死后埋在一起！"

息君嗤之以鼻，吹起了口哨，那无所谓的轻浮态度仿佛在说："你个烂女人，你们是乘着大车游玩，活得潇洒又自在，我却在这里，名义上是看守城门，实际上是被城门看守！现在还跟我说什么死后埋在一起，你去死吧，咱们一刀两断！"

诗中当然没有息君的细节描写，但我们的推测也不是空穴来风。

因为前面两节息夫人都不敢逃奔，后面咋就突然敢死在一起了呢？

最大的可能就是见面后被息君的态度激怒了。息夫人原本是从活路上来思考，所以会害怕楚子。可是看见息君那个质疑、不屑的表情，伤心欲绝，于是抱着以死明志的决心，指天指日发下毒誓。死尚且置之度外，自然也就不再害怕楚子了。更重要的是，那一刻息君在她心里已死了，她又何必为他的苟活而不愿与楚子撕破脸皮呢？

就这样，息夫人在楚子和息君面前，跃出车外活活摔死。

息君心知长别离，徘徊城头上，也如落叶坠，自杀而死亡。

那一日的喋血街头，成为楚民口中的谈资不断流传。也正是在众目睽睽之下，楚子无法出于私心而糟践他们，只好出于公道合葬二人。这样的谈资在流传过程中，难免会添油加醋，甚至面目全非，所以会出现前面两个截然不同的说法，但息夫人绝命前的诗歌却较好地保留了原来的信息，让我们有机会了解事情的真面目。

简单来说，这首诗是息夫人自抒胸臆的作品，表露了她的决心。

这种表露决心，看似就是她的决定，但因为特殊的环境而产生了特殊性。

息夫人在楚子面前，跟坐牢差别不大，她不仅没有最起码的自由，甚至连对自由的渴望也是奢望。在息夫人身上起码有三重枷锁，一是作为女性的弱势，二是作为妻妾的顺从，三是作为降臣的屈辱。这重重枷锁共同套在息夫人的身上，让她无法喘息的同时，也在无形中为她营造出了一个特殊的写作环境。在这个环境之中，她与其说是在生活，不如说只是求生存。而此诗如果想要准确反映息夫人当时的真实状况，就不能不触犯那些枷锁，如果直白地加以表达，结果只能夭折，也就无法流传到今天。为此，诗歌不得不进行一系列的夸张变形，以便能从楚子眼皮底下溜出去，冲破窒息环境的封锁，曲折地传达出息夫人的真实想法。

其中最大的夸张变形，就是把因逼迫无奈而选择自杀变为自己主动的决定。

如前所述，诗的前两节和末节语意并不连贯，就是她故意省略了关键细节。

这两个关键细节，一个是息君怀疑的眼神，是他对她坚贞之心的不信任，这份不信任不仅使她被孤立，更使她打消了最后的顾虑。第二个关键细节是楚子，楚子的大衣从青色到露出红色，暗示着楚子脸色越发难看，越发动怒。息夫人在男人之间左右为难，进退失据，她无法跟前夫重修旧好，更不能跟楚子成为新欢，唯一的出路是去死。

我们还会说息夫人的决定是她自己的选择吗？

在弱肉强食的社会中，那些被要求忠贞的人，往往是最需要被可怜的人。他们处在食物链的最底端，不仅要被各种剥削，还要被灌输各种观念，其中忠诚是最大的枷锁。在一个家庭中，妻子最弱势，所以妻子被要求忠贞，而不要求丈夫；在一个国家中，臣子最弱势，所以臣子被要求忠君，而不要求国君。

凡此种种，都说明名义上最高尚的，往往是现实中被剥削最惨、最孤独无依的。

他们生活得如此艰难，以至于没有任何一点生的乐趣和亮彩。

那只好用幻想的崇高鸦片来忽悠他们，让他们做最美的梦，干最累的活！

历史的车轮滚滚向前，楚子的大车下，息夫人们的血从未干过。

《邶风·谷风》：夫妇离歌

习习谷风，以阴以雨。黾勉同心，不宜有怒。采
葑采菲，无以下体。德音莫违，"及尔同死"。

行道迟迟，中心有违。不远伊迩，薄送我畿。谁
谓荼苦，其甘如荠。宴尔新昏，如兄如弟。

泾以渭浊，湜湜其沚。宴尔新昏，不我屑以。毋
逝我梁，毋发我笱。我躬不阅，遑恤我后。

——《邶风·谷风》（节选）

大多数学者称这首诗为"弃妇诉苦"诗，这种称呼背后带有
较深的性别偏见。

在我们看来，全诗更像一首夫妇的离歌，他们之间的离弃
是相互的。

尽管如此，最先萌发离弃之念的却仍是丈夫。

两人一开始像大多数新婚夫妇那样恩爱有加。丈夫对她许
下很多山盟海誓，其中让她觉得分量最重的就是只爱她一个人，
一直爱到海枯石烂。在这样的爱情激励下，她跟丈夫同心同德，
艰苦奋斗。她全副身心投入到操持家务、和睦邻里的劳苦杂务

中，甚至连拦坝捕鱼这类脏活也毫无怨言，还经常救济别人。生儿育女之事更是没有落下。

在这艰辛的劳作、养育中，他们的小家渐渐富足起来。

而她却因操劳过度日渐黄枯，不再是当年那个青春少女了。

全身心投入家庭中的她，一点一点地感受到丈夫的改变。首先是他的情绪很不稳定，动不动就发火，还不时恶毒地把她骂作祸害。其次，他不再体恤她，而是把更多的劳累之事交给她来做，好像生怕她累不坏。另外，他还把她救济别人的行为视为愚蠢，认为她这么做是胳膊肘往外拐，一点也不顾家；殊不知没有一个好的邻里氛围，小家怎么可能牢固？况且，别人可能也帮助过他们呀！这一桩桩事情的发生，让她渐次明白丈夫已不是原来那个丈夫。

但直到丈夫另娶新欢，她才真正下定决心离开。

即便离开的时候，她也极其不舍。

这个不舍先是为丈夫而发，毕竟一起生活那么多年，虽没同甘，却常共苦，何况他曾说过的甜言蜜语又如此让她痴迷过、沉醉过。回忆越甜就越心碎，揆情度理，她岂能没有一点点让他回心转意的渴盼？但这个渴盼很快被他粗暴且不耐烦的举止打碎。他为了尽早把新人娶回家，竟急急忙忙把她赶出家门！

这位负心的丈夫只听新人笑，哪闻旧人哭？

在新人的婚宴欢笑中，她终于明白丈夫的变心已无可挽回。

她不过是共苦的糟糠之妻，现在要跟他同甘的则是更年轻的佳人。家庭的艰苦好不容易度过去了，她却迎来个人史上最黑暗、最艰苦的时期，两相对比，能不伤魂？最痴绝的地方在于，她竟不能一时转换角色，还老是不断地为那个已不属于她的家操心，直到最后才恍然大悟：我自己都被扫地出门了，还担心那个别人的家："我躬不阅，遑恤我后！"

如此一来，不舍的第二层含义就出来了，就是对家的不舍。

假如刚来夫家就是高堂华屋，在这么长久的居住中也会产生感情，何况是他们一起打拼出来的家呢？每一件家具都有她的心血，每一个孩子都是她的骨肉，这是作为居所的家中；而与周边邻居结成的邻里深情，又是其他地方所可取代的吗？这是作为延伸的家外。里里外外，无一不是留恋所在。

我们猜测，她跟丈夫绝不是一步走到目前的境况，那么在丈夫不断疏远的过程中，为了躲避那些撕心裂肺的痛苦，这些里里外外的家庭琐事，岂不刚好营造出一个暂时的脆弱的却可以躲避的港湾？很可能它们反而占据了她更多的精力，投入了她更多的情感，那么，到了离别的时候也就产生了更多的不舍。

是她而不是她丈夫离开家，这是最让人气愤的地方。

以上还都是在说她丈夫离弃她的经过，而她离弃她丈夫的心路历程，则都在这首泣尽以血的诗中。她在叙述的时候没有按照事件发生过程来展开，而是以她用带血的手把丈夫和家从她心上剥离开来的顺序来写。

她第一个也是最想要告诉自己的是丈夫违背了誓言，不会再跟她白头到老了，这一点她反复写到，可见是她离弃的根本原因。接着她要把那个还处在震惊与不舍状态中的自己剥离出来，用丈夫的新欢来进一步刺激，以便在极度的痛苦中长痛不如短痛。最后，她要在空荡荡的心房上重建自己，以便自己最终能从身心两方面离开。她在诗中一再强调丈夫跟自己的不同，强调自己的清澈和丈夫的浑浊，强调自己的深情和丈夫的不忠，强调自己的德行和丈夫的寡情……总之，她在重建自己的过程中，不管把丈夫说得多么不堪，也不管说的是不是真的，都不是我们要关注的重点，因为她的用意并不是通过追责来挽回，而是想在黑白对比中更容易、更果断地做出这个艰难的选择。

从这个角度来说，与其说这首诗是弃妇诗，还不如说是弃夫诗。

当然，我们没必要用一个极端代替另一个极端，所以称为夫妇的离歌是较为全面的。

女诗人虽然通过写诗完成弃夫的心理过程，但如果能避免丈夫弃妇行为的发生，或许更有现实意义。如果我们承认清官难断家务事，就会知道弃妇行为没办法完全通过法律强制制止。有没有更简单的办法从一开始就让她擦亮眼睛、分辨负心汉呢？这种方法是不存在的，因为负心汉并不一直都是负心汉，很多负心汉是被养成的，人性中并没有专有的负心汉属性。

我们唯一能做的就是避免使自己成为负心汉的养成土壤。

对女性而言，首要做的就是培养符合人性的独立品格，而不能把一生命运寄托在对丈夫的爱情上。著名的女权学者玛丽·沃斯通克拉夫特就曾说过："在选择丈夫的时候，她们不应该因对方是情人而误入迷途，因为把丈夫当作情人，即使丈夫是有德行的聪明人，他也不可能长久维持下去。"[1] 男人越是不能

---

[1] 玛丽·沃斯通克拉夫特：《女权辩护》，王蓁译，北京：商务印书馆1996年版，第152页。

长久地当恋人（因为他们还要完成"人生严肃的责任"），女子便越有失去的危机感，就越是"没有爱情就不能生活"，在玛丽看来，她们不是陷入"无益的妒忌"，就是"愚蠢地扮演着她们从情人那里学来的角色，成了卑贱的求爱者和温顺的奴隶"[1]。如此一来，失去独立品格的女性自然就任由丈夫摆布了。

如何克服？玛丽开的药方是："使她们的心的跳动合于人性，而不是为了爱情。"[2]

女诗人之所以遭遇不幸还能完成弃夫的心理书写，不就是因为她有贞洁人性吗？

如果一定要苛求的话，我希望她的人性能更多一些。

---

[1] 玛丽·沃斯通克拉夫特：《女权辩护》，王蓁译，北京：商务印书馆1996年版，第152、153页。

[2] 玛丽·沃斯通克拉夫特：《女权辩护》，王蓁译，北京：商务印书馆1996年版，第157页。

《江有汜》：女性友谊

江有汜，之子归，不我以。不我以，其后也悔。

江有渚，之子归，不我与。不我与，其后也处。

江有沱，之子归，不我过。不我过，其啸也歌。

——《召南·江有汜》

婚姻是个复杂的问题。

对女性来说，它意味着全新的生活。

这种新生活未必全是好的，尤其是在旧时代，波伏娃就曾痛心疾首地说："如我们所见，女人头20年的生活是极其丰富的；她发现了世界，发现了自己的命运。她在20岁左右成为家庭主妇，此后便永久地受着丈夫和怀里孩子的束缚，她的生活实际上已经永远结束。"[①] 女性婚后受家庭束缚的表现，除了丈夫和孩子之外，还有一点特别明显与重要，那就是朋友变少或干脆没有了："婚姻可能使她远离了她父母的家庭，远离了她年轻时的朋友，而要通过结识新的朋友和家信来弥补这种背井离乡，是

---

① 波伏娃:《第二性》(全译本)，陶铁柱译，北京：中国书籍出版社1998年版，第544页。

很难做到的。"[1]

朋友变少并不是说没有社交活动。

相反，很多夫妻还要履行各种社交义务，他们要去拜访亲友，礼尚往来，但波伏娃深刻地洞察了它的内涵："因履行社交义务而聚在一起的女人，她们彼此之间没有任何值得一提的事情。"[2]看似热闹的婚后社交生活，实质上不过是一种应酬。

而婚前所结识的朋友，却日渐疏离，并最终杳无音信。

波伏娃所揭示的婚后女性友谊的变化，具有相当大的普遍性。《江有汜》就写了一位女子，因为她的朋友出嫁，彼此间的女性友谊日趋淡薄，直到失去。

长江有支流和江心洲，就像每个人也有各种朋友。可是她的那位朋友出嫁了，就慢慢地降低了互动的频率，直到再也不跟她来往了。她很难过，可能是因为她还没有结婚吧，还没有遭受到家庭生活带来的更大的痛苦，所以她非常重视这份友谊。为了挽回，她告诉朋友，如果你不珍惜我们的友谊，你终有一天会后悔的，也许还会忧伤。不过，日渐陷入家庭生活泥淖之中的朋友，到底还是与她相忘于江湖了。

她也别无他法，只能长歌当哭，唱出这首诗来告别这段珍贵的友情。

女性的友谊确实非常宝贵："对于有些女人，这种温暖而轻

---

[1] 波伏娃:《第二性》(全译本)，陶铁柱译，北京：中国书籍出版社1998年版，第613页。

[2] 波伏娃:《第二性》(全译本)，陶铁柱译，北京：中国书籍出版社1998年版，第610页。

佻的关系，比之和男人的十分做作的关系，更为可贵。"[1] 这种宝贵很大程度上源自它跟男性友谊的不同："男人在设计自己的个人兴趣和想法，在作为个人进行交往，女人却被限制在她们共同的女性命运之内，被某种内在的同谋关系捆在一起。她们首先想肯定的是她们共同的世界。她们不去讨论意见和一般想法，但是却交换私人秘密和食谱；她们要联合起来创造一个相反的世界，这个世界的价值要胜过男性的价值。"[2]

因为共同面对男权世界，女性友谊十分不易，这既使之越发贵重，也让它更加脆弱："女人的伙伴感情极少能上升为真正的友谊……她们之间的关系并不是建立在她们个性的基础上，而是一种直接的共同体验，所以立刻会由此产生出敌意的因素。"[3] 当女伴们不得不面对共同的潜在婚恋对象，尤其是优质异性时，这种敌意更易萌生。

波伏娃以女性的敏感指出，"女人被她最要好的朋友出卖"是常见的真实情况，由此导致"许多女人一旦恋爱，就开始谨慎地回避密友。这种矛盾心理使女人几乎不可能十分信任她们之间的相互感情。男性的阴影总是遮天蔽日地悬在她们头上"[4]。

预防闺密已经成为事关婚姻安全的重要举措。

[1] 波伏娃:《第二性》(全译本)，陶铁柱译，北京：中国书籍出版社1998 年版，第 615 页。

[2] 波伏娃:《第二性》(全译本)，陶铁柱译，北京：中国书籍出版社1998 年版，第 613 页。

[3] 波伏娃:《第二性》(全译本)，陶铁柱译，北京：中国书籍出版社1998 年版，第 615、616 页。

[4] 波伏娃:《第二性》(全译本)，陶铁柱译，北京：中国书籍出版社1998 年版，第 617 页。

尽管当代一些学者基于新时代的女性地位的实际情况，指出女性友谊对社会的推动力量，在一定程度上克服了波伏娃文中所带有的偏见 ①，但在旧中国，女性友谊可能带有的对婚姻的破坏性，无疑是诗中女子失去好友的重要原因。她的好友要开启不同的人生阶段，而她不仅不在同一阶段中，甚至可能对其婚姻生活造成危害，那么她的被冷落就是必然的结果了。

作为一个未婚女子，她低估了好友那颗初为人妻的心。

她并不知道婚姻除了让好友进入一个陌生的生活圈子之外，也同时改变着好友的价值观。她那么自信地认为，这次的冷落跟以前的小矛盾一样，不过是发泄情绪而已。等过一段时间，好友肯定会为自己的行为后悔。如果这种疏远持续的时间更久，总有一天好友会为自己的无礼而伤怀。事实证明，好友不仅没有悔改之意，甚至变本加厉，直到她们彻底失去联系。她这才明白友谊的破裂已经无可挽回。

在婚姻面前，友谊的小船说翻就翻。

认清事实之后，她又是哭又是叫，又是唱又是跳。

她以为她是为失去友谊而长歌当哭，殊不知，她哭的是无情的婚姻对女性的摧残。贾宝玉曾经有一个弄不明白的地方，为什么女子没有出嫁前冰清玉洁、灵秀聪慧，一旦嫁人就变得

① 如美国学者玛丽莲·亚隆和德蕾莎·布朗所著《闺密》(The Social Sex：A History of Female Friendship，邱春煌译，猫头鹰出版社2018年)就指出，拥有友情本身意味着拥有独立的社交空间和能力，而这两样东西古代只有男性才能拥有，如今的女性友情随着女子地位的上升，很多已经超越私人领域，甚至引导着公共领域的变革。

面目可憎、沆瀣一气？这首诗给了我们一个初步的答案。当贾宝玉这样提问的时候，答案已经潜伏在问题中了，他已经敏锐地感受到出嫁对女子的伤害，只不过他提问的时候还没有经历过婚姻的残酷，才会幼稚地把它当作问题提出来。

即便是宝玉，也不可避免地在婚姻中伤害了两个最亲近的少女。

《氓》：自由女神

氓之蚩蚩，抱布贸丝。匪来贸丝，来即我谋。送子涉淇，至于顿丘。匪我愆期，子无良媒。将子无怒，秋以为期。

乘彼垝垣，以望复关。不见复关，泣涕涟涟。既见复关，载笑载言。尔卜尔筮，体无咎言。以尔车来，以我贿迁。

桑之未落，其叶沃若。于嗟鸠兮！无食桑葚。于嗟女兮！无与士耽。士之耽兮，犹可说也。女之耽兮，不可说也。

——《卫风·氓》（节选）

从五四以来，中国人的很多观念发生了变化，比如婚恋。

在萧公权他们看来，父母之命所带来的婚恋未必比西方所提倡的恋爱自由落后，而是各有利弊，适合不同的个体。他们认为，父母之命所代表的传统婚姻是先有婚姻后有爱情，这样不仅可以避免婚姻是爱情的坟墓，有时还能通过婚姻酝酿美好的夫妻感情。而恋爱自由固然不乏因为美好爱情而步入美满婚姻者，但也出现西方离婚率高的隐患。

从我们现在来看，一味提倡传统婚姻或恋爱自由，都有失偏颇。

在恋爱中，没有最好的方程式，只有更适合自己的灵活处理。

比如《氓》中的女主人公，她就是充分发挥了恋爱自由，结果却不欢而散。

当然，这也只是其中一个属于她的个体案例，不代表所有。

在讲她的故事之前，先要提一下恋爱自由和自由恋爱的区别。

爱伦凯在《恋爱与结婚》一书中指出恋爱自由（freedom of love）和自由恋爱（free love）并不是文字游戏，而有着实质上的不同，free love 意味着任意去"爱"，而 freedom of love 则强调基于感情的爱的自由，才是值得追求的真恋爱①。尽管它们之间有如此的不同，但在实际恋爱过程中是难以截然区分的。因为恋爱中的人总是敏感多变，有时候觉得那是任意的自由恋爱，有时候又觉得那是有感情的恋爱自由。

甚至在恋爱的不同阶段，那情感的真伪也各不相同，一般恋爱初期多发自内心，有些能坚持到婚后，有些则不免喜新厌旧、半途而废，就又成为假爱了。

最惨的是连假爱也没有了，比如《氓》中的女主。

由于恋爱自由和自由恋爱之间的复杂关系，我们在论述时

---

① 转引自杨联芬:《浪漫的中国》，北京：人民文学出版社 2016 年版，第 38 页。

不做刻意强调。

女主的恋爱对象是一位新近迁来的青年，他似乎很有自己的想法，以至于我们从诗中无法分辨出他对她的爱意，究竟是出于对她本人的认可，还是对她嫁妆的觊觎。从诗中的细节来看，后者的可能性更高一些，因为诗中对于二人的恋爱缘由不置一词，唯一可以推断出来的就是他们的恋爱活动是偷偷摸摸进行的，所以需要用"抱布贸丝"的以物易物的商业活动来掩盖[①]。仅从诗歌本身来看，他们的爱情无疑是自由恋爱，这份自由恋爱如果在今天很可能无疾而终（因为诗中看不出任何两人之间对等的爱意），根本不会走进婚姻殿堂，但因为时代的特殊，导致这种恋爱因为自由色彩的加入而变得更加让人魂牵梦萦，他们二人尤其是女主便难以自拔地陷了进去。

起初，她还能有所矜持，以他没有好的媒人而加以拒绝。

但随着偷偷摸摸的次数多了，她越发难以离开他。虽然在还没结婚的时候，他就已经展示出易怒的气质。在他的愤怒面前，女主妥协了，这便是她陷入万劫不复境地的第一步。人性确实如此，像我们现在所说的，家暴只有零次和无数次，一旦开始便不会停止。从婚前尚且如此来看，我们不用往下读，也能知道悲惨的命运在等待她。

---

① 如果仔细分析"抱布贸丝"，实际上就是一个空手套白狼的手法，这位氓刚好赚了中间商的差价。范成大《缲丝行》就说："今年那眼织绢着，明日西门卖丝去。"写出丝绢之间的差价，就在于是否加工过。如此看来，此女或许善于治丝，大概也是被氓看上的原因。若此，则氓之求爱，一开始便带有商业利益的算计，可惜女主起初并不知情。

我们的女主却一无所知，单纯地跟他约定秋天结婚。

这又是一次冒失的行为。我们前面说过，他们的恋爱基础都很难读得出来，如今在恋爱尚未稳固的基础上，她又做出一个更加错误的结婚决定，这哪里是用一个错误掩盖另一个错误，这简直就是一错再错、错上加错啊！可她似乎还没分辨出来，她沉浸在对婚姻的美好想象中，并为这种想象而进一步自我欺骗："一段时间见不到他，我就如此想念，情到深处泪水涟涟，而一旦见到他就笑逐颜开——这不是爱情，什么是爱情？"

可怜的女主，她不知道单方面的爱不叫爱情，只能叫相思吗？

更可笑的是，她进一步试探他的方法，是让他去求神问卦，似乎只要天意允许，他们的婚恋就会被祝福，而不知道一份美满的婚姻是需要二人共同付出的。我们甚至难以确定，他所说的占卜大吉大利的话是不是他自己编造的，因为全诗之中都是写他"二三其德"的印象，如果这些不好的印象都是女主为了埋汰他而故意陈述出来的一面之词的话，那么她为什么会放过他可能不敬执天命的大罪恶而一笔带过呢？可见她所陈述，都是出于她的理解，丝毫没有想要掩饰的意思。出于认识的局限，她的理解会带来偏差，但她所说起码是她眼里所见、心中所信的事，则是无可怀疑的了。

占卜大吉，越发让她坚定信念，她便带着嫁妆出嫁了。

出嫁路上并不顺利，但在当时被爱蒙蔽的她看来，都是好事多磨。

时过境迁，看清他的丑恶嘴脸后再去回忆，就不免有不同看法。

她记得很清楚，出嫁时淇水很深了，连车和她的下裳都被水溅湿。当时只道是寻常，其实从中就可以看出男子对她的敷衍，但她没有看出来。后来即便是看出来了，生米煮成熟饭，已难补救，她便天真地以为只要自己任劳任怨，陪他同甘共苦，人心都是肉长的，总有一天能感动他。却没想到她日夜操劳，终于把这个家安定下来后，他却因为财富增长而越发嫌弃她，开始用凶暴的态度对待她。他之所以敢变本加厉，大概就是抓住她的婚恋并非家人所认可和同意，现在她受到欺负，她的家人自然也就不肯为她出面，尤其是她的几个兄弟，不仅不同情她，还大声嘲笑她。

我们也能理解她家人的态度，毕竟像马林诺夫斯基指出的那样："个人的爱好是向结婚发展的重要因素，但它只是其中的一个因素，还有社会方面、经济方面以及家庭方面的多种因素。"[①] 当初她没有考虑家人的意见，如今惹祸之后被家人看笑话，也在情理之中，甚至她自己对此也抱着冷静的态度，并没有责怪家人，而是"静言思之，躬自悼矣"。

思前想后，都是自由惹的祸，所谓成也自由恋爱，败也自由恋爱。

想到这一点，标志着她开始进行深入反思。

她把爱情比作禁果，也就是诗中不让鸠鸟食用的桑葚，并由此引发联想，让女子不要迷恋男性，为什么呢？因为这爱情

① 马林诺夫斯基:《未开化人的恋爱与婚姻》，上海：上海文艺出版社 1990 年版，第 188 页。

的禁果是有性别差异的，男子迷恋它，偷吃了还可以脱身而去，而女子迷恋的话，就只能粉身碎骨、葬身其中，没有脱身而去的可能！这里她已经触及自由恋爱最大的问题，就是在社会还没达到男女完全平权的程度时，恋爱自由如果带来美满婚姻则还好，一旦婚姻破裂，受害最深的就是女子。她的反思虽然只是用比兴手法呈现，却已触摸到本质，这种精辟的见解，要到五四时才会再次听到回响。

如果从这个角度来看，她的收获倒是远远超出同时代人。

这可能就是最早的"身家不幸诗家幸"吧。

但她的收获还远不止此，在终于看透这一切后，我们可以明显感受到，她当初被蒙蔽并不是愚蠢，而是心甘情愿。如今看透世事，她要做出一个艰难的决定了。既然年轻时的"言笑晏晏""信誓旦旦"都已化作烟云（这当然还是出于她的印象，至于是不是真如此很难说），那么建立在它们基础上的婚姻也没有存在的必要了。她痛定思痛地告诉自己，那就算了吧！要这样跟他一辈子活到老，只会让我更加怨恨！不如算了吧，一拍两散吧！

当初走到一起，是她的自由；如今离婚，也是她的自由。

用裴多菲的诗句"若为自由故，两者皆可抛"来形容，可谓一语中的。

唯有你的爱怨和自由，不可辜负。

《载驰》：第一位中国女诗人

> 载驰载驱，归唁卫侯。驱马悠悠，言至于漕。大夫跋涉，我心则忧。
>
> 既不我嘉，不能旋反。视尔不臧，我思不远。既不我嘉，不能旋济。视尔不臧，我思不閟。
>
> 陟彼阿丘，言采其蝱。女子善怀，亦各有行。许人尤之，众稚且狂。
>
> 我行其野，芃芃其麦。控于大邦，谁因谁极？大夫君子，无我有尤。百尔所思，不如我所之。
>
> ——《鄘风·载驰》

被传为中国第一位女诗人的许穆夫人，她一边承受着以"大夫君子"为代表的男权社会的排挤压力，一边以她光辉的诗篇和前卫的观念登上中国文学的闪亮舞台。

这压力，表面来看是因为许穆夫人冲动地做了一个政治决定。

据史书记载，许穆夫人的母亲是宣姜，她在出嫁之初就面临着选择的难题，即嫁给齐桓公还是许穆公。她认为嫁给齐桓公对卫国最有利，但她的异母哥哥卫懿公不同意，最后把她嫁给许穆公。

我们今天来理解许穆夫人，觉得她跟欧洲历史上第一位靠写作为生的女作家皮桑很像，都是以男性的要求来规范自身的行为。

皮桑也因为她是"一个像男人的女人"①而获得赞许。许穆夫人顾全大局地选择自己的婚姻，使其婚姻带有政治色彩，也很容易使人误会她已被不自觉地男性化。这是我们仍在用政治等于男性的偏见来衡量的结果，谁说女性不能有政治才能？只有去除政治的男性色彩，才能对许穆夫人作出客观评价；同样，只有去除写作的男性色彩，皮桑的价值才会凸显出来。

卫懿公被狄人杀害，卫国遗民在宋桓公的帮助下逃到曹地（又作漕地，今河南滑县东）。卫戴公即位不足一个月就去世，更使卫国命运前途未卜。即位的卫文公在当时虽是贤能的君主，但巧妇难为无米之炊，卫国遗民正处在风雨飘摇中，命悬一线，卫国随时有灭亡的危险。

许穆夫人的姐姐宋桓夫人已经尽力了②，但宋国力量还远远不够。

如果当时许穆夫人嫁给齐桓公，成为齐桓夫人，以强大的

---

① 克里斯蒂娜·德·皮桑：《妇女城》，李霞译，上海：学林出版社2002年版，第3页。

② 据记载，宋桓夫人嫁给宋桓公，生下宋襄公之后，就被抛弃回到卫国，眼看卫国被狄人攻破，她望着一河之隔的宋国，写下《河广》之诗，果然感动宋桓公，出兵相助。但《河广》诗究竟是不是宋桓夫人所作，后世争议较大，因此只做脚注，供读者参考斟酌。

齐国为靠山，卫国遗民就会安全一些，重新建国的希冀也大一些。但现在她的夫君是许穆公，许国比宋国还要孱弱，孱弱的国力养育了许国顾虑重重、犹豫不决的"大夫君子"们，他们表面上说着"想出好办法再来帮助卫国"，实际上不过是在拖延时间。许穆夫人心急如焚，他们却还在瞻前顾后；卫国遗民生死一线，他们却还要从长计议。

此时，许穆夫人有两个选择：一是勇敢地站出来，为卫国奔走；二是跟许穆公站在一起，坐等卫国遗民死生由天。

许穆夫人似乎比皮桑走得更远，因为皮桑强调对丈夫的服从："已婚的淑女们，不要不屑于服从你们的丈夫，因为有时，保持独立对一种生灵并不是最好的事情。"①但许穆夫人并没有听从许穆公和大臣们的意见，她乘车直驱曹地，打着回娘家的旗号跟卫文公商量复兴卫国的计划。因心情急切，总觉得马车跑得不快，以至于回家的道路显得如此漫长，但她最终还是顺利到达卫民的临时集合地漕邑。

没想到许国大夫也长途跋涉而来，许穆夫人惊不惊喜，意不意外？

果不出所料，他们是来劝许穆夫人回许国的。这背后的原因比较复杂，一来许国狭小，自顾不暇，哪里敢掺和这类大事。二来许穆夫人跟齐桓公原也有婚配的可能，这回会不会有私情，很难预料。三来许穆夫人回娘家也不符合当时的礼节。但不管什么原因，许国大夫赶来的目的只有一个：不是要帮卫国，而

---

① 克里斯蒂娜·德·皮桑：《妇女城》，李霞译，上海：学林出版社2002年版，第235页。

是要劝许穆夫人回去。

原来还在面子上说要帮助卫国，现在一切都明朗了。

如果许穆夫人此刻选择回去，那还指望谁来帮助卫国？

许国大夫没想到的是，他们的行为反而坚定了许穆夫人的态度。她本来就并非为了私情而来卫国，只要许国答应像她说的那样帮助卫民，她自可打道回府。但如今他们仍不赞同她的意见，那也无可奉命。许穆夫人在这样的激烈斗争中，写下《载驰》驳斥他们。

她指出，跟许国大夫的缓兵之计相比，她的计划才是深谋远虑、周密无碍的。

什么计划呢？就是向齐桓公求助，让齐国发兵帮助卫民。许国大夫一听齐桓公，还不炸了窝？但实际上齐桓公帮助卫民，也是他"尊王攘夷"政治策略的应有之义。他要做春秋霸主，必然不能任由狄人肆虐卫国，而许穆夫人对当时形势的判断，无疑比许国大夫假公济私的行为更有魄力和可行性。齐桓公后来真的发兵助卫，就确凿地证明许穆夫人的远见了。

但许国大夫对许穆夫人想要私会齐桓公的恶意揣度，也确乎伤害到了她。

她怀着多重的忧愤，登上高高的山丘，采来贝母草，据说这种草可以忘忧。如果说前面为了卫国而奋不顾身、无暇思考女儿身的局限的话，此刻已到漕邑，面对许国大夫的责难，她不能再逃避了。她决定好好理一理，从心灵深处探求自己此行的真正目的，是不是真的怀有私心？是不是女性出嫁之后就要像俗话说的那样"远父母兄弟"，不能亲自来娘家帮助？换句话说，女性是不是除了卿卿我我的小爱，就没有大公无私的志向？

想了很久很久，她抛出一句震古烁今的名言："女子善怀，亦各有行。"

女性确实善于思念，富有情怀，常常跳不出小情小爱，但这不代表每个女人都是如此，那些公而忘私的女子，也有她们自己的行为道理。许国大夫一棍子打死所有的女性，认为只要是女的就别有私情、别有所图，这种想法真是幼稚疯狂！

要想靠这样的人来帮助卫国，还不如我亲力亲为更有效。

想通这一点，许穆夫人还没意识到她是第一个发出纯粹女性声音的中国女性，但很明显地，她的信心增加了。她在回去见卫文公的路上，看见原野里生长的茂盛的麦穗，不由得也升起希望。卫国的大地如此富饶，一定不能让它毁在狄人手中，变成跑马场！她这下再也不会动摇了，直接建议卫文公向齐国求援。

除了强大的齐国，还有谁能依靠？还有谁带兵来帮忙？

这当然是对一旁的许国大夫的旁敲侧击。

许国大夫私心蒙蔽，不懂"亦各有行"，还要再拿陈腐的观念堵她。

她没有给他们添堵的机会，摆摆手说："许国的大夫们，你们别忘了你们也是号称君子的，不要像你们所厌恶的妇女那样吵个喋喋不休，又来责怪我。我实话告诉你们吧，你们想得再多，都不如我的行动有效。"原话是"百尔所思，不如我所之"，这句话真的是滴水不漏，高屋建瓴，有如马克思那句"认识世界是为了改造世界"般振聋发聩。

如果说一开始许国大夫还打着为许国的名义谴责许穆夫人，那么，当她把自己的正确主张和盘托出之后，许国大夫的谩骂就成为人身攻击了。

　　他们之所以这么做，完全是因男性权威被挑战之后所产生的妒忌和恼羞成怒，诚如皮桑在书中所说的那样："那些因妒忌而攻击女人的人非常恶毒，他们看到并且意识到，许多女人的理解力比自己更强，行为也更高贵，因此感到很痛苦，但又很傲慢。由此，过分的妒忌促使他们攻击所有的女人，以贬低这些女人的荣耀，削弱对她们的赞美。"[1] 也正是因为后面的斗争已转为私人恩怨，所以许穆夫人不愿多纠缠，她还要投身到复兴卫国的大业中去，只以"不如我所之"一句驳斥他们，用行动来说话吧，就戛然而止。

　　卫国虽然重建成功，但最后也还是消失在历史的云烟中。

　　而许穆夫人那"女子善怀，亦各有行"的诗句及其思想力量，却仍在蔓延。

　　如果说她的思想还有缺憾的话，那就是这句话暗含的前提是承认女子多愁善感不好。我们也不必过分苛求，毕竟她生活在两千五百年前。而她这句话背后所带有的穿透性别迷思、以个体行为来判断其价值的超前观念，不是跟皮桑的名言交相辉映吗？

　　皮桑借女神之口为女子正名，用的也是这样的思路："男人或女人，谁拥有更伟大的美德，谁就更高贵；一个人是高尚还

----

① 　克里斯蒂娜·德·皮桑：《妇女城》，李霞译，上海：学林出版社2002年版，第17页。

是卑贱，不是依据身体的性别，而是在于行为和美德的完善与否。"①

　　遗憾的是，偏见重重的许国大夫们，在今天也还随处可见。

---

① 克里斯蒂娜·德·皮桑:《妇女城》，李霞译，上海：学林出版社
2002 年版，第 22 页。

食色中国

告子在跟孟子探讨人性时说："食色，性也。"①把饮食男女当作人之本性，孟子并没有反驳这一点，可见这在当时是大家所公认的。《诗经》当中就留下很多饮食男女的篇章。因为"民以食为天"，所以写饮食的很多，像"民之质矣，日用饮食"（《天保》）等，但基本上很少把饮食作为主题来写（少数如《园有桃》《权舆》等几篇，但大多数如《天保》一样，把饮食作为背景或线索写进诗篇），而男女之情欲则所在多有，这是其一。其二，这些情欲诗篇常跟婚恋诗一起，被视作淫荡之作。实际上，情欲的话题在不同文化背景中的看法不同，像哈夫洛克·埃利斯就在《野蛮人的性生活》的前言中指出："现在探险者主要是英国人，他们带着盎格鲁－撒克逊清教徒的偏见，认为所有的性爱风俗令人既震惊又讨厌。'淫秽'一词被普遍使用，它引导读者想象它可能意味着什么样的图景。"②这与孔子尤其是后来变本加厉的朱熹通过偏见来看待《诗经》中的不同风俗下产生的被称作"淫奔"的诗篇，有着相同的思维习惯。出于这两点考虑，我们

① 杨伯峻：《孟子译注》，北京：中华书局1960年版，第255页。
② 马林诺夫斯基：《野蛮人的性生活》，刘文远等译，北京：团结出版社1989年版，第2页。

所说的"食色"偏向于情欲部分。今天我们也该借鉴一下哈夫洛克所主张的较为科学的精神来对待情欲:"我们需要一种更科学的精神,既不逢迎又不轻视,而把它们看成是我们所不熟悉的人类共同特点各个方面有价值的印证。"[1] 因为今天的研究比旧时代有更大的便利条件,哈夫洛克说:"对性问题的考察只有在今天才成为可能。这并不简单地因为我们的性忌讳最后失去了某些说服力,而是像培根所说,因为它们已成为人类知识的有机组成部分。"[2] 哈夫洛克时尚且如此,我们现在如果还戴着有色眼镜来看待《诗经》中的情欲诗篇,就太不像话了。

① 马林诺夫斯基:《野蛮人的性生活》,刘文远等译,北京:团结出版社 1989 年版,第 2 页。
② 马林诺夫斯基:《野蛮人的性生活》,刘文远等译,北京:团结出版社,1989 年版,第 3 页。

《桑中》：海王与备胎

爱采唐矣？沫之乡矣。云谁之思？美孟姜矣。期
我乎桑中，要我乎上宫，送我乎淇之上矣。

爱采麦矣？沫之北矣。云谁之思？美孟弋矣。期
我乎桑中，要我乎上宫，送我乎淇之上矣。

爱采葑矣？沫之东矣。云谁之思？美孟庸矣。期
我乎桑中，要我乎上宫，送我乎淇之上矣。

——《鄘风·桑中》

如果一个男生同时追几个女子，在今天会被骂为海王，但
这现象古已有之。

这是不是说明，男人经受住了时间的考验，本性没有发生
改变？

在《桑中》这首诗里，这位诗人就大胆地表白说要去想姓姜、
姓弋和姓庸的大美女。

这一箭三雕的想法还了得，引起学者的惊恐，有学者就调

和说:"诗中的三姓女子,可能都是诗人称所美者的代名词。"①
意思是说,这些美女都是一位他不愿透露姓名的恋人的代名词,
而不是三个恋人。

先民们的海王行为,是不是能用今天的价值观来衡量呢?

一位法国学者曾指出:"诸多婚姻习俗建立的目的是为了确
保女人在男人中的有序分配;是为了在她们周围纪律化男人们
之间的竞争;是为了使生育正式化和社会化。"②而底层百姓则连
婚配的权利也没有,在"极端的情况下,对于奴隶和无产者而言,
就不存在婚姻。对于这些不拥有家产的人们而言,他们自然交
配,不需要结婚"③。那些不是贵族的先民,他们没有家产,有些
甚或就是奴隶,他们没有经济财富维持稳定的婚恋关系,时常
频繁地更换婚恋对象,我们不问青红皂白就把他们当海王,恐
怕不合适。

本节标题中的"海王"是中性词,是为了描述的便利而加以
采用,不代表今人对海王的批评,也不是为今天的海王洗白。

这位最早的海王,要承受繁重的劳作。他在卫国的都城朝
歌一带采摘女萝,在朝歌以北的地方收割麦子,在朝歌以东的
地方收获芜菁。繁重的劳动之余,他想起距离最近的女子,有
点像我们现在称呼的临时夫妻。他们在桑林中约会偷情,相邀

---

① 程俊英、蒋见元:《诗经注析》,北京:中华书局1991年版,第
131页。

② 乔治·杜比:《骑士、妇女与教士》,周嫄译,上海:上海人民出
版社2008年版,第24页。

③ 乔治·杜比:《骑士、妇女与教士》,周嫄译,上海:上海人民出
版社2008年版,第25页。

着去上宫一带游玩散心，最后在淇水上依依告别。

虽然因为劳作的地点不同而约会对象不同，但他的约会过程似乎都差不多。都是先去桑林中幽会，结束后到城里走走，最后在淇水分开。这样死板的套路，露天的场景，城楼里的闲逛，似乎都在说明这位诗人是位普通的劳动者，他没有稳定的居所，只能充分利用这些免费场地，让自己获得一些爱情的滋润。

这就不能不让人发问，他一无所有，又靠什么成为海王呢？

恐怕这首诗的传播就是他最大的资本。从这首诗来看，他应该是个善于聊天的对象，富有一些才情。同时，他还时刻固守着情人的底线，不过多地在诗中暴露对方的信息。甚至诗中所使用的姜姓等贵族姓氏，也许就是一种障眼法，为了更好地保护她们的隐私。当然，也不排除虚荣心作怪，但无论如何，都显示出他浪漫而谨慎的可靠品格。

这样一来，他的表白既是浪漫动人的，他的行为又是安全可靠的。

千万不要小看谈吐的功能，一位深受欢迎的畅销书作家就曾指出："当男人向女人展开追求攻势时，他绝不会安于唱独角戏，他会采取互动的方式大胆地向女人说。"[1] 因此，在互动的交流过程中，他的语言驾驭能力会为他增色不少。

然而，他最大的优势还是在于他一无所有。

一个一无所有的劳动者，他没有权势去迫害女性。也许他有男性的力量优势，但可千万别小看先民中的女子，她们一样

---

① 约翰·格雷：《男人约会往北，女人约会往南》，白莲译，长春：吉林文史出版社 2005 年版，第 191 页。

健硕。这样最底层的人，他受着各种压迫，却又无力反抗，在女子面前就没有太多的居高临下，更没有作威作福，对同样处在社会劣势中的女子有更多的同理心，能够让女子得到更多尊重，这不比财富更有诱惑力吗？

这样的人也许不适合做结婚对象，但处处朋友却没什么损失。

对他而言，婚姻本就不是敢奢望的事，表面是海王，实质是备胎，也无所谓。

何况卫国的婚恋风气又比较开放，并不压抑人性。

于是乎，《桑中》传遍中原大地，一直传到今天。虽然让那些维护利益的卫道士们坐不住，要群起而攻之为"桑间濮上之音"，乃亡国之音，但对这些传唱《桑中》的底层人民而言，国家本来也就不护卫他们的利益，他们有什么责任越俎代庖呢？何况，他们一贫如洗，又有什么利益可以让国家操心呢？

不如且逗眼前美人一笑，留个海王的名头与后人叹息吧。

《硕人》：婚闹受害者

硕人其颀，衣锦褧衣。齐侯之子，卫侯之妻，东宫之妹，邢侯之姨，谭公维私。

手如柔荑，肤如凝脂，领如蝤蛴，齿如瓠犀，螓首蛾眉。巧笑倩兮，美目盼兮。

硕人敖敖，说于农郊。四牡有骄，朱幩镳镳，翟茀以朝。大夫夙退，无使君劳。

河水洋洋，北流活活。施罛濊濊，鳣鲔发发，葭菼揭揭。庶姜孽孽，庶士有朅。

——《卫风·硕人》

闹婚本是国人"越闹越喜"的婚姻传统，但稍不注意，就会变成婚闹。

这种行为，据说宋朝就已出现。《鸡肋编》说："礼文亡阙无若近时，而婚丧尤为乖舛……如民家女子不用大盖，放人纵观……其观者若称叹美好，虽男子怜抚之，亦喜之而不以为非也。"[1] 书中认为宋代的婚礼很多不符合礼节，比如民间嫁女任由别人观看，如果观看者觉得新娘好看，就算是男子抚摸触碰她，也认为是喜事而不以为非。

这当然触犯了"男女授受不亲"的教条，但相对《硕人》来说还不算啥。

在《硕人》诗中，出嫁的庄姜不仅被人观看，还被写进诗中。

她有着修长的身段，穿着锦衣，外面罩着一层挡灰的单衫。即便如此，人们依然可以看见她白茅嫩芽般"白滑柔嫩的双手"、冻住的猪油般"滋润白皙的皮肤"、天牛幼虫般"丰润白净的头颈"和葫芦籽般"整齐洁白的牙齿"。她那方正的额头和美妙的蛾眉，自然也逃不过众人的目光。

一般而言，仅仅被观看也无伤大雅，毕竟婚礼就是举办给人看的，如果大家看不见新娘，那又如何见证这段婚姻呢？问题就出在庄姜对这些观看目光的回应上。

据说庄姜这个人很贤能，用古人的观点来看女子的贤能，无非就是以顺从为主。

庄姜见到这么多人来观看她，出于顺从，也没有注意到婚礼场合的特殊性，对观看者都报以笑容。只见她笑出酒窝，顾盼之间，倾倒众生。何止倾倒众生，千载之后，她的笑容也被视作千古美人的绝唱，迷倒古今。

一个迷倒古今的美女，为什么被记载为无法迷住她的丈夫卫庄公呢？

---

[1] 庄绰、张端义：《鸡肋编·贵耳集》，上海：上海古籍出版社 2012年版，第 11 页。

这里面很重要的原因，就在于她的顺从行为在卫庄公看来颇为淫荡。为什么这么说呢？因为后文才写到她乘坐高头大马跟卫庄公相见。在见到卫庄公之前，她作为初为人妻的少女，居然一点也不羞涩，一点也不害怕，一点也不担心夫君如何，就这样自如地开心微笑，难免不让人怀疑她没把卫庄公放在眼里。

卫庄公与庄姜相见之后，婚礼达到高潮，那些闹婚的人也最上头。

他们还没意识到因为他们对庄姜的赞美已将她推入水深火热的境地。

他们本着将婚闹进行到底的执着劲儿，打趣地对卫国大夫们说："你们早点退朝吧，不要让卫庄公过于劳累，他待会儿跟庄姜还有重要事儿要办呢！"这些婚闹者真是"婚姻三日无大小"，这还需要你们提醒吗？卫庄公难道是个傻子？他当然不是，他深深地把这些视作庄姜跟他们的调情，埋在心底。

诗的末尾描写鱼水之欢[1]，从渔网捕鱼的热闹场面来看，卫庄公战斗力不弱。

关键在于鱼水之欢后面三句，写芦苇荻草修长茂盛，一批姜姓女子丰硕美丽，一批才士也是威武壮健。如果说芦苇荻草还可作为鱼水之欢的隐喻场景来看，那些男女在一边观战是什么意思？有学者认为他们都是陪嫁来的，自然以护卫庄姜为主，但连这样私人的时刻也要护卫吗？但凡卫庄公是个正常人，也

---

[1]　详情可参见李宪堂《千古〈硕人〉谁知音》(《东岳论丛》2015 年第 8 期)。

会觉得这样被观看是令人愤怒和扫兴的呀。庄姜岂不知道吗？但她仍旧在新婚第一夜服从这样的安排，可见她的顺从对象，真的不是卫庄公。

不过也不难理解，毕竟她的娘家齐国更强大。

卫庄公也不是傻子，很快就明白了，从此疏远庄姜。别人越是为庄姜打抱不平，卫庄公就越不会给她好脸色。

这下我们也明白了，婚闹不过是个幌子，娘家的实力才是最重要的靠山。

如此一来，有个疑惑也就能够解开了。既然《硕人》诗带有性爱描写，应该隐去其姓名，像大多数此类作品那样，因为姓名中的姓氏"代表了一个人的出身、家庭、祖先甚至是社会身份；而名字则更私人"①，而《硕人》却写得极其直白，明白无误地告诉大家，就是这个庄姜，她是齐庄公的女儿，来嫁给卫庄公做妻子，她跟齐国太子一样是嫡出，她的姐妹嫁给邢国国君和谭国国君，完全不按套路出牌，这是为什么呢？

暴露庄姜的靠山，并指名道姓地羞辱她呀！

就是这样的贵重身份，既给了她微笑的资本，也酿成她不幸的命运。

---

① 多米尼克·曼戈诺:《欲望书写》，冯腾译，福州：福建教育出版社2013年版，第77页。

《殷其雷》：日常撒娇

殷其雷，在南山之阳。何斯违斯？莫敢或遑。振振君子，归哉归哉！

殷其雷，在南山之侧。何斯违斯？莫敢遑息。振振君子，归哉归哉！

殷其雷，在南山之下。何斯违斯？莫或遑处。振振君子，归哉归哉！

——《召南·殷其雷》

门外雷声轰隆，一会儿像是从南山之南传来，再一听，雷声又似在南山的另一边。

雷声究竟在哪里呢？仔细谛听，似乎又是从南山脚下传过来的。

雷声究竟在哪里，本身并不重要，重要的是，对于一个害怕打雷的人来说，她在确定雷声的同时也是在确定自身的安全。如果雷声无法确认，那她也就处在极高的不安全感中。《殷其雷》中的女子便是如此。

她似乎最终也没有找到雷声的发源地，或者不如说，在她的恐惧中到处都是雷声。

就在这样惊恐万分的时候，她的丈夫竟然一点也不停留地离开温暖的家出差去了。她不仅不能理解，甚至发出疑问：这么做究竟是为了什么呢？从这个疑问中约略可以想见女子平时的生活，应该不会很勤苦，甚至可以说有些娇气。而娇气的养成，自然跟她丈夫密不可分。尽管她在诗中表现出不理解，我们却从字里行间看出丈夫的努力，是为了更好地维持家庭的生活，尤其是妻子的娇气生活。

毕竟，哪有什么岁月静好，只不过有人在替你负重前行。

可惜女子的娇气并非一朝一夕养成，当然也不能指望一场雷声就能使之销声匿迹。她也知道丈夫是振奋有为的君子，但她本人出于娇惯的思维，似乎对振奋有为四个字有误会。在她看来，振奋有为意味着他老是出差，意味着夫妻常常分别，更意味着打雷害怕的时候没有地方可以撒娇。

对一个娇妻而言，不能撒娇也就失去了最大的快乐。

事实上，小女人撒娇最容易引发男子的保护欲，也最能得到男子的宠爱，反过来强化她的娇气。英国作家查尔斯·里德在《患难与忠诚》里就写出一句广泛流传的名言，揭示出撒娇对男人的致命诱惑力："一个女子最能使人心醉的迷人之处，莫过于在一个男子汉大丈夫的胸怀前表现出来的娇弱。"

撒娇不仅让男人无从抵抗，也会因了男子的沉醉而使撒娇者备受鼓励。

从人的复杂性来讲，没有女人是完全娇气的，她难免会有各种不同的气质，而娇气的强化对她来说，未必都是好事。那她为什么还不断地撒娇呢？因为撒娇从本质上来说是撒娇者和撒娇对象之间的互相牺牲，撒娇者牺牲掉自己的坚强，把自己的娇弱呈现给撒娇对象，撒娇对象牺牲掉自己的娇弱，而用自己的坚强来保护撒娇者。如此一来，形成一种互相牺牲、互相依赖的亲密关系，所以有的学者就说："在共有的亲密关系中，人们常会为伴侣做出一些小牺牲，彼此帮对方的大忙，结果他们享受到更高质量的亲密关系。"①

撒娇的这种牺牲性，使撒娇行为超越了自身的局限，获得新的魅力。

当女子明知道振奋有为的丈夫为了工作而不在身边，也不可能在雷声交加的时候立刻出现在眼前，她却依然像丈夫就在身边那样撒娇地说"你快回来吧，快回来吧"，她无疑从中品尝到思念的滋味，汲取了丈夫的力量。

这种惯性的保护未必是一种真实的行为，却能在人的心田获得精神的慰藉。

于是，无处撒娇的撒娇者，摇身转为自己的撒娇对象，使撒娇的牺牲性进一步强化的同时，也让夫妻增进理解，感情更胜往昔。

这撒的哪里是娇，简直是胶啊，如胶似漆的胶。

① 罗兰·米勒：《亲密关系》第 6 版，王伟平译，北京：人民邮电出版社 2015 年版，第 202—204 页。

《新台》与《墙有茨》：乱伦

新台有泚，河水弥弥。燕婉之求，蘧篨不鲜。

新台有洒，河水浼浼。燕婉之求，蘧篨不殄。

鱼网之设，鸿则离之。燕婉之求，得此戚施。

——《邶风·新台》

墙有茨，不可埽也。中冓之言，不可道也！所可
道也，言之丑也！

墙有茨，不可襄也。中冓之言，不可详也！所可
详也，言之长也！

墙有茨，不可束也。中冓之言，不可读也！所可
读也，言之辱也！

——《鄘风·墙有茨》

乱伦只能发生在有道德的地方，因为在没道德处，即便发
生也不叫乱伦。

据史料记载，卫宣公就是这么一个乱伦高手。

他不仅跟父亲的妾夷姜通奸生下太子伋，还夺走自己的儿

媳，上下通吃，劣迹斑斑。

宣姜本来是要嫁给太子伋的，也就是成为卫宣公的儿媳，结果却成为卫宣公的夫人。人们这时还普遍同情宣姜，为她写《新台》诗，讽刺卫宣公的淫乱生活。当她又不得不受齐襄公的逼迫，在卫宣公死后嫁给太子伋的弟弟昭伯时，她的形象崩塌了，人们写《墙有茨》来讽刺卫国淫乱的宫廷生活，虽然没有明言，但宣姜也在被讽刺的行列，则没有疑问。

难道就是因为长得美，就要承受这样的不幸吗？

要想判知人们前后评价的变化，这两首诗就不能轻易放过。

在《新台》诗中，宣姜得到了人们的普遍怜惜。她那么年轻美丽，本来也带着对爱情的美好憧憬来到卫国，嫁给贤能忠孝的太子伋，却不想迷住了卫宣公，被生生夺了去。卫宣公是有少女情结吗？很难说，毕竟他连父亲的姜也收，那是不是也可以解释成恋母情结？我们不必去揣测，倒是诗中说得很清楚，卫宣公的行为类似癞蛤蟆吃天鹅肉，而可怜的宣姜因此无端受辱。诗中一再强调"燕婉之求"，可见宣姜的本意是想求得一个好配偶，如今却因为卫宣公的私欲而化为泡影了。

世事千变，换一个场景，宣姜就成了批评对象。

在《墙有茨》诗中，宣姜已不再是当初那个懵懂的少女，她更为成熟，也更有利用价值。齐襄公为了平息太子伋那一派的势力，就决定把宣姜下嫁给太子伋的弟弟昭伯。尽管宣姜一开始并不愿意，但被逼无奈，只好又以长辈的身份嫁给晚辈，成为人们口中的丑行。他们看着宫墙上的蒺藜，这些带刺的植物本来是防卫宫廷的，所以禁止人们扫除，结果没想到宫廷内却一再爆出不可言说的丑闻，这是防的啥？

跟宣姜是牺牲品不同，卫宣公以他那开放的性关系，成功地把卫国牺牲了。

宣姜生下孩子后，卫宣公想要废掉太子伋。这也好理解，毕竟卫宣公有愧在先（他夺走儿媳，太子伋的母亲夷姜失宠自杀），于是就派遣太子伋出使，让杀手半路拦截。宣姜对太子伋或许余情未了，派儿子公子寿去通风报信，没想到太子伋决心听从父亲的话，哪怕去死也在所不惜。公子寿无法，只好把太子伋灌醉，自己冒充他出使，半路被杀。太子伋怒斥杀手，也同样遇害，据说《二子乘舟》就是为他们写的哀悼诗。

两个年纪大一些的儿子都死了，卫宣公只好让小儿子公子朔（也是宣姜的儿子）即位。公子朔就是后来的卫惠公，因为遭到太子伋、公子寿一派势力的阻碍，曾一度被赶出卫国。虽然后来齐襄公帮他平定内乱，但他自己并不争气。卫惠公死后儿子卫懿公即位，更为昏聩，直到把好端端的卫国搞了个稀巴烂。

这种下场，在人们眼中就是乱伦带来的负效应。

乱伦一定会遭受惩罚，这可能跟近亲繁殖的危害有一定关系，久而久之演变为一种共同的信仰。涂尔干就指出，乱伦不一定就会受到明确的刑罚，但"人们普遍有一种不容置辩的信念，那就是违禁者将会自然而然地受到惩罚，也就是说，受到诸神的惩罚"[①]。而在中国文化中，那些乱伦的国君等权贵则会扰乱国家，以此作为惩罚的方式之一。

---

① 涂尔干：《乱伦禁忌及其起源》，汲喆等译，上海：上海人民出版社2006年版，第6页。

值得注意的是，卫国诗人之所以讽刺乱伦，就是因为他们还有道德。

他们对卫宣公是毫无隐晦地写出他的猥琐求爱行为的。他们看见卫宣公在宽阔的黄河边上搭盖崭新光亮的新台来迎接宣姜，可再光鲜的外相也遮盖不住他乱伦行为的无耻。他们对后来的宣姜虽然也有批评，却也是一以贯之的态度所致，没有像小人那样反复无常，变化多端。更可贵的是，他们在批评宣姜下嫁昭伯的时候并没有直接斥责，而是委婉地感慨这些丑事真是不能说啊。唯一能说的就是它们确实是丑闻；如果要详细地说，那就说来话长了；如果要反复地说，那就有些自取其辱了。

为什么说来话长？是想把背后的罪魁祸首卫宣公揪出来，不得不多说。

为什么自取其辱？是因为一味地辱骂无辜的宣姜，也就等于在骂自己。

有这样的人坚持着道德底线，因此哪怕卫宣公、卫惠公、卫懿公三代昏君把持卫国朝政，最后连卫国也被赤狄灭国，却仍旧能在宣姜和昭伯的儿子卫戴公、卫文公和许穆夫人等治理和帮助下重新建国，并将战车从三十辆发展到三百辆，使卫民重获家园。

由此看来，宣姜的改嫁，不仅不能当作乱伦，反而是一次拨乱反正。

《有女同车》：速度与激情

> 有女同车，颜如舜华。将翱将翔，佩玉琼琚。彼
> 美孟姜，洵美且都。
>
> 有女同行，颜如舜英。将翱将翔，佩玉将将。彼
> 美孟姜，德音不忘。
>
> ——《郑风·有女同车》

一般来说，车只有开动才会震荡，而且多是前后震荡。

曾几何时，车进化到可以在静止时也动，还左右摇晃。

千万别怪车，人们对速度与激情的追求，古已有之，且不分中外。先说国外，福楼拜笔下的包法利夫人和练习生赖昂就在马车上有过一段惊世骇俗的激情："一辆马车，放下窗帘，一直这样行走，比坟墓还严密，像船一样摇晃。"[1]

前后震荡是速度，左右摇晃是激情，二者得兼，就是贺知章的"知章骑马似乘船"了。

但在中国，还要从开放的大唐往前追溯，一直到《诗经》中

---

[1]　福楼拜:《包法利夫人》，李健吾译，北京：人民文学出版社 1958 年版，第 252 页。

的《有女同车》。

诗的第一句就奠定了全诗的基调，一位女子跟诗人乘坐同一辆车。今天男女共乘一辆车很正常，公交车、地铁无不如此，在古代别说一般人了，就是帝王要跟后妃乘同一辆车也要引发人们的批评。这当然有点过激，但从今天公交车、地铁上不断爆出"咸猪手"来看，男女一定程度上的"有别"还是有必要的。

因此，我们的诗人跟这位女子乘坐同一辆车，哪怕不做其他的，就已足够刺激。

刺激这个事儿本身究竟存不存在很难说清，但违背禁忌总会让人肾上腺素提升。

可不是吗？诗人看到车上的女子，脸色像盛开的木槿花红红紫紫，红是因为激动，紫是因为紧张。激动的心情好理解，不仅仅含有男女相恋的懵懂与风情，还有飚起的速度所带来的心跳和狂浪。为什么紧张呢？这个理解起来稍微难一些，不仅仅有冲破男女同车禁忌的放纵与害怕，可能更主要的是对接下来行为的期盼和慌乱。

像包法利夫人是被动请上马车那样，这位诗人也比较主动。

他快速地驾车跑动，车辆轻便得仿佛飞鸟展翅翱翔。这种感觉当然跟今天的感受很不同，今天我们的大道和车辆减震效果都比过去好，如果以我们这种乘车感受来衡量先民，就觉得他们过于颠簸了。但对于没有过我们这样乘车经验的先民来说，眼前颠簸的马车也一样有临风飞翔的快感，这就是感觉阈的问题。

诗人一边享受着乘车御风的快乐，一边取下身上的佩玉送给她。

先民给女子送玉，一般就被视作求爱。果然，这诗人也不例外，他一边送玉还一边赞美她是大美女。这诗人非常擅长言辞。明明就是要去玩了，还夸她不仅美丽动人，而且娴雅大方——这是在鼓励她做出进一步的出格行为吗？明明就是迫不及待想要来点什么，还口口声声说我许下的誓言永远不会忘——这是在让她安心地进一步配合吗？

他们最终如何，诗中没有交代，但那欢快的车声似乎犹然在耳。

也许像这首诗一样，结局并不是最重要的，快乐就好。

歌舞中国

先民的生活离不开歌舞，他们快乐的时候要唱恋歌，如"叔兮伯兮，倡予和女"（《蘀兮》），痛苦的时候要唱悲歌，如"心之忧矣，我歌且谣"（《园有桃》）。不仅《国风》中有很多歌舞诗篇，据日本学者家井真教授研究，"雅"为"夏"的假借字，有戴着假面舞蹈祭祀的意思，而面具象征着神格，与巫术关系密切①。至于颂，据阮元、梁启超等解释，更是容貌之意，即通过容貌之装扮来跳舞祭祀。因此，风、雅、颂都与歌舞密不可分，而歌舞在创造礼乐文化的过程中起到重要作用，正如陈致所认为的"雅"即"夏"，"是周人在与其宗主国'大邑商'相对抗的过程中营造出来的文化概念……其所指主要是源自关中地区以宗周为中心的语言、文化、典章和制度"②。只不过礼乐文化后来居上，导致《诗经》中原本的歌舞中国日渐被忽视，实际上歌舞艺术是很重要的。哈夫洛克曾如此评价中国的歌舞艺术："这两个国家，即中国和希腊，他们曾有过最璀璨的文明，这两个国家中最有

① 家井真:《〈诗经〉原意研究》，陆越译，南京：江苏人民出版社2011年版，第3页。

② 陈致:《从礼仪化到世俗化:〈诗经〉的形成》，吴仰湘、黄梓勇、许景昭译，上海：上海古籍出版社2009年版，第3页。

智慧、最有声望的、最伟大的实践哲学家都认为整个生活（甚至政府）就是一种艺术，它与其他种类的艺术，比如音乐和舞蹈艺术极为相似。"[①] 我们通过歌舞在先民婚恋、巫术和政治等方面的作用，来简单梳理中国歌舞艺术的初始内容，并在这一过程中透过礼乐文化的装饰来重温早期的歌舞中国。

---

① 哈夫洛克·爱利斯：《生命的舞蹈》，傅志强译，北京：知识产权出版社2015年版，第10页。

《简兮》：红脸舞会

简兮简兮，方将万舞。日之方中，在前上处。

硕人俣俣，公庭万舞。有力如虎，执辔如组。

左手执籥，右手秉翟。赫如渥赭，公言锡爵。

山有榛，隰有苓。云谁之思？西方美人。彼美人兮，
西方之人兮。

——《邶风·简兮》

舞会，在古代更多用来祭祀祖先，但也包含着时下男女相
会的意思。

这也不难理解，我们看到舞池里摇摆的身体，听到耳中劲爆
的音乐，那闪烁的灯光虽然古代没有，燃烧的激情却一点不差。

在这荷尔蒙喷发的时刻，即便是本来没有情感基础的男女
也容易陷入沉醉和迷乱，何况是那些本来就心存好感的恋人们
呢？所不同的是，"对于彼此爱恋的人们来说，舞蹈可以倾吐他
们心中的热望，换取对方的欢心"[1]，而原本陌生的人们，则会因

---

[1]　谢长、葛岩:《人体文化》，成都：四川人民出版社1987年版，第
15页。

为这律动的节奏、旋转的肢体、优美的姿态而拉近彼此的距离，甚至萌生情愫。

《简兮》就描写了一场红脸的舞会，记录了男女的情感。

鼓声隆隆，场地一空，马上就要表演大型舞蹈了。太阳已经升到半空，祭祀典礼结束，那个精壮的帅哥儿就站在舞蹈队伍的最前面。很快舞蹈就在庙堂的前庭开始，他那有利的位置配合着健硕的身躯，迷倒一众少女。

现实中的女孩尚且如此，那想象中的神灵恐怕会更喜欢吧。

接下来，在少女眼中其他人都消失了，满眼只有他。

那个力大如虎的人是他。那个手执马缰绳却丝毫不紊乱的人是他。那个左手拿着三孔笛，右手握着野鸡尾羽；一边吹奏一边舞蹈，吹得悠扬悦耳，跳得销魂动魄的人还是他。少女不能自已，她也许只是观众，也许也是舞蹈队伍中的一员，不管怎么说，此刻她感觉自我消失了，舞蹈使他们之间的距离化为乌有。

这当然是诗人的高超手法，想通过少女的眼睛展现舞蹈的盛况。

诚如《神秘的舞蹈》所说："神秘的东方传统文化认为'我'不过是面具，所以恋人的性爱结合可以产生一种不同的境界，其中，'我'看来不过是抗拒的'幻影'。"[1] 在这种癫狂迷乱的舞蹈中，自我的"幻影"消散了，真实的情愫升温了。不仅仅是少女和帅哥儿精神融合在一起了，现场所有的人员和祖先、凡人

---

[1] 琳·马古利斯、多雷昂·萨甘：《神秘的舞蹈》，潘勋译，北京：中国社会科学出版社1999年版，第13页。

和神灵、乐师和舞师等，也都泯灭个体的差异，而全部向着共同的韵律化为一体了。

在醉人的音乐和狂乱的舞蹈中，他们获得了集体的精神高潮。

就像现场演唱会高潮过去有观众送花一样，这次的舞蹈结束后卫国国君也给这位来自周地的舞师赐酒了。但他还没完全从舞蹈的狂乱中回过神，满脸红彤彤的，透着一股诱人的羞赧，跟舞蹈中大胆的他截然不同。这在少女眼中还得了！如果说舞蹈中的精神高潮是大家普遍的感受，此刻少女却更加迫切地想要从真正的意义上拥有他了。

她勇敢地发出求爱的呼声：山上有榛树，湿地有甘草，我的心上有你！

如果要问我想的人是谁？那就是来自西边周地的美男子^①。那个西边周地的美男子啊，是真正文明礼貌、能文能武的周地帅哥儿！

少女的求爱，大家自然也都是哈哈一笑。

人们心里都清楚，卫国处在周地的东边，这位舞师终究要离开卫国回到周地，却还是任由少女高声求爱，实在是想通过这种方式表达对周的拥护和爱戴。我们知道，卫国百姓原是殷商遗民，他们如今和平相处，通过舞蹈交流，彼此喜爱，还有什么比这种氛围下的爱恋更美好呢？他们尽管未必能在一起，却实实在在地声气相通。

---

① 据《小雅·大东》"西人之子，粲粲衣服"来看，当时西边的周地富裕，可能是引领潮流者。

如果把周比作那位帅哥儿，卫国不就是那位少女吗？

难怪有学者指出，这首诗"遂为屈平《离骚》所祖"[①]。男女的爱情可以用来况味家国情怀，不就是屈原在《离骚》中一遍又一遍地呼吁的吗？

看来这场舞会不仅红了脸，也让赤子之心更红。

① 王先谦：《诗三家义集疏》，吴格点校，北京：中华书局1987年版，第190页。

《车舝》：新婚歌舞

间关车之舝兮，思娈季女逝兮。匪饥匪渴，德音来括。虽无好友，式燕且喜。

依彼平林，有集维鷮。辰彼硕女，令德来教。式燕且誉，好尔无射。

虽无旨酒，式饮庶几。虽无嘉肴，式食庶几。虽无德与女，式歌且舞。

陟彼高冈，析其柞薪。析其柞薪，其叶湑兮。鲜我觏尔，我心写兮。

高山仰止，景行行止。四牡騑騑，六辔如琴。觏尔新婚，以慰我心。

——《小雅·车舝》

新婚是《诗经》中写得较多的主题，像《绸缪》《载驱》《著》等，说明先民对婚姻的重视。古今中外，婚姻都极重要，范热内普说："结婚成为从一社会地位到另一社会地位的最重要过渡，因为至少婚姻一方需转换家庭、家族、村落或部落，有时新婚双方还需要建立新居处。"① 他还忽略了一种可能，就是从一个诸侯国转移到另一个诸侯国。

无论如何评价婚姻的作用，都不为过。

但集中地展现迎亲心理状态的诗篇并不多，说明大多数的新婚诗主要起到祝福和仪式作用。这也不难理解，毕竟迎亲仪式极其复杂，它更多的是一种规范，而很少照顾到个体心理状态的差异，所以在诗中呈现不多。幸运的是，《车辇》这首诗却比较完整地把迎亲新郎的心态生动形象地写出来，我们由此可窥一斑。

诗中的新郎驾车去迎接新娘。用老古话来说就是"人逢喜事精神爽"，或者不如用神秘体验者吕斯布鲁克的话来更深刻地表达："一个在爱的联系中成立的人应该一直居住在他（她）精神的统一中；他（她）应该凭借被照亮的理性和在天地间的丰富清澈性走出去，以清晰的分辨力审视一切东西，并且源自神圣的丰富性和真正的慷慨，去分发一切东西。"② 总之，这位新郎因为心中有爱而无所不喜。

车辆前进的辘辘声，原本有些吵人，现在听起来也是如此悦耳，因为这辆车很快就会载着我心爱的少女前往我家啦。我如此热盼，不是因为生理饥渴，而是许下娶她的诺言就要尽快做到。即使没有好友来祝福，我们也会快乐地宴饮，何况这么

---

① 阿诺尔德·范热内普：《过渡礼仪》，张举文译，北京：商务印书馆 2010 年版，第 87 页。

② J. V. 吕斯布鲁克：《精神的婚恋》，张祥龙译，北京：商务印书馆 2012 年版，第 96 页。

多好友都在祝福我们呢？诗中的"虽无好友，式燕且喜"，很多学者把"虽"解释为"虽然"，就成了"虽然没有好友来祝福"，这样就使全诗的开心氛围受到影响。而解释为"即使"就较好地避免了这个尴尬，且这种思维也跟后文中一再谦虚地强调伙食不丰盛之类的事情吻合，都呈现出新郎一贯的低调和谦逊。所以我们采用这种解读来诠释此诗。

穿过平原上的树林，新郎看见一些栖息的野鸡，要在平时他也许就会分心去打猎，此刻却迫不及待继续赶路，他那美好的新娘身材高大，他可不希望这位品德美好的新娘一来就指教他不要打猎野鸡。当然，身材高大也是加分项，使她的教导更有"威慑力"。今天他只想快乐地宴饮，来表达对她的爱永不改变。果然，宴会很尽兴。他谦虚地对新娘说："即使没有好酒，你也要喝一点儿（何况酒这么好呢）；即使没有美食，你也要吃一点儿（何况菜肴这么好呢）；即使我没有跟你相配的德行，你也要载歌载舞（何况我还不错呢）。"用最厨的态度说最自信的话，这位新郎看来也确实不简单。

难怪《左传》昭公二十五年记载"叔孙婼如宋迎女，赋《车辈》诗呢。

叔孙婼可是鲁国极有势力的"三桓"之叔孙氏的宗主，以善于外交辞令著称，自然能说会道。即便这首诗不是他所写，能得到他的青睐，恐怕也是因为诗中的新郎极会说话，低调而有实力，所以他才会在去宋国迎女的重要场合赋诗言志时，选择用这首诗。

新郎低调地夸完自己，开始把所有的赞美之词都集中到新娘身上。

先民有"析薪如之何，匪斧不克；取妻如之何，匪媒不得"的说法，把砍柴跟结婚联系在一起，也许跟树木旺盛的生命力有关，但不管如何，新郎在这种说法基础上进一步提升，他说："我登上那高山，砍伐那柞树；又在那柞树之上，选择最茂盛的枝叶。"言外之意，他选择的新娘也是好中最好的，于是他动情地表白说："初次我见到你啊，我的心就狂跳不止啊！你就像那高山令我仰望，就像那大道让我步入正轨。我将驾着马车马不停蹄载你回去，让马缰绳在我手中如琴弦一般和谐美好。见到我们新婚，我的心才无比宽慰。"

似乎在说，请你快快答应跟我走吧，否则我会心碎。

新娘有没有载歌载舞呢？可能性很大，毕竟像哈夫洛克所指出的那样，爱情是舞蹈最初的动力，以至于后来"舞蹈是一种求爱的过程，甚至不止于此，它也是爱情的见习期，人们发现这个见习期对爱情来说是个值得称赞的训练"[1]。所以是否歌舞，其实也就是对新郎的求爱是否认可。而从全诗来看，迎亲过程较为顺利，那么新娘歌舞的可能性最大。哈夫洛克还指出："所有与求爱有关的事物往往都要受到艺术的支配，它们的审美享受则是它们的基本生命快感的从属性反应。"[2]因此，无论是新郎的诗歌，还是新娘的歌舞，都是通过艺术的支配来展现他们的

---

[1] 哈夫洛克·爱利斯:《生命的舞蹈》，傅志强译，北京：知识产权出版社 2015 年版，第 40 页。

[2] 哈夫洛克·爱利斯:《生命的舞蹈》，傅志强译，北京：知识产权出版社 2015 年版，第 44 页。

生命快感，是他们热爱生活、热爱彼此的象征。

礼乐文化总是不断地告诉我们，人们需要仪式感。我们很难完全套用这些制度，来规范诗中新郎和新娘的行为，也许这并不是他们的问题，而是那些总想规范一切婚姻的权力本身的问题，而诗中的新郎和新娘不过是略加改进而已，诚如范热内普所说："如果两个相爱的人违背家庭意愿或（他们视为荒唐的）社会常规而结婚，通常也有一个妥协性调和仪式。或是将此结合接受为既成事实，或是只举行正常礼仪的一部分。"[1] 而这种妥协或改变，只要适合婚姻双方的实际情况，就不必顾虑所谓的仪式和非议。

归根究底，彼此深爱才是婚姻最本质的仪式，才是爱情最有生命力的歌舞。

---

[1] 阿诺尔德·范热内普:《过渡礼仪》，张举文译，北京：商务印书馆 2010 年版，第 92 页。

《君子阳阳》：为自己起舞

君子阳阳，左执簧，右招我由房，其乐只且！
君子陶陶，左执翿，右招我由敖，其乐只且！

——《王风·君子阳阳》

人生苦短，欢乐的时光总是那么有限，很多还是后知后觉，只是当时已惘然。

一些有感触的古典诗人就说："人生得意须尽欢。"或者说："尘世难逢开口笑。"

这还只是欢笑，尚且如此难得，那些快乐到癫狂的状态，就更难了。

如果用比较精密的语言来表述的话，我们或许可以把快乐分成三个等级：嗟叹、歌咏和舞蹈。这其实就是《毛诗序》的内容："在心为志，发言为诗，情动于中而形于言，言之不足故嗟叹之，嗟叹之不足故咏歌之，咏歌之不足，不知手之舞之，足之蹈之也。"这段话所描述的"情"当然包含着悲喜两面，如果单就欢喜而言，那么嗟叹之乐、歌咏之乐和舞蹈之乐就是一个欢乐渐增的过程。

《君子阳阳》就写了无法用嗟叹、歌咏来表达，只好借助舞蹈来展现的快乐。

诗中的君子扬扬自得，左手拿着簧乐器，右手朝乐师招手说："给我来段房中乐。"乐师很配合地演奏起来，他就随着音乐翩翩起舞，跳得那个欢乐劲儿啊，整个氛围随之改变。跳了一曲，他似乎还不满足，仍旧陶醉在舒畅的心情中，觉得房中乐太柔和了，想来点更刺激的，就拿着野鸡羽毛做成的扇形舞具，盖住额头，对乐师说："再来段刺激的《鹜夏》乐！"

乐师看他那个傻样，也乐得奉陪，于是他跳得更激烈、更快乐了。

他究竟为什么如此高兴？

从乐师配合默契来看，二人绝不是不同阶级地位的朋友，否则他们不可能配合得如此天衣无缝。他的身份应该跟乐师差不多，而他又善于舞蹈，很可能像学者说的那样，就是位舞师，所以《孔子诗论》认为这首诗写的是"小人"（也就是没有地位的人，刚好可以用来代指舞师），而诗中所谓的"君子"不过是乐师对他的调侃①。

舞师不管心情快乐还是悲伤，永远是按照贵族的要求起舞。

现在因为东周贵族衰微，无暇他顾，他能偶尔为自己起舞，怎能不快乐？

---

① 值得注意的是，这里的"小人"只是标出身份，像"唯小人与女子难养"一样，不带有褒贬色彩，只是用来指代那些没有地位的男子而已，没有地位的男子和女子，当然就难以奉养别人或自养了。但一些学者由此出发来批判《君子阳阳》中的男子，可能并非孔子的本意。

他高兴起来，想吹簧就吹簧，想吹房中乐就吹房中乐，吹到得意处，抛下簧器就跳舞，随着节奏律动，而这节奏又是根据自己的心情选择的。他觉得还不过瘾，就换成节奏更激烈的曲调，让自己得到更尽情的释放，而不用顾及贵族的眼光，不用考虑贵族的心情，不用受制于贵族的戒律，完全随意，岂不就是达到艺术创造的自由境界？

换作是谁，恐怕都会笑逐颜开、不能自己。

就算只是一刹那的自由自在，放空自己，也值得一生铭记。

多少人一生奔波劳苦，到头来学会取悦全世界，就是不会取悦自己。他们口口声声要维护世界和平，却连自己的内心和平都做不到。他们没日没夜，被各种教条和陈规所束缚，以至于看不清世界的本来样子，只能看清那些陋习所勾勒出来的世界的伤痕，还以为那就是整个宇宙，岂不可悲吗？

更可悲的是，他们还用这样的宇宙观来教育子孙。

一个从来没有为自己起舞过的舞师，不是一个好舞师。

一个从来没有取悦过自己的人，可能也不是一个好人。

《宛丘》与《东门之枌》：巫女之舞

子之汤兮，宛丘之上兮。洵有情兮，而无望兮。

坎其击鼓，宛丘之下。无冬无夏，值其鹭羽。

坎其击缶，宛丘之道。无冬无夏，值其鹭翿。

——《陈风·宛丘》

东门之枌，宛丘之栩。子仲之子，婆娑其下。

穀旦于差，南方之原。不绩其麻，市也婆娑。

穀旦于逝，越以鬷迈。视尔如荍，贻我握椒。

——《陈风·东门之枌》

　　因为对女巫有太多误会，所以我们的标题写成"巫女"。

　　实际上，巫女这个词是语义重复的，因为"'巫'本来指的就是女巫，小篆的'巫'字，象一个女子挥动两袖，以舞请神"[①]。我们之所以不避重复，就在于今天对巫的了解太少，不能不以大家更熟悉的词语来表述。

---

① 　王贵元:《女巫与巫术》，石家庄：河北人民出版社1991年版，第2页。

不仅"巫女"这个词是重复的，甚至"巫女之舞"这个短语也是重复的。

一些学者指出，舞蹈本来就是巫术的产物："考查原始艺术，特别是原始的音乐舞蹈，其主导明显地透露着巫术意味，这表明音乐舞蹈来源于巫术，是巫术支配下的产物。"[①] 换句话说，舞蹈是巫术中的重要组成部分，只要是巫女，就必定跟舞蹈密不可分。

既然如此，我们还是突出巫女的舞蹈，是因为今天的舞蹈已跟巫术的联系太薄弱。

当然，有些舞蹈还是给我们一种容易上头的魔力，比如我看 Lisa 的舞蹈，就深深陶醉其中。但这种陶醉的获得，我们一般认为是舞蹈的魅力所致，是一种艺术感染力的体现，而不归入到巫术的作用和效果上。

而在先民看来，舞蹈主要不是跳给人看的，它是用来降神的。

巫女也正因为可以通过舞蹈降神而获得世俗的信任："女巫是用舞蹈来使神降临的人，神降下之后，或者将意志传达给女巫，或者直接附在女巫身上，女巫身巫而心神或者整体成为神，在这种情况下，女巫即是神。"[②] 也正是如此，巫女为了获得更为生动的降神效果，以便巩固她的权力，甚至不惜使用致幻毒物。

其中我们比较熟悉的就是大麻，这简直就是巫女的必备神器。

---

① 王贵元：《女巫与巫术》，石家庄：河北人民出版社 1991 年版，第195 页。

② 王贵元：《女巫与巫术》，石家庄：河北人民出版社 1991 年版，第1 页。

她们为了获得更好的幻觉效果，不惜以危害自己的身体为代价，通过大麻引发的幻觉来沟通人神，并把它尊称为"建木"。王贵元指出："'建木'是传说中巫神上下于天的天梯，而这建木不是别物，正是大麻。"[①] 大麻因为含有致幻毒素，食用中毒之后能看见鬼神，被巫女视作天梯。

一说起巫术，我们常以为是骗人伎俩，这在后世确实如此。

但在先民那里，巫女连自己的生命都可以奉献给神，虽然逃不出迷信的局限，却好歹说明她们是比较敬业的。也正如此，巫女在当时很受百姓拥护："许多世纪以来，无论基督教前期还是后期，女巫都受到老百姓的爱戴与尊敬。女巫与巫士都是百姓最好的顾问。"[②] 不仅国外如此，国内也是，我们不能因为我们现在对自然规律的了解比先民深，就脱离当时的生活实际来盲目批评巫女。

巫女敬业且获得时人的尊敬，就使巫女更加倾心地沉醉其中。

工作中的女性魅力很大，往往会使观看她们舞蹈的男青年沦陷。

这也难怪，她们的舞蹈都能够降神，也就是吸引所谓的神的注意，那么普通的男人不由自主地沉醉其中无法自拔，也是可以理解的。这样一来就出现一个大问题：巫女们都很敬业，热爱自己的事业，而在这份热爱的过程中，却又被男青年爱上，

---

① 王贵元：《女巫与巫术》，石家庄：河北人民出版社1991年版，第14页。

② 玛格丽特·穆礼：《女巫与巫术》，黄建人译，桂林：漓江出版社1992年版，第133、134页。

成为他们眼中的女神。如果可以选择，这时候巫女是选择爱情还是事业呢？

我们从巫风很强的《宛丘》和《东门之枌》两首诗中来找找答案。

相比而言，《宛丘》的巫女更为绝情。在男青年眼中，她就在宛丘之上摇荡着舞姿，由于是跳给神看，确实饱含深厚、虔诚的感情，可是男青年越见到她对神的深诚，就越是觉得自己追求她的无果。为什么呢？因为她不分冬夏，不管冷热，在宛丘上下、道路之上，随着鼓声和缶声，拿着羽毛制成的舞具跳个不停。

哪里需要降神，她就在哪里为神起舞，至于男青年的爱，她并不回应。

《东门之枌》的巫女则要温柔一些，她在陈国东门的白榆树下，在宛丘上的柞树下婆娑起舞。之所以在树下起舞，或许跟生殖祈祷有关，据说树木可以促进生殖："以树神为生殖之神，这种现象不限于中国，外国也大量存在着。"[①] 但《东门之枌》的巫女跟《宛丘》的巫女略有不同，她不是固定在一个地方为神起舞，她还会在一个好日子去南方的平地上舞蹈。她甚至可能还有副业，比如纺织麻布，甚至在街头就能起舞。这种趁着好日子就去舞蹈取乐的生活，她已有多次。

当男青年夸她像锦葵一样美丽的时候，她就把用来降神的香料花椒送给他。

---

① 王贵元：《女巫与巫术》，石家庄：河北人民出版社1991年版，第28页。

从这位巫女身上，我们或许也看出她的虔诚不如《宛丘》巫女。

但不管怎么说，每个人都是不一样的，巫女怎么就不能有不同类型呢？所以我们心平气和地总结一下：《宛丘》巫女是一心扑在自己的降神事业上，克服千辛万苦，不管俗世的追求。《东门之枌》巫女本来也就是把巫女身份作为兼职之一，降神与俗世的幸福兼而有之。很难说究竟谁更好一些，只能说她们有不同的自我要求。

或者换个角度来看，把这两种态度视作同一个巫女的不同阶段可能更有启发。

在她事业打拼的初期，她是《宛丘》诗中的巫女，把全部精力投入其中，更重要的是能吃苦不怕累，终于使她成为附近一带大家最信赖的巫女。等到事业基础奠定完毕，她开始转入《东门之枌》的阶段，不仅操持一些家务（比如纺织麻布），而且也不时去各地降神，继续她的巫女事业。此时她年岁已大，不能再像年轻那会儿不管冬夏地拼搏了，所以每次都尽量挑选一个好日子。因为有了更多的人生体验，她也不再像以前那样固执，把事业和家庭完全对立起来，更不再像以前那样毫无经验地对待别人的喜欢，不再粗暴地拒绝，而是委婉地把降神的香料送给他，寄寓着愿神赐他幸福的深意。

这位巫女的舞蹈不仅是跳给神和别人看的，更是为她自己而跳。

如把事业和家庭结合到这种程度看作魔力之一，那巫女确实名不虚传。

《鼓钟》：露天音乐

鼓钟将将，淮水汤汤，忧心且伤。淑人君子，怀
允不忘。

鼓钟喈喈，淮水湝湝，忧心且悲。淑人君子，其
德不回。

鼓钟伐鼛，淮有三洲，忧心且妯。淑人君子，其
德不犹。

鼓钟钦钦，鼓瑟鼓琴，笙磬同音。以雅以南，以
籥不僭。

——《小雅·鼓钟》

贵族生活并不是一成不变的，只不过他们的些微变化都会
引发争议。

简单到是在室内听音乐，还是来一个露天音乐会，都会被
人议论纷纷。

按道理来说，中国音乐本来就跟大自然声声相关，庄子就
区分了"天籁""人籁"和"地籁"，也写到黄帝举办露天音乐会
般的"张《咸池》之乐于洞庭之野"的盛况。可是到了贵族生活

中，音乐演奏日渐成为室内音乐，那野外演奏的劲爆、粗犷、生机勃勃的乐声，如今被诸如优雅、高贵和井然有序的死气沉沉的乐声所取代。

在《鼓钟》这首诗中，就写了一次奇特的露天音乐会。

它虽然是在淮河岸边演奏，却井然有序地像是室内音乐。由于诗中有"鼓钟伐鼛"的诗句，据学者研究，这是"王者之食乐"①，也就是周王吃饭时演奏的音乐，因此我们也大概可以判定这是写周王之诗，只不过究竟是周幽王还是周昭王，学者莫衷一是。但无论是他们中的哪一位，都没在史书上留下好名声，可见学者对诗中所写的露天音乐会更多抱着否定的意见。

诗中先写钟声将将，跟淮河浩浩荡荡的水声此唱彼和。又写钟声喈喈，跟淮水缓流的声音相得益彰。又写钟声里面加入大鼓之声，就像淮水冲击到河中小岛激起的涛声，久久回荡。最后写钟声渐渐悠扬，琴瑟笙磬都加入进来，又用雅、南、籥这些乐器收声，整齐划一、有条不紊地结束了淮河边的音乐演奏。

虽然总体上来说缺乏了一点激情，但也还算让人满意。

可是诗人却不这样想，他一直忧心忡忡地听着，嘴里念念有词："善人君子啊，他们的德行是没问题的，我们不能忘记了啊。"他这样说，明显是来搅局的，因为话里有话。他说善人君子的德行没问题，那言外之意是眼前的君子（也就是周王）有问题。他提醒人们不要忘了君子的德行，含有当下的君子没有德

---

① 王先谦：《诗三家义集疏》，吴格点校，北京：中华书局1987年版，第747页。

行之意。

难怪后世学者也多受到诗人的影响，而批评这场音乐的举办者呢。

我们不必去评判先民是非，而就这场音乐会的矛盾所涉及的三个问题略陈己见。

第一个问题就是，诗人为什么会从音乐中听出善人君子来？

这其实并非个例，据说孔子就曾跟随师襄学弹琴，学到后来能够从琴曲中揣摩琴曲的作者是周文王，把师襄都震惊了，因为师襄的老师跟他说过，琴曲的名字就叫《文王操》。吴公子季札也曾听鲁国演奏周乐，听到《豳风》时能听出是写周公东征。总之，就像《乐记》说的那样，君子可以从音乐中听出很多内容："知声而不知音者，禽兽是也；知音而不知乐者，众庶是也；惟君子为能知乐。"诗人能够写出这样的诗句，大概也是一位君子，他从音乐中听出当年创造这些音乐的善人君子的情志，"不禁欣慕古代圣贤创造音乐者的功德"[1]，从而批评眼下君子的不足，也就不足为怪了。

从音乐演奏的顺利进行来看，这种批评并无效果，那诗人为什么还继续批评呢？

这是典型的尚友古人的做法："在音乐中，人们常常感觉不到那些过去时代的伟大作品与自己的心灵有着一丝隔膜，相反，却好像是创作了那些不朽音乐的音乐家们在精神上的同时代

---

① 程俊英、蒋见元:《诗经注析》，北京：中华书局1991年版，第652页。

人。"① 虽然眼下的君子并不听从诗人的建议，但诗人在回顾、缅怀古代圣贤的过程中获得道德上的满足感，这或许就是音乐本身的魅力之一吧。

而古代的圣贤似乎也乐衷于把自己开辟的盛世用音乐来渲染，我们称作"功成作乐"，比如尧作《大章》、舜作《韶》、禹作《大夏》、周武王作《大武》等。不仅我们中国人如此看待音乐，西方人亦然。萧伯纳就宣称："在艺术史的长河中，从没出现过一例这样的情况，即艺术家所创作的最伟大的作品不是作为一个高度发达的文明社会的最后一级台阶而出现。也就是说，最伟大的艺术作品都诞生在高度文明的社会里，得到广大人民的扶持和维系……所有人都把艺术视为国家强盛与上帝荣耀的一个必不可少的因素。"②

这样一来，音乐从诞生之初就有复杂的含义，诗人的态度并不过分。

问题在于，这些音乐所蕴含的盛世、圣贤是真的吗？

这第二个问题就超出诗人的理解范围了，或者不如说，跟他的用意并不契合，因此被他有意无意地蒙混过去。我们且不去讨论年代久远、传说居多的尧、舜、禹，就是周武王，也有伯夷、叔齐"义不食周粟"，责备他"以暴易暴"。可见所谓的圣贤，不过是后人构建出来的一种引人向上的榜样，不一定代表真实情况。

---

① 萧伯纳:《萧翁谈乐》，冷杉译，北京：三联书店2005年版，第1页。

② 萧伯纳:《萧翁谈乐》，冷杉译，北京：三联书店2005年版，第212页。

表现在音乐上，就使人们常常有种错觉，以为被构建出来的圣贤哪里都好，连他们渲染的音乐也比后世厉害，萧伯纳把这种现象称作"错觉"，他说："不论处在哪个音乐时期，人们都会有这样的错觉，那就是歌唱艺术已被湮灭，同时缅怀一个臆想中的过去的黄金时代。"[1] 而那些所谓的"黄金时代"，究竟在多大程度上属于臆想，就要看臆想者对眼前现实有多少不满。不满越大，他的臆想、虚构成分就越多。

最后，我们要探讨诗中的君子，为什么冒着被批评的风险，也要选择露天音乐会？

我们可以从两个方面来简要回答。从音乐的本质来看，它是一种"响亮的空气"，需要流动，这与久处室内的君子对动态的渴望一致。相比室内音乐，尤其是周朝室内的宴饮、祭祀等场合演奏出来的雍容肃穆、令人昏昏欲睡的乐声，露天音乐无疑更为自由奔放。

尽管诗中的君子仍不敢完全解除礼仪对音乐的束缚，但仅仅是把演奏地点从室内转移到室外，音效就已经发生巨大改变。原来室内的乐声，回荡在墙壁之间，不仅会有无形的压迫感，更会因为乐声的传播受阻而使其缺乏层次感。这对余音还好一些，毕竟还可以"余音绕梁"，但对于较为激烈一些的钟声就很不利了，因为它们激烈到根本不会绕！如今却因为淮河水声的加入，而转化为丰富的交响乐。更因为广袤无垠的天地给了乐声足够的传播空间，使它们无所顾忌地远播四方。这就使同样

---

① 萧伯纳：《萧翁谈乐》，冷杉译，北京：三联书店 2005 年版，第 232 页。

的演奏呈现出完全不同的艺术效果。

更重要的是心理上的变化。君子在室内束手束脚地听音乐，和在野外大自然中无拘无束地听音乐，哪怕音乐本身没有变化，听起来也有不同感受。可以设想一下，我们在歌厅包间里唱歌，和在小溪边放歌，有什么不同？歌厅的歌声会一次次弹回我们的耳膜，干扰我们对后续歌声的欣赏。而小溪边的歌声可以"手挥五弦，目送归鸿"，把音符一个一个地送到大自然深处去，而不必担心它们杀个回马枪。于是乎，我们处在完全放松的状态下，音乐在传到远方去的过程中，仿佛也把我们的心情、魂魄带往不一样的远方，那是一种彻底的身心放松与修复。我们仿佛乘着乐声前往他乡，归来时焕然一新。

因为露天音乐中的每个音符，都有一双完好的翅膀。

乐学中国

伟大的教育家孔子早就说过："知之者不如好之者，好之者不如乐之者。"告诫我们，快乐学习才是最高境界。可是学习真的能够快乐吗？我们常说"书山有路勤为径，学海无涯苦作舟"，似乎更符合学习的实际情况。也许我们不该纠结于这个似是而非的问题，因为任何事情都有两面，而应该受到尼采"快乐的智慧"的启发，认识到"如何快乐地学习"这个问题的答案本身也是我们需要通过学习才能获得的。这当然离不开师生的共同努力，唐纳德就通过"简明、有趣的笔调"减轻了学生学习哲学的负荷，并在他的学生中"激起了远比一串串笑声更多的东西"①。形式上的轻松，也是我们本书所努力追求的效果。但远比这个重要的是，真正的快乐是学到真才实学后的成就感所激发出来的，而这正是"诗教"的重要内容。《诗经》的教化有很多风趣之处，如孔尚任《桃花扇小引》所认为的那样，传奇的"旨趣实本于三百篇……于以警世易俗，赞圣道而辅王化，最近且切"②，可以通过戏曲的方式传播《诗经》的旨趣，实际上也是因为《诗经》

① 唐纳德·帕尔玛：《快乐学哲学》，曹洪洋译，上海：上海社会科学院出版社 2008 年版，第 2 页。

② 孔尚任：《桃花扇》，北京：人民文学出版社 1958 年版，第 1 页。

在先民那里，与明清之际的传奇差不多，受众广泛，喜闻乐见。而旨趣之意，据孔尚任"制曲必有旨趣，一首成一首之文章，一句成一句之文章，列之案头，歌之场上，可感可兴，令人击节叹赏，所谓歌而善也"[1]来看，则旨趣实乃感兴之趣味，与《诗经》之比兴果然一脉相承[2]。因此，我们通过发掘《诗经》的教化趣味，从学习方式的游戏化，到学习者的立志自得，来勾勒和呈现先民的乐学面貌。

---

[1] 孔尚任:《桃花扇·桃花扇凡例》，北京：人民文学出版社1958年版，第2页。

[2] 我们尽量在诗篇中发觉有趣味的主题，也是在向孔尚任学习。

《采蘋》：少女的游戏

于以采蘋？南涧之滨。于以采藻？于彼行潦。

于以盛之？维筐及筥。于以湘之？维锜及釜。

于以奠之？宗室牖下。谁其尸之？有齐季女。

——《召南·采蘋》

我们小时候坑过家家的游戏，其实就是在游戏中学一些社会经验。古代也如此，比如孔子小时候就在游戏中陈列礼器、模仿礼容，果然长大后就成为了礼学大家。

中国古代的教育家也认识到儿童喜欢游戏、不爱说教的特点。明代王守仁就说："大抵童子之情，乐嬉游而惮拘检。"小孩子都喜欢玩游戏，害怕被管教。因此，儿童的教育如果顺应儿童的游戏天性，就能事半功倍，否则就适得其反①。诚如当代游戏教学专家们所指出来的那样："基于游戏的学习以及游戏化在

---

① 详细的意见和评论，请参看方卫平著《中国儿童文学理论发展史》（上海：少年儿童出版社 2007 年）第 42、43 页的内容，方教授指出，这些优良的认识在中国教育传统中虽然不是主流，却也闪耀着光辉。

改变人的行为和促成积极的学习成果方面效果显著。"[1]游戏确实在学习中发挥着重要作用，这种作用变得日益重要。

《采蘋》这首诗就写一位少女在祭祀的游戏中学习女性本领。

它用轻快的问答方式，把少女游戏的全过程展现在我们面前。

在哪里采摘四叶菜呢？去南涧边采呀。在哪里采摘聚藻呢？去水面上采呀。采到后放在哪里呢？放在方筐和圆筐里呀。在哪里烹煮它们呢？放在锅里煮呀。煮好后放在哪里祭祀呢？放在宗庙窗下呀。谁来主持祭礼呢？让那个恭敬的少女来主持呀。

整首诗歌既简单得像童谣，又好玩得像我们在执行游戏任务。

遗憾的是，历来的学者都在为探究少女究竟祭祀什么而争吵不休，却忽略了诗歌本身的欢快节奏。他们要么以为是祭祀高禖，要么觉得是少女出嫁前的礼仪，总之互相不能说服对方，因为无论哪种说法，都有各种矛盾。我们心平气和地吟咏这首诗，字里行间所展示出来的愉悦和欢喜，无不让我们回到童年的嬉戏时光。但他们一定要寻出微言大义，弃童子之见而不顾，我们也无法强迫他们，只能由着去了。

少女玩这个游戏究竟有什么作用呢？《左传》中的一则故事给我们一些线索。

鲁襄公二十八年，因为"宋国之盟"，鲁襄公跟宋平公等人前往楚国。鲁襄公路过郑国，郑简公不在，伯有到黄崖慰劳鲁

---

[1] 卡尔·卡普:《游戏，让学习成瘾》，陈阵译，北京：机械工业出版社 2015 年版，第 70 页。

襄公，但是表现得非常不恭敬。穆叔就批评说："郑国不杀了伯有，就一定有大祸。恭敬是主宰民众的大义，现在没有了，用什么来保持祖宗传下来的大业？"接下来穆叔就讲了一个跟《采蘋》诗意相近的事来佐证。他说："把山丘边、积水中的四叶菜、聚藻采来，放在宗庙前，让佩戴兰草的少女也可以祭祀。虽然祭物和主持祭祀的人都微不足道，但就是因为她用心恭敬，所以祖先也不会怪罪。"

穆叔的解释中包含着对少女的蔑视，这是时代局限，我们不去苛责他。

倒是他对"恭敬"的解读让我们多多少少明白，这个游戏的本质就是把少女培养成静穆的淑女。诗在"有齐季女"之前，都是动如脱兔般的活泼氛围，让我们不难感受到那少女如风一般忙碌着，这都是顺应少女天性的地方。只到最末一句点出寓意，戛然而止，我们似乎也能感受到那少女又静如处子般了。那个恭敬的少女，实际上就是循循善诱的长辈口中的理想少女，也是这首诗的教育意义所在。

有张有弛，确乎能起到很好的引导效果。

把少女培养成静穆的淑女也许不一定正确，但这种少女游戏本身却有益。它的游戏目的虽然是说教，却在具体的游戏过程中充分释放了少女的天性。更重要的是，少女在游戏中感受到自己的主体地位。虽然只是游戏而已，却也能多多少少促使她进一步加强对自我主体的认知，这可能未必是游戏的初衷，却在客观上起到这类作用。

毕竟，实际的祭祀场合中女性只能配合男性，从没有成为女主角。

那敢于对男子说"百尔所思，不如我所之"的许穆夫人，也许就玩过这游戏。

《芄兰》：童子的游戏

芄兰之支，童子佩觽。虽则佩觽，能不我知。容
兮遂兮，垂带悸兮。

芄兰之叶，童子佩韘。虽则佩韘，能不我甲。容
兮遂兮，垂带悸兮。

——《卫风·芄兰》

在当代儿童文学研究者看来，中国古代没有真正的儿童，他们都被当作缩小了的成人或不完全的成人。这当然是就总体印象而言，实际上个别差异还是存在的。

由于诗人与儿童之间有着天生亲切感，在诗人眼中还是存在儿童的。

《芄兰》这首诗就写了诗人眼中的童子，他虽然佩戴着成人的佩饰和工具（很可能就是用比较相似的芄兰果实和叶子假扮而成的，并非是真的），却还是在举手投足之间透露出儿童的稚嫩和笨拙。正是这份与成熟公子不同的单纯，使诗人对他尤其感兴趣，便用幽默风趣的笔调记录了童子的憨态。

芄兰今名萝藦，是一种多年生草质藤本植物，果实如锥，

跟成年人佩戴在身上用来解结的小骨锥很像。童子不仅戴着小骨锥，还戴着扳指，这扳指也是成年人用来拉弓的工具，跟芄兰的叶子比较像，所以也有可能是用芄兰叶子做成的。

佩戴上这些成年人的饰件，童子有点飘，感觉自己就像个大人了。

为什么要这样呢？赵逵夫指出，如此一来就能"多少显示成人的精干和独立性，显示已自我管理并开始参与交际活动"[①]。联系我们自身的童年经历，确乎如此。我记得自己小时候就喜欢在腰带上挂串钥匙，实际上没有什么钥匙可挂，因为钥匙都是大人保管嘛，可是看着大人挂串钥匙就觉得很威风，自己也想要，就把根本没用的钥匙捡来挂在钥匙扣上。

现在想来固然可笑，但这位童子的心态我们也就可以理解了。

这位佩戴成人饰件的童子不止于此，他还决定一改自己的亲切可人，学学成人之间的淡漠态度。因此，当诗人故意来打趣他的时候，他嗤之以鼻，决定装作不知道他，跟他不亲近。在他的注视下，童子学着大人的步态慢慢悠悠地走过去，身上的垂带却因为没有掌握好节奏而并不配合地摇摆起来。

看得诗人忍不住哈哈大笑起来，把他写进诗中来揶揄。

小孩子喜欢模仿，大概也是天性。我记得我小时候就喜欢模仿老年人拄着拐杖走路的样子，逗得大人笑个不停，以至于每次见到我都让我模仿。从这个角度来看，模仿大人不仅是他

---

① 赵逵夫：《岂忘青梅竹马时》，《古典文学知识》2012年第3期，第111页。

渴望长大的一种心愿，也是儿童天性的一种显露。二者碰撞在一起，使这首诗充满了青涩与成熟之间的忍俊不禁。

实事求是地说，模仿也是儿童所擅长的事情。

诚如杜威所指出的，儿童"很容易快速地从一个主题转移到另一个主题，就如从一个地点转移到另一个地点；但他意识不到这种转换或中断，既没有意识到有什么割裂，也没有意识到有什么区别。他所关注的那些事物，通过他生活中所承载的个人和社会的兴趣统一性而得以结合起来"[1]。因此，儿童模仿起其他事物来没有太大的阻力，因为他们本来就没有什么比较固定的性格，可塑性很强。

可塑性很强，也就意味着学好学坏都很简单，就使儿童的教育变得很重要。

俗话说"三岁看到老"，就是这个意思。

从《芄兰》诗来看，童子去佩戴成年人的佩饰，也许就带有教育况味。诗人写这首诗固然展示出幽默的场景，但这笑声背后，也含有对童子的指点：要想真正成熟起来，不仅仅是外貌和衣着的改变，更重要的是心境的发展。否则，就算你浑身上下是最成熟的打扮，也走不出成年人那种"委蛇委蛇"的优游自如之态，相反，还会引人发笑。

怪不得童子不理他，原来童子也意识到他的目光里有嘲笑啊。

不过，"静言思之"，也确实有道理。

---

[1] 杜威：《杜威全集·中期著作》第二卷，张留华译，上海：华东师范大学出版社2012年版，第212页。

诗人这种寓教于乐的做法，跟我们今天所提倡的亲子教育极其相似。他充分把握儿童的模仿天性和成长期望。也许就是他不动声色地摘来跟小骨锥很像的芄兰果荚和跟扳指很像的芄兰叶片，当作真的骨锥和扳指给童子穿戴上。在这种游戏中，他们一起揣摩成人与儿童之间的差别，并在欢笑声中指出不足，加以改进，这其实是一种交互式学习："研究表明，教学环境中的互动可以促进学习。学员之间、学员与教学内容、学员与老师互动得越充分，学习越可能真实地发生。"[1] 果然，通过这种互动，童子既认识了芄兰这种植物，又使他对成年有了更深的理解，还在无意中为我们留下如此惟妙惟肖的诗歌杰作，真可谓一举多得！

少女采蘋，童子佩兰，果然大自然就是最好的老师啊。

孔子说《诗经》"多识于鸟兽草木之名"，岂不然哉？

---

[1] 卡尔·卡普等:《游戏，让学习更高效》，陈阵译，北京：机械工业出版社 2017 年版，第 17 页。

《齐风·甫田》：胸怀大志

无田甫田，维莠骄骄。无思远人，劳心忉忉。

无田甫田，维莠桀桀。无思远人，劳心怛怛。

婉兮娈兮，总角丱兮。未几见兮，突而弁兮。

——《齐风·甫田》

从小老师就教育我们要胸怀大志，树立远大的理想。

我小的时候，家境贫寒，父母也经常跟我说："人穷志不短。"

无论是学校还是家庭，树立志向都成为人生第一课。

古代更强调立志的重要，《诗经》成为重要的学习教材，也与它"诗言志"的特点密不可分。一部《诗经》从何说起，"一言以蔽之，思无邪"，就是要培养我们高尚的情志。

不仅中国如此，国外也这样，日本的大前研一曾大声呼吁："与胸怀大志、远渡重洋的明治时代及战后第一世代相比，如今在低欲望社会培育出来的人才，缺乏竞争心。"[①] 他指出日本年轻一代不敢树立志向、不愿承担责任，实际上就是在宣传和强调

---

① 大前研一：《低欲望社会》，姜建强译，上海：上海译文出版社2018 年版，第 237 页。

志向和责任的重要意义。显然，在他看来，只有胸怀大志，才能有足够的竞争意识。

《齐风·甫田》就描写了一位胸有大志的齐侯，诗人却批评他，这是为什么？

先来看诗人的批评。他语重心长地指出，不要去耕种周天子广大的公田，因为那田对你来说太大，很容易种不好，不仅结不出累累硕果，反而让田地荒芜、长满狗尾巴草。同样的道理，也不要想着去把远方的人团结起来，因为他们离得太远了，你还没来得及去团结他们，身边的人就被你忽略而成为一盘散沙，你不仅达不成原来的志向，反而使自己忧心忡忡。这两个铺垫做好之后，诗人要引出主题了，他对齐侯说："你就像童稚无知的小孩一样，刚才还一副儿童的装扮，转眼还没长大，就急着穿上成人的衣服！"

言下之意是说，你并没有真的成长，那不过是拔苗助长。

公田，据说就是周天子和诸侯的田地，从《小雅·甫田》和《大田》来看，《诗经》中的"甫田"或许就是指周天子的田地。据学者研究，甫田既给周天子提供大量谷物，也可以用来救济百姓[1]，可谓责任重大，是周朝的根基所在。现在诗人让齐侯不要去耕种周天子的公田，那言外之意自然是齐侯想要代替周天子成为天下霸主。而霸主的身份跟诗后想要征服远方之人的志向刚好契合。由此可知，齐侯的志向就是代替周天子行使霸权。

作为强大的齐国国君，有这个志向不算不切实际，毕竟齐

---

[1] 可参考张节末、张硕《〈诗经〉"公田礼"乐歌考》（《暨南学报（哲学社会科学版）》2017 年第 10 期）。

桓公就是第一任霸主嘛。

问题在于，这个霸主志向跟他的实际作为偏差太大。

甫田本是一朝的根本，上到天子，下到穷苦百姓，都指望着它来生存。在《小雅·甫田》中，我们看到周人热切地期盼着甫田能够生产出"千斯仓""万斯箱"的丰富粮食，如此一来，天子开心，寡妇也能靠捡拾遗漏的稻穗活下去。可现在呢？在齐侯的耕种下，甫田没有生产出更多粮食，只有一片狗尾巴草随风飘摇。

眼前的惨状，已经让有预见性的诗人看见了百姓饥饿的未来。

由此可见，诗人不是反对齐侯的大志，而是反对他仅有大志却没有实际行动。

诗人不是反对齐侯追梦，而是反对他在追梦的道路上不顾百姓死活。

两相对比之下，就更清楚了。人家周天子《大田》诗中写的是"大田多稼""不稂不莠"，而齐侯耕种下的则是"维莠骄骄""维莠桀桀"。周天子指导下的甫田，只有多种庄稼、没有害草、生产出更多粮食，才能威加海内，莫非王土，真正实现四夷宾服、万国来朝的盛况。现在齐侯却好高骛远，不自量力，最终不过是像冲动的孩子渴望长大那样来一场胡闹，胡闹过后，孩子还是孩子，但齐国百姓可就遭殃了。

实际上，齐国的国情也跟周天子立国的根基有差异，齐侯不该盲目学习。

当年帮助齐桓公九合诸侯、一匡天下的管仲，对齐国国情就有过深入分析。他指出齐国濒临海洋，鱼盐之利甚为可观，在发展农业的基础上，更着重对商业的改革，以便"来天下之财，致天下之民"。管仲的分析是比较客观的，而且在管仲和齐桓公的努力下，齐国也日渐强大，这才有了称霸诸侯的资本。

如今的齐侯，显然已经把齐桓公和管仲的实际经验抛诸脑后了，只记得霸主的大志。

这种做法的危害是显而易见的。小孩子没长大，其破坏力虽然也存在，毕竟还是局限在较小的范围。可是齐侯更像是一位巨婴，他在身体上已经发育为成年人，而在精神上还保留着婴儿般的思想、情绪和行为。如今，他的任性不再仅仅是他一个人的事情，而是会直接影响到整个国家。从诗人把他比作小孩子来看，诗人很有可能是他的长辈或德高望重的老师，哪能不在诗中语气迫切地指出来呢？

诗中连用四个"无"，说明诗人已急火攻心，也说明齐侯的做法急功近利了。

遗憾的是，如果齐侯真的是小孩子，那还好管教一些，但很不幸，这位巨婴自己却不认为自己幼稚。何以见得？如果诗人第一次跟他指出问题所在，他便加以改正的话，那全诗不必一再重复"无田甫田"的诗句。我们也能理解，在教育孩子的时候，一张白纸似的孩子最好引导，因为他们本来就没有太多知识，听讲和吸收的时候都很顺利；最怕的是半桶水的学生，他们一知半解也就算了，还喜欢用一知半解的想法来批判、来质疑甚至来反对，这样不仅没法学到真正的知识，反而会巩固脑中的偏见。

不幸的是，我们今天的教育很多地方也不能跳出这个怪圈。

诗人越来越着急，好说也不听，歹说又不敢，这可如何是好？情急之下，他心生一计，既然齐侯已经忘记了他曾经是个小孩，那我就以小孩的事情来举例开导。那个穿大人衣服的小孩，究竟是小孩呢，还是大人呢？这个问题很好回答，当然是小孩。那么，我们在看待霸主志向的时候，也应该穿过成年人衣服的表象，去看穿那孩子的本质呀！

不知道齐侯最后有没有听从诗人的意见，但我们却由此明白了比兴手法的用处。

那不过是为了让肤浅自大的国君，能通过形象的画面听懂高深的道理啊。

这样一透视我们就会明白，真正的大志应该是内涵，而不是披在身上的外衣。

《子衿》：教师的期待

青青子衿，悠悠我心。纵我不往，子宁不嗣音？

青青子佩，悠悠我思。纵我不往，子宁不来？

挑兮达兮，在城阙兮。一日不见，如三月兮！

——《郑风·子衿》

中国古代教育固然有死记硬背的一面，但也非常注重激发学生的学习动力，体现出学习的主体性，比如孔子说"不愤不启，不悱不发"，就认为只有等学生思而不得、求而不明的时候，进行启发式的教学才最有效。

这跟当下的各种教学方法相比显得有些简单，但往往越简单却越有效。

孔子的教育带有政治色彩，超出教育本身的意义，而当今的教育虽进步巨大，也难免出现为教育而教育的情况，虽然教育人数和范围都大大提高，但无可置疑的是，灌输式教育也日渐成为主流之一。巴西学者弗莱雷就指出："教育就变成了一种存储行为。学生是保管人，教师是储户。教师不是去交流，而是发表公报，让学生耐心地接受、记忆和重复存储材料。这就是'灌输式'的教育概念。"①

灌输式教育的价值和后果都是一目了然的："大多数人越是完全地适应由占统治地位的少数人为他们设定的各种目的（统治者由此可以随意剥夺大多数人的权利），占少数的统治者就越容易继续发号施令。灌输式教育的理论和实践非常有效地服务于这一目的。语言课、阅读要求、衡量'知识'的各种方法、教师与被教育者之间的距离、提升的标准：这一现成的方法中的一切都是为了消除思考。"②

一旦消除思考，其实教育就沦为奴役的工具之一了。

为了体现师生之间的交流和"共同成长"，去除灌输式教育所带来的不良影响，弗莱雷主张进行"提问式"教育，并且乐观地认为："为了起作用，权威必须支持自由，而不是反对自由。在这里，没有人去教其他人，也没有一个人是自学而成的。人民以世界为中介，以在灌输教育中由老师所'拥有'的可认知的客体为中介互相教育。"③那些原本成为灌输目的的知识，如今经过"提问式"教育的转换，成为师生们共同质疑、相互讨论和一起思考的起点，这就在很大程度上克服了灌输式教育的缺陷。

当然，提问式教育也有不足，但与灌输式教育相比，优势是主要的。

① 保罗·弗莱雷:《被压迫者教育学》，顾建新等译，上海：华东师范大学出版社2001年版，第25页。

② 保罗·弗莱雷:《被压迫者教育学》，顾建新等译，上海：华东师范大学出版社2001年版，第28页。

③ 保罗·弗莱雷:《被压迫者教育学》，顾建新等译，上海：华东师范大学出版社2001年版，第31页。

这种提问式的对话教育，跟孔子的教育方法有相通之处，孔子也经常感慨说"起予者商也"，认为自己也从学生那里学到知识。它也较符合教育学的初始意，教育学源自希腊语，本意就是"引导孩子"。既然是引导，那就带有方向性和不确定性，其中的方向性要求教师有充分的个人才德，不确定性则使学生享受到思考、探索的乐趣，而不是把知识当作客体无感情地接受，这样造成的损害会大于所得。

知识客体化最大的弊端，就是把学习主体变成被动的僵尸，不仅使学到的知识无法灵活地投入实际生活中，而且对学习主体造成不可逆转的严重后果。弗莱雷就指出，这样会使学生讨厌任何灵活的生命体，因为他们所学到的就是死知识，所以他们会出现类似恋死癖的倾向，热衷于通过拥有无生命的事物来给自己增值，而不去培养热爱生命的冲动。

谁都希望弗莱雷是言过其实，但我们培养出来的大量眼神空洞的学生，确乎又在一定程度上印证了他的担忧。

值得庆幸的是，在《诗经》时代，我们先民的教育还是以启发型、对话式为主。这很好理解，因为在孔子没有建立"有教无类"的平民教育之前，大多数学生都是贵族（否则没机会入学），他们本来就有一定的社会地位，教师无法通过自身的权威进行强迫式的灌输教育，因此客观上就造成教育途径的改变。

这跟当下教师队伍中某些不良倾向不同，比如有的老师看孩子的家庭来决定投入程度。因为这类不良现象是个别教师自己选择的，而《诗经》时代的贵族教育则是社会决定。

《子衿》这首诗，据说就是写学生不来上学、老师翘首以待的情景。后人不理解早期师生关系因为社会不平等而获得的平等性，总以为这种等待"像极了爱情"，所以就把这首诗解说成男女相恋。实际上古人大多数都赞同原来的说法，到今天，我们还仍然以"青衿"来指代学生。比如陈德文回忆在日本东海大学教书的往事就说："我至今闹不明白，凭这几个老者，何以能从蜂拥的青青子衿中一眼瞄出谁是学生谁是教师？"[①]就是用"青衿"来写扎堆的学生。

诗中写了一位等不来学生的老师，他忧心忡忡地思念着学生。

他想要维护老师的尊严，所以恪守"童蒙求我，非我求童蒙"的古训，坚决不去主动找学生来学习。没想到学生还真不来，老师没办法了，只好唱歌，歌中说："就算我不去找你，你不能来找我吗？就算自己来不了，好歹也告诉我一些音讯啊！"他就这样在城门楼上徘徊地等待，边踱步边唱着，希望能远远看见学生回心转意。

这位老师如此迫切地想要跟学生交流，是因为没钱吃饭了吗？

那倒不是，他毕竟还有其他学生嘛，何况领的工资又是政府给的。他之所以如此焦急，是一种学习的紧迫感在催促着他。作为老师，自然深知学生学坏容易学好难，虽然这位学生只是旷课一日，却也有可能就此埋下淘气种子，像小王子星球上的猴面包树一样，不及时摘除，后果不堪设想。他在诗的末尾也唱出了这种忧虑："一日不见，如三月兮！"才因旷课一天没见，

---

① 陈德文：《鸽雨雁霜》，南京：南京大学出版社2020年版，第145页。

就像三个月没学习似的！老师的忧患何其深也！

这种担忧是不是空穴来风呢？我看未必。

我们知道，冉求是孔子的得意弟子之一，但孔子也因为与他政见不合，而有"非吾徒也，小子鸣鼓而攻之可也"的话。如果我们不以历史的眼光来判断当时二人政见的是非，而仅从孔子作为老师的角度来理解他说这话的心情，其实就可以深切地感受到孔子对冉求的期望之大，所以当不合的时候才会"攻之"之深。需要注意的是，这可不是私怨，即便是孔子不赞成冉求，却仍然是想要用大张旗鼓进行声讨的方式来跟冉求对话，而不是像《子衿》诗中的学生那样干脆就音讯全无，让老师徒增焦虑。

而从《子衿》中的诗句来看，这位老师也仍旧渴盼着学生的答复。

也许是因为家中突然有事而无法赶来？也许是因为交不起学费而害怕见老师？也许对他的教育理念或方法有不赞同的地方？也许真的是因为生病了？或者真的是因为懒散了？无论是什么原因，如果就此阻隔交流，而不试图通过对话的方式加以解释，那就别说能否通过这次事件得到教益了，就是能否让这个事件以合适的方式得到解决都希望渺茫。因为没有对话，拒绝沟通，就是大罗神仙也无法施与援手，何况只是普普通通的老师呢？

我们最后不知道那位学生有没有过来跟老师交流，但从诗中我们却不难发现，老师仍旧想要通过这首诗歌来跟这位学生或者有类似情况的学生进行沟通。

从这样的护犊情深来看，我愿意把名言"吾爱吾师，吾更爱真理"改为"吾爱真理，吾更爱吾师"。孔子早就说过"三人行，必有我师焉"，为什么设定为三人呢？就在于三人代表着多人，人多的时候才能以理相服，实际上等于揭示出了老师身份的确立，本身就是跟真理密切相关的。谁掌握了真理，谁就是老师。所以在孔子那里不存在这样的冲突。他还把二人之间的关系设定为仁，"仁者爱人"虽然广泛应用于自我和他人之间，但实际上师生之间更可适用，这就使前面所强调的基于真理而连贯起来的师生关系，更多出仁爱之情的色彩。由此可见孔子设想的师生关系是情理兼备的。

面对这样的老师，千载之后，也不能不令人动容并深思。

其中最容易反思的一点就是，是不是因为老师过于温柔，所以学生才会旷课？

这样问意义不人，因为教学的目的不是让学生不犯错，而是犯错后怎么改正，像孔子说的那样"知错能改，善莫大焉"。既然无论严厉还是温柔，学生该淘气的时候还是会淘气，该犯傻的地方还是会犯傻，那我们最好把精力放在如何认识错误和改正错误上。别说学生了，老师有时候也会犯错，人无完人，天下哪有不犯错的人呢？

我们要反思的是，老师如此温柔平等，会不会让学生压力更大？

如果是这样的话，那表面看起来好像确实有损于师生关系，但实际上却在无形中使学生更加向善。如果他们是因为愧对温柔平等的老师而不好意思见面，那愧对本身就说明引导的目的已经达到，见不见面之类的形迹，又何必过于在乎呢？至于可能会随之而来的对老师的不公平，实话实说，我自己也是老师，作为老师，已习惯这些，完全不必过度低估我们的消化能力和承受能力。

即便是这首诗，也不是因为老师无法消化和承受，而是他想趁机启发、引导学生。

我不太能理解的是，如果老师做到这个份上，还是有铁石心肠的学生焐不热，怎么办？

这或许已经超出教育本身的范畴了，所以无法通过教育来改变？

或许就像孟子说的那样，"教亦多术矣，予不屑之教诲也者，是亦教诲之而已矣"[①]，不教育或无法教育，也是一种教育？

我固执地相信没有教不好的学生，所以苦苦冥思着。也许它不是超出教育范畴，而是我们的教育还没有跟上所有类型的学生，以至于出现这样让我们无所适从的局面吧。

孔子早就说过"因材施教"，如此看来，岂不任重道远乎？

---

① 杨伯峻：《孟子译注》，北京：中华书局 1960 年版，第 300 页。

《终南》与《权舆》：通往自我的道路

终南何有？有条有梅。君子至止，锦衣狐裘。颜如渥丹，其君也哉！

终南何有？有纪有堂。君子至止，黻衣绣裳。佩玉将将，寿考不忘！

——《秦风·终南》

於，我乎！夏屋渠渠，今也每食无余。于嗟乎，不承权舆！

於，我乎！每食四簋，今也每食不饱。于嗟乎，不承权舆！

——《秦风·权舆》

步入日新月异的 21 世纪，人们不断意识到终身学习的重要。大多数人都会赞同我们需要不断地学习的观点，至于学习为了什么，观点就出现分歧了。很多人认为学习是为了适应社会，让自己过上更好的生活。但适应社会的人回过头来看，发现自己并没有过上更好的生活，甚至恰恰相反，还活得很累。

究其原因，就在于思考方向存在问题。我们想要迂回地通过适应社会来造福自己，却不知道，通往自我的真实道路从来没有间接的途径，只能要么是康庄大道，要么是邪门歪道。任何想要折中的办法，都不过是逃避自我的借口，但总有一天会真相大白。

不妨换个思路，与其说我们在学习，不如说学习如何成为我们。

美国国际象棋和太极大师乔希读到《道德经》后，忽然明白："成为他人眼中的巅峰人物与生活质量之间毫无关系，我所追求的是内心的宁静。"[1]乔希认为，要勇敢地通过学习来表达真实的自我："只有当我们的工作超越熟练阶段而成为自身的一种表达的时候，学习才成为一门真正的艺术。"[2]而想要通过工作或学习表达自身，那就先要学会如何成为自己。

乔希的观点，其实就来自中国"古之学者为己"的传统。

一旦想要学习如何成为我们自己，就意味着我们不再把自己看作一个固定型的人，而是会不断成长的个体。这也就是卡

---

[1] 乔希·维茨金：《学习之道》，苏鸿雁等译，北京：中国青年出版社2011年版，第8页。

[2] 乔希·维茨金：《学习之道》，苏鸿雁等译，北京：中国青年出版社2011年版，第161页。

罗尔所总结出来的两种思维模式（即固定型和成长型^①）中的成长型人格。相信自己的才能是一成不变的固定型思维模式，会使人不得不一遍遍努力证明自己，而成长型思维模式的人则相信"你的基本能力是可以通过你的努力来培养的"^②。所以任何一件事在成长型思维模式的人看起来，不是成功或失败，而只是成长的一个起点而已，他们通过不断努力追求，不断实践试错，不断提升自己的能力和素质，不断完善自我，所以卡罗尔说："即使是（或特别是）事情发展不顺利时也能拥有这种想要提升自己并坚持不懈的激情，这就是拥有成长型思维模式的人身上的标志。"^③

固定型思维模式的人则缺乏坚持的激情，常有挫败感，《权舆》诗中的主人公就如此。

这位主人公原来可能是贵族。因为春秋时期私田渐多，国家为了适应时代需求，不断推行按亩税田的新办法，导致原来的领主没落，生活质量大幅度下降。诗中的主人公并不能很好地适应这个变化，更没有从中学到新东西，他只能面对着不断

---

① 乔希则把思维模式分为整体理论和学习理论。整体理论跟固定型比较接近："他们把自己的综合智力或技能水平看成是一个固定的、无法继续演变的整体"，而学习理论者更接近于成长型，他们倾向于这种想法："世上无难事，只怕有心人，通过努力，一步一步，循序渐进，新手也能成为大师。"（乔希·维茨金：《学习之道》，苏鸿雁等译，北京：中国青年出版社 2011 年版，第 32 页）

② 卡罗尔·德韦克：《终身成长》，楚祎楠译，南昌：江西人民出版社 2017 年版，第 7 页。

③ 卡罗尔·德韦克：《终身成长》，楚祎楠译，南昌：江西人民出版社 2017 年版，第 8 页。

落败的家业，感叹着说："唉，我呀！我以前居住的房子那么宽大，如今却连多余的食物也没有，唉，再不能继承当初那样的欢乐了！"其实危机已经很明显了，但他仍不学习如何改变，连古话说的"穷则思变"都没做到，更别说学习失败的教训了。导致的结果是，生活状况越来越糟糕，以至于他不得不再次感叹地说："唉，我呀，以前每顿饭有四个菜，如今却吃不饱了！"

诗歌只有两节，没说他最终如何，假如他还不醒悟，那结果也可想而知。

诗人陶醉在过去的辉煌中，那过去的辉煌，想必也不是他所创造的，所以诗中用的是"继承"这个词语，来指出他的家业之由来。古往今来，这些例子实在太多，我们常说富不过三代，原因就在于后世子孙常常不像他们的祖先那样是成长型的人，而把一开始的锦衣玉食当作理所应当、天经地义的事，久而久之，他们不思进取，等危机到来，自然也就没有应对的能力，只能徒唤奈何。不仅家族如此，历朝历代的帝业也多这样。开国之君往往是成长型的人，一旦基业稳固，后世的守成之主多是固定型的人，他们偶尔也会出来一两个中兴之君，颇有成长型的倾向，但终究抵不过固定型思维的侵蚀，最终改朝换代。

仔细想想看，一开始的辉煌容易让人产生错觉，以为那就是永恒。

殊不知，这世上哪有一劳永逸，不过是"江山代有才人出，各领风骚数百年"。

以上所说是大趋势，也不排除固定型思维模式和成长型思维模式互相转化。《终南》诗中的秦君初来终南山接收西周留下的故土和遗民，就有一个转化的过程。这个转化的过程被周遗民写进诗中。诗一开始就说，终南山上有什么呢？不过是一些树木，如果没有这些树木，终南山就不会这样生机勃勃。言下之意是在暗示，国君也没有什么，不过是为民服务，如果没有百姓拥护，也就不过是寡君独夫而已，哪里会有强大的力量？

秦君穿着诸侯衣服来到终南山，首先要明白这个道理啊。

起初，秦君大概不太契合周遗民们的期待，所以诗中说他是满脸通红，还用疑问的语气打听说："莫非他就是我们的新国君？"语气中充满质疑。不过，从脸色通红上来看，秦君大概也是受教了，这就为第二节的转变打下基础。果然，秦君第二次来终南山的时候，换了贵族的家常便服，不再穿着诸侯衣服装腔作势，耀武扬威，而是与百姓打成一片。周遗民们从他那锵锵作鸣的佩玉声中，体会到秦君的君子风度，这才是他们所期待的国君！

不过很快他们又开始担忧起来，希望秦君能一直如此，到老不忘。

可见秦君的改变是很巨大的，他不墨守成规，不再以秦国国君的身份和做法来敷衍周遗民，也就等于是在重新定义自己，重新充实自我，这不就是由原来的固定型的自我认知，转化为在成长中不断挑战自我、发现自我吗？把第一次接见周遗民的失败转化为学习，是处理失败的最好办法，这也是成长的重要标志："他们知道人的能力，如智力技能，可以通过努力来培养。这就是他们一直在做的——变得越来越聪明。他们不仅不会因失败而气馁，反而会认为自己没有失败，他们认为自己是在学习。"①秦君雍容的气度、学习的能力，确实很快赢得了周遗民的拥护，秦国也因此不断壮大。

自我有很多种抵达途径，而学习无疑是最靠谱的。

否则，很多自我认知经不起学习的检验，最终转化为对自我的否定。《权舆》诗中主人公一开头就说"唉，我呀"，似乎把自我放在最前面。可是整首诗读下来，他不仅没有肯定自我，反而在为自己惋惜，甚至唱挽歌，把自己埋葬在诗歌之中。那种渴望重新找回自我的心情，千载之后，我们读来仍旧感同身受。

可惜的是，他最终也没有找到那条通往自我的真实道路。

---

① 卡罗尔·德韦克：《终身成长》，楚祎楠译，南昌：江西人民出版社 2017 年版，第 3、4 页。

幽默中国

林语堂早就在《论幽默》中说："《三百篇》中《唐风》之无名作者，在他或她感觉人生之空泛而唱'子有车马，弗驰弗驱，宛其死矣，他人是愉'（即《唐风·山有枢》中的诗句——笔者注）之时，也已露出幽默的态度了。因为幽默只是一种从容不迫的达观态度，《郑风》'子不我思，岂无他人'的女子，也含有幽默的意味。"[1]林语堂已敏锐地感受到《诗经》中存在的幽默，不过他只指出两首，实际上远不止这些。我们挑出其中较有代表性的八篇，从幽默的爱恋、幽默的乐趣，到幽默的力量和智慧，进行较为细致的分析。智慧的最终考验是如何面对生死，我们以林语堂独具慧眼拈出的《山有枢》为例，来揭示出能够笑谈生死的中国式幽默。

---

[1]　林语堂:《幽默人生》，西安：陕西师范大学出版社2002年版，第3页。

《溱洧》：戏谑之爱

溱与洧，方涣涣兮。士与女，方秉简兮。女曰："观乎？"士曰："既且。""且往观乎？洧之外，洵讦且乐。"维士与女，伊其相谑，赠之以勺药。

溱与洧，浏其清矣。士与女，殷其盈矣。女曰："观乎？"士曰："既且。""且往观乎？洧之外，洵讦且乐。"维士与女，伊其将谑，赠之以勺药。

——《郑风·溱洧》

据说每年三月先民都过上巳节，此时男女相杂，游春嬉闹，不亦乐乎。

郑国民风开放，尤其热闹。在它境内的溱、洧两条河的岸边，男男女女拿着香草沐浴，洗涤污秽。洗干净之后，精神为之一振，难免春情摇漾，想法也就多了起来。但他们表达想法的方式可不一样。《溱洧》就表达男女从初识到约会的全过程，其中调笑既成为他们爱情升温的标志，也成为促使他们爱情升华的动力。

诗中主要写女子，但男子也暗含在其中。

先看女子，她观察了许久，找到其中一位较为满意的男子，悄悄地靠近过去，她自以为神不知鬼不觉地问他："去看看吗?"实际上她的一举一动，都在诗人的眼皮底下。

诗人为什么这么关注她? 如果我们不能肯定诗人对她有意思的话，那起码也不能仅仅是为了写诗就算回答了我们的疑惑。或许二者兼而有之吧。

这样一来，这场游戏就变得复杂了，它是三个人的故事。

不过，从总体上来看，这位诗人属于"明明三个人的电影，我却始终不能有姓名"的那一类。所以我们通过诗人的视角，可以隐隐约约看出她所喜爱的男子有点"渣"，但这或许并不符合实情，毕竟这是一种类似情敌的视角。在情敌眼中，再好的对手也会被有意无意地丑化，诗人能做到如此克制，也算是情敌中素质较高者了。

女子问询的男子，竟然一点也没疑惑，就回答她说："我看过了。"

一个问"去看看吗"，一个说"看过了"。我们作为读者会觉得有些莫名其妙，他们在说暗语吗? 还是这就是当时流行在男女青年之间的常用语，有点像我们的网络用语? 但不管怎么说，从他们的对答来看，可能有人要解读出男子一开始似乎对她并不太感兴趣。但也很难说这不是男子的策略。果然，女子有些着急地解释说："姑且再去看一下吧? 洧水外面，确实有很大的天地，游玩起来很快乐。"

女子说再去看一下，也就意味着她也知道他看过了。

如果该女子自己知道所谓的去看就是去约会的话，那么她心中自然清楚男子已经约过会了。约过会的男子再次面对女色，难免会有贤人之感，不那么急切也是可以理解的，毕竟男人虽有很多种，但本性也都差不多嘛。我们想要追问的是，为什么女子知道男子约会过，却还要邀约他呢？这种热脸贴冷屁股的事儿，在旁观的诗人看来可能会掉身价，但在喜欢该男子的她看来，或许恰恰是加分项，毕竟更多的女子喜欢他，说明她的眼光不差。

现在唯一要做的就是，把他抢过来，然后收服他！

果然，男子被她所描绘的"天地很大""玩起来很快乐"吸引了。他们两个来到约会地点，发生了什么不可描述的事情，我们就不知道了。只从诗人那轻描淡写的收尾中，我们也能看出来他们二人非常开心，他们互相开着玩笑，一路上羡煞旁人。到要离别的时候，也依依不舍，互相赠送芍药，据说芍药的寓意就是再约。

从这一点上来看，这位女子已经达到初步的胜利了。

为什么看到他们相谈甚欢、互相调笑，就知道目的已初步达到呢？

因为爱情固然有快乐有痛苦，但往往以快乐开始。《溱洧》诗中的男女除了开头有点小误会，到最后都很开心，明显是坠入情网之前的状态。据海伦观察，"当你坠入情网时，发生的第一件事就是，将要经历一次戏剧性的意识转换：你的'爱恋对象'呈现出心理学家所称的'特殊含义'，你的心上人变得新奇、独一无二且至关重要"[1]。如果从这个角度出发，应该是诗中的女

---

[1] 海伦·费希尔：《情种起源》，小庄译，长沙：湖南科学技术出版社2014年版，第10页。

子先意识到这一点，然后通过她自己的勇敢努力，让男子也爱上她。

因此，他们在离别之际约好再次相聚，就说明彼此之间的情网已经织就。

也因如此，所以诗中先说溱洧河水盛大，象征着来来往往的男女之多，这时候他们各自还处在寻找约会对象的迷乱中。到后面就写溱洧河水清澈，象征着一对对男女在短暂的迷乱之后，相继找到各自心仪的对象，不再浑浊，而情感生活变得清晰了。也正是有如此的变化，所以诗中先说男女相互开玩笑，暗示男女修成正果，后面又说男女将要开玩笑，告诉我们不断有新的男女也这样步入爱情的圣殿。

快乐的氛围有助于爱情的萌生，而爱情初期又往往很甜蜜，幽默调笑就应运而生。

值得注意的是，这种幽默的欢笑，还有助于爱情的深化，因为欢笑本身就是一种智慧的表情，它让我们在爱情中变得更加包容。斯科特说："要是没有笑的能力，我们便没有办法对许多发生在身上的事有所反应。要是没有幽默感让我们从失谐或荒谬中汲取愉悦，我们可能一辈子都活在恒久的困惑中，而无法偶尔将那样的情感转化为娱乐。"[①] 试想，如果诗中的女子没有幽默感，不敢自嘲，不能在第一次被男子委婉拒绝之后鼓起勇气进一步努力，他们之间会有转机吗？当他们快乐地相处、约会并建立恋情后，如果不小心把离别变得苦兮兮，而不是转化

---

① 斯科特·威姆斯：《笑的科学》，刘书维译，北京：三联书店2017年版，第191页。

为等待下一次相聚的开心，恐怕也不会长久。

我们当然不能把爱情当作娱乐，但若能在爱情中保持娱乐精神，这爱情无疑更持久。

归根结底，寻找爱情的人，其实就是在寻找一种叫作幸福的未知物。幸福尽管不可名状，无法定义，并且随时随地都有出现和消失的可能，但当一个人在另一个人面前可以无所顾忌地大笑、欢笑甚至嘲笑的时候，那不就是离幸福最近的时候吗？

如果爱情不能让人忘怀得失地欢笑，又何必面面相觑地绑在一起呢？

《鸡鸣》与《东方未明》：睡眼迷糊欢乐多

　　"鸡既鸣矣，朝既盈矣。""匪鸡则鸣，苍蝇之声。"
　　"东方明矣，朝既昌矣。""匪东方则明，月出之光。"
　　"虫飞薨薨，甘与子同梦。""会且归矣，无庶予子憎。"

——《齐风·鸡鸣》

　　东方未明，颠倒衣裳。颠之倒之，自公召之。
　　东方未晞，颠倒裳衣。倒之颠之，自公令之。
　　折柳樊圃，狂夫瞿瞿。不能辰夜，不夙则莫。

——《齐风·东方未明》

　　早起，无论在哪个时代都是一件苦差事。先民虽然日落而息，但也要日出而起。君臣之间虽然也想沆瀣一气，但大多数还是互相折磨，比如《鸡鸣》里面的齐侯和《东方未明》里面的臣子，他们因为早起的不顺利，被诗人幽默地写进诗中。其睡眼迷糊时犯下的搞笑事儿，我们今天还觉得并不陌生，可能我们自己就经历过不少吧。

先看《鸡鸣》诗中的齐侯。他睡得可真沉，旁边的妻子可早就被鸡叫吵醒了。她小心翼翼地摇摇齐侯，对他说："公鸡打过鸣了，朝堂里的官员快到齐了。"言下之意是，你也该起来了。齐侯吧唧吧唧嘴，不高兴地说："哪里是鸡叫，分明是苍蝇嗡嗡。"

苍蝇跟鸡叫的声音很接近吗？齐侯怎么听错到这个程度？

为了解释二者的差别，很多学者耗费了他们的聪明精力。

答案很简单，齐侯并不是想证明鸡鸣跟苍蝇声很像，只是想告诉她，不要像苍蝇那样嗡嗡个不停，让他讨厌，打扰他的好梦。

但这位妻子似乎并没有因此止步，她自己已经身先士卒地起来了，看着窗外的阳光，感慨地说："太阳出来了，朝廷上的官员应该已经很多了吧。"齐侯撑开眼缝瞅了瞅，不耐烦地说："不是太阳出来了，那只是月光。"

此时齐侯大概已经更清醒一些了，因为"光线是最重要的生物钟调节器，没有什么比早晨的阳光更加美好"[1]，但在齐侯看来，还有更美好的事，那就是继续睡觉。然而，要想睡个安稳觉，必须先把这位老是叫他起床的妻子搞定，最好的办法就是拉她下水，一起酣睡。齐侯打定主意，就对她说："爱妻，外面都是嗡嗡的飞虫声，我们还是好好睡觉吧，我想跟你一起做个好梦。"好一个"飞虫声"，把原来埋怨她的语气全转移到飞虫身上了。

当然，"甘与子同梦"还可以从睡眠周期的特征入手来解读。

从齐侯迷迷糊糊的回答来看，他应该属于浅睡眠阶段。而做梦阶段则属于快速眼动睡眠。在浅睡眠和快速眼动睡眠中间，

---

[1] 尼克·利特尔黑尔斯：《睡眠革命》，王敏译，北京：北京联合出版公司2017年版，第24页。

还缺少一个深睡眠，这个深睡眠其实是在快速眼动睡眠之前的，但是由于他的妻子叫他而把他的深睡眠破坏为浅睡眠，所以浅睡眠就到了快速眼动睡眠之前。但他自己的生物钟还在惯性地起作用，知道往常此刻他最常做的事情是做梦，所以他才会说出"甘与子同梦"的话。但实际上这已连带着被破坏的睡眠周期一起无法恢复了，因为"失去的睡眠是补不回来的"[1]。

由此可见，"与子同梦"既含有齐侯想要恢复自己睡眠周期的徒劳努力，也含有想要安抚妻子情绪、解决眼下争端的美好意图。

这动之以情的小算盘打得虽好，奈何齐侯的妻子还是想晓之以理地坚持己见。

她的担忧是对的，多少诸侯、帝王的功绩恶劣，都被归因于红颜祸水。她如果心一软，跟他相拥入眠，后世不得编派地写道：正是因为她，所以"从此君王不早朝"？至于究竟是谁不想起床，后世的学者才不愿意去探究呢！正是考虑到这一点，她义正词严地说："朝会都快要散了，你快点起来去吧，不要让臣子们憎恨你。"

有理有据，入木三分，直接把憎恨的矛头拉向齐侯。这当然不是为了说明谁该来承担责任，搞得好像她真有先见之明，能够预料到后世泼向她的脏水似的，所以预先为自己留余地。她这么说，不过是想用臣子的批评倒逼齐侯，希望他能因此克服慵懒，起床上朝。

效果如何我们不得而知，但从《东方未明》来看，似乎臣子

① 尼克·利特尔黑尔斯：《睡眠革命》，王敏译，北京：北京联合出版公司 2017 年版，第 52 页。

早起比齐侯麻利。

实际并非如此，这不过是因臣子权力更小，不敢怠慢，那起床的痛苦却一点也不少。

在《东方未明》的诗中，这位小官员的妻子就目睹了他起床的搞笑场景。在太阳还没出来之前，他就要屁滚尿流地挣扎起床，结果迷迷糊糊中把上衣和下裳（相当于今天的裤子）穿颠倒了。为什么迷迷糊糊还要挣扎着起床呢？就是因要起来办公。于是他只好再把颠倒的服装调整过来。诗中特意重复了这一段，以告诉我们，他几乎每天早上都如此。

起来之后立马手忙脚乱，并不是一件有益身心健康的事。

睡眠专家尼克说："醒来之后立马陷入一团忙乱之中，早晚会毁了你的身体。"[1] 为什么会这样？这倒不是因为我们迷迷糊糊中不小心把房子烧了，或者用裤带把自己勒死了，而是因为，"刚醒来时，我们有点不在状态，并且在刚刚醒来后的一段时间内，皮质醇水平是最高的。皮质醇是我们面临压力后，身体分泌的一种激素。我们没必要让它进一步飙升，然后一整天保持这样一个高水平，从而彻底打乱生理节奏"[2]。试想一下，整天都在压力中度过，就算是铁打的身体也吃不消。而这压力的最早来源，就是慌乱中的早起。

遗憾的是，无论是这位小官员的妻子，还是齐侯的妻子，

---

① 尼克·利特尔黑尔斯:《睡眠革命》，王敏译，北京：北京联合出版公司 2017 年版，第 28 页。

② 尼克·利特尔黑尔斯:《睡眠革命》，王敏译，北京：北京联合出版公司 2017 年版，第 75、76 页。

都不明白这道理。

　　小官员的妻子似乎比齐侯之妻懂得更多。当然也未必，也可能是因为小官员的身份低一点，所以她敢说出来，而齐侯之妻不敢直说。她认为小官员之所以无法早起，就在于生活没有规律。她这样说的时候，已经触及睡眠的核心特征，就是昼夜节律。所谓"昼夜节律是生命体 24 小时的内循环……24 小时调节着我们的多个内部系统，包括睡眠和饮食习惯、激素的分泌、体温、灵敏度、情绪和消化，使其与地球的自传相一致"[1]。

　　在昼夜交替之中，人体内的褪黑素和血清素此消彼长，以便人们在睡醒之间转换。

　　如果从昼夜节律来看，先民的日出而作、日落而息是最适合的。但它们是互相平衡的一体两面，如果只有其中之一，反而不可持续。小官员的妻子就指出小官员的生活是"不能辰夜，不夙则莫"，也就是不分晨夜，打乱了昼夜节律，不是起得太早就是搞得太晚。这当然不利于养成良好的睡眠习惯。

　　我们想，齐侯大概也是如此，只不过他的妻子不敢这么直接说出来。

　　这是她们所认识的昼夜节律，虽然她们脑中没有这个概念，却有这样的经验。

　　但她们并不知道，不同的人有不同的睡眠类型。尼克用三种睡眠类型来概括大部分的睡眠方式，即早睡型、晚睡型和中间型。如果再要细分的话，每个人都有自己的睡眠特点，那就

---

[1]　尼克·利特尔黑尔斯：《睡眠革命》，王敏译，北京：北京联合出版公司 2017 年版，第 21 页。

种类太多，而不便于论述了。我们在分析的时候，从大的角度来把握的话，会发现《鸡鸣》和《东方未明》诗中的妻子大概是早睡型，她们睡得早，早上最有精力。而齐侯和小官员则是晚睡型，他们睡得晚，要到下午才是他们精力最充沛的时候。

如果不明白这一点，而要求所有人都遵守整齐划一的作息时间，对不同睡眠类型的人来说是不公平的。实际上我们的祖先早就学会充分利用不同睡眠类型的人从事于他们所擅长的事情，比如早睡型的人可以先睡，让晚睡型的人侦察，等到早睡型的人醒来再互换一下。现代社会也是如此，晚睡型的人可以安排来上夜班等。

先民凭经验却不懂原理，闹出很多笑话；我们今天虽多懂一些，却还是一样好笑。

就像小官员妻子骂他的那样。在《东方未明》诗的结尾，有"折柳樊圃，狂夫瞿瞿"两句诗，历来的解释都难惬人意。其实这就是他妻子骂他的话。她骂他就像用柳枝做篱笆来围菜园的狂夫，因为太过专注工作，结果把菜园围得水泄不通。从工作的角度来说，他当然完成得一丝不苟、密不透风，然而，等到他要出来的时候怎么出来呢？这才发现已经把自己也围困在菜园里出不来了。这多像那些工作狂，为了做好工作而把自己和家庭陷入困局之中！这时候与其气得干瞪眼，不如早给自己留道门。

很多笑话，我们也是自作自受闹出来的，如果自律一些，也许结果就不一样。

那道逃生的门不在别人手中，恰恰就握在我们自己手里呀。

《伐檀》：幽默力量

坎坎伐檀兮，置之河之干兮，河水清且涟猗。不稼不穑，胡取禾三百廛兮？不狩不猎，胡瞻尔庭有县貆兮？彼君子兮，不素餐兮！

坎坎伐辐兮，置之河之侧兮，河水清且直猗。不稼不穑，胡取禾三百亿兮？不狩不猎，胡瞻尔庭有县特兮？彼君子兮，不素食兮！

坎坎伐轮兮，置之河之漘兮，河水清且沦猗。不稼不穑，胡取禾三百囷兮？不狩不猎，胡瞻尔庭有县鹑兮？彼君子兮，不素飧兮！

——《魏风·伐檀》

没有人生活在真空中，碰壁的事在所难免。

如何处理遇到的困难，有时候并不仅仅是勇气的考验和方法的选择，也要看对事态的预测和掌控。涉世未深的年轻人喜欢一竿子到底，大不了鱼死网破，这固然是一腔热血的皈依，带有视死如归的豪迈，但如果每次都要踩在尸体上跨越艰难，那些牺牲的青年人实在可惜，是我们所不忍下脚的。

我们并不是要选择一条更容易的道路，世上并没有那条路。

而是要去思考一下，鱼死网破是否就是最有效的？

很显然，鱼死网破是一种同归于尽的做法，即便最乐观的人来评判，充其量也不过认为是聊胜于无，只有在逼不得已的时刻才会采纳。也就是说，这是下下策，实在别无他法才使用。在这之前，很多事可以换个思路，通过一种更易于沟通的方式进行。

毕竟，克服艰难并不意味着消灭艰难，艰难怎么可能被完全消灭呢？

更不是通过自我毁灭来告别艰难，这只是自我营造的幻觉，实质上是逃避艰难。

把幽默变成武器，就是《伐檀》在这方面给我们的大启示。

幽默所具有的穿透力，虽然也是穿透力，却容易让人以为那是老奸巨猾，容易让人误解为老谋深算，与年轻的热血形成鲜明对比。

这实在是巨大的误会，这样的幽默不仅不是逃避借口，甚至换个角度说，还适足显示出历经磨难、不忘初衷的热血本色。王蒙在《风格散记》中就说："幽默是一种成人的智慧，是一种穿透力，一两句就把那畸形的、讳莫如深的东西端了出来。它包含着无可奈何，更包含着健康的希冀。幽默也是一种执拗，一种偏偏要把窗户纸捅破、放进阳光和空气的快感。幽默的灵魂是诚挚的庄严。我要说的是：请原谅我那幽默的大罪吧，也许您们能够看到幽默后面那颗从未冷却的心。"[①] 只有心灵从未因蒙

---

① 郭友亮、孙波主编：《王蒙文集》第 7 卷，北京：华艺出版社 1993
年版，第 270、271 页。

尘而冷却，才会在艰难面前面不改色地捅破窗户纸。

至于捅破的方式是直接还是间接，虽效果上千差万别，本质上却殊途同归。

在《伐檀》诗的开头，劳苦大众就在热火朝天地伐木，他们把砍伐好的檀树放在黄河岸边，又辛勤地加工成车辐和车轮，以此来自食其力。通过劳动获取衣食，他们虽然背上流汗、肩上有勒痕，心里却甜、眼里却有光彩。这样干干净净的生活，就像清澈的河水，微风吹动它，艰辛迫近、压迫它，也不过是漾起它那清净的水纹，无法将它变成浊浪。

休息之中，他们互开玩笑，一位君子过来监督他们，让他们保持严肃，好好工作。

这位手不能提、肩不能挑的贵族哥儿，居然来教我们怎么劳动啦?

其中一位最有经验的劳动者便不动声色地对大家说:"那些贵族哥儿说得是对的，不能白吃饭不干活啊!"常与他搭腔的工友立刻明白他话里有话，故作认真地质问他:"老哥，你说得不对啊!那些贵族哥儿不耕种不收获，家里为什么有那么多粮食?他们也不去打猎，为什么屋檐下挂满了各种猎物?"

大家便都不作声了，转脸一起望着刚才训斥他们的君子，希望他能回答。

诗歌写到这里也就戛然而止了，我们不能得知君子的态度，但我们可以想一下，从大的方面来看，不外乎三种可能。一是窘态百出，恼羞成怒，拂袖而去，那么大家休息的时间也就得到保障了。二是哈哈大笑，和气地沟通几句，不置可否，那自然也就没理由再来打扰他们休息。三是派兵来镇压，这当然是有可能的，但一言不合就出兵，这君子的能力也太弱了，就算是君子内部，恐怕也会看不起他，何况若真是这种性格，早就鱼死网破了，也就没有机会出现诗歌中的那一幕，所以可能性很小（具体原因详后）。

无论前面两种中的哪一种，甚至第三种可能包括在内，效果也都是很好的。

历史上君子还真的要思考这个难题，只不过，这历史的回答比我们想象的复杂。

鲁国曹刿说："君子务治而小人务力。"周王族刘康公说："是故君子勤礼，小人尽力。"晋国大夫知蕢说："君子劳心，小人劳力，先王之制也。"孟子说："劳心者治人，劳力者治于人。"所谓的君子就是贵族，小人就是普通百姓。我们所能看到的都是君子对此问题的回答，却不知劳苦大众是怎么想的，《伐檀》这首诗就说清楚了。

原来，君子们构建这一套统治规则并不是空穴来风，而是面对挑战的结果。

诚如叶世昌所说："劳心、劳力的分工是人类进入阶级社会后的最基本的分工，反映了统治者和被统治者阶级地位的划分。"[1] 从历史发展的角度来说，劳心劳力的分工确实有一定合理性，推动了人类社会的进步。所以我们不能截然以对立的视角来完全否定其积极意义，而要以历史的眼光来审视事态的复

---

① 叶世昌：《古代中国经济思想史》，上海：复旦大学出版社 2003 年版，第 27 页。

杂性。

原来所谓的鱼死网破，很可能破坏的是走向互利共赢的趋势，而这趋势又是不可避免的，所以很多时候，中国历史上的朝代更迭，看起来更像是不断重复走过的道路，而且大多数是低效率、低阶段的重复，在原地兜圈圈，让人很惋惜。

而《伐檀》诗中的幽默沟通，则避免了两败俱伤，不仅促进贵族哥儿去思考自己统治的合法性问题，而且也要进一步考虑老百姓的诉求，从而在萌生一套劳心劳力的分工理论的基础上，也诞生了一些"利民"的思想。叶世昌就说："对一个好的统治者来说，应该做到关心人民的利益，这叫作'利民'。"[1] 如果没有《伐檀》之类的实际抗争，要让君子自动地想到百姓的利益，恐怕无异于痴人说梦。

幽默的抗争，原来有其生长的土壤，也是对现实生活的经验总结，而不仅仅是一个语言技巧的问题。艾瑞克曾乐观地指出："一个能让人发自肺腑觉得幽默的言行就是一种最有力的说服技巧，即使你处于对立的立场，也会让对方从心底里尊敬你，以致忽视、原谅你的争议。"[2] 这未免过于理想化，并不适用于真正残酷的地方。但不得不说，能用嘴巴解决的争端，完全没有必要使用武力，至于如何把武力纳入到幽默修辞中，则是一门大学问。

试想，如果《伐檀》中的大众都是老弱病残，那贵族哥儿会

---

[1] 叶世昌：《古代中国经济思想史》，上海：复旦大学出版社2003年版，第27页。

[2] 艾瑞克：《反洗脑》，北京：同心出版社2015年版，第238页。

重视他们的揶揄吗?

再进一步去思考,如果他们没有力气的话,有信心说出那样幽默的讽刺吗?

幽默的言行不仅仅是一种语言说服的技巧,更是对实力的低调宣扬,在不知不觉中起到背景支撑的作用。否则,再幽默的话也不过是跳梁小丑,不仅形同虚设,反而会招来杀身之祸。

如此一来,我们就明白了为什么《伐檀》要以砍伐檀树、制作车轮来起兴了,因为战车在当时就是实力的象征,人们划分国家的大小就以战车为标准,所谓百乘之国、千乘之国是也。而这些身强体健、自食其力的劳苦大众,他们既然能够制造战车,难道就不会揭竿而起、驾驶战车吗?正是这些可能,让他们在谈论诉求时有信心举重若轻,幽默风趣。

这种兼带着幽默和力量的诗句,后人总结为讽刺,是《诗经》常用的手法之一。

不仅劳苦大众会对君子使用,君子之间也会因等级和职责的不同而使用。

只有周厉王这样的无知小儿,才会忽视讽刺背后的力量,最后被国人赶走;而大多数心智健全的人,都是明白"防民之口,甚于防川"的道理的。他们不是真的以为话语有多大的力量,而是知道产生那些话语的现实土壤、传播那些话语的人心向背和阐释那些话语的利害关系,所以才战战兢兢、如临深渊。

幽默只是力量开出的花朵,力量才是幽默绽放的苍茫大地。

《淇奥》《抑》与《宾之初筵》: 幽默智慧

瞻彼淇奥，绿竹如箦。有匪君子，如金如锡，如
圭如璧。宽兮绰兮，猗重较兮。善戏谑兮，不为虐兮。

——《卫风·淇奥》(节选)

昊天孔昭，我生靡乐。视尔梦梦，我心惨惨。诲
尔谆谆，听我藐藐。匪用为教，覆用为虐。借曰未知，
亦聿既耋。

——《大雅·抑》(节选)

宾之初筵，温温其恭。其未醉止，威仪反反。曰
既醉止，威仪幡幡。舍其坐迁，屡舞仙仙。其未醉止，
威仪抑抑。曰既醉止，威仪怭怭。是曰既醉，不知其秩。

——《小雅·宾之初筵》(节选)

卫武公生前烜赫一时，因帮助周平王抵御犬戎被封为公，
在东周历史舞台上留下浓墨重彩的一笔。时过境迁，别说犬戎
已化为历史烟云，即便是人才辈出的周王朝也成为纸上王国，

饭后谈资。卫武公的功绩在时光面前不堪一击，如今还有多少人记得？

倒是他的幽默智慧，今天仍能给我们留下深刻印象。

据说他身居高位，又寿过九十，还能保持清醒的头脑。有一次他对群臣说，你们不要因为我衰老了就懈怠地抛弃我，还是要不断地指出我的过错，帮我改正不足。如果你们在外面听到了什么批评意见，也千万不要碍于面子不告诉我，我虽然耳聋，心还是亮堂的。

为了以身作则，他还在《抑》中展开自我批评，幽默了一把。

卫武公的幽默不仅是别人许可的，也在他自己的作品中体现出来。在《淇奥》诗中，诗人就动情地称赞卫武公善于谈笑，却又不过分，所谓"善戏谑兮，不为虐兮"。而在他自己所写的《抑》和《宾之初筵》两首诗中，也一再印证了《淇奥》诗中对他的判断。

先来看《淇奥》。诗中的"绿竹"，学者解释不一，不管是草还是竹，都以其生命力来况味君子（这里指卫武公）。草根和竹鞭都是根须发达的植物，它们的根就是君子的本，因为君子有这样的根本，所以才会像雕刻玉石那样能成大器。果然，卫武公不仅穿戴肃雍，仪态更是威武庄重，令人过目难忘。

整首诗都在强调君子"本立而道生"，似乎跟爱开玩笑没关系。

何况爱开玩笑也跟君子的威武庄重相矛盾（在《抑》诗中有更明显的冲突）。

这就不得不对"幽默"作一番了解，才能驱散这些流行的偏见。幽默跟普通的开玩笑有很大的区别，它是一种生活智慧，林语堂就说："世事看穿，心有所喜悦，用轻快笔调写出，无所挂碍，不作滥调，不忸怩作道学丑态，不求士大夫之喜誉，不博庸人之欢心，自然幽默。"[①] 在林语堂看来，幽默不是为了功利目的，也不是为了伤害别人。卫武公的爱开玩笑既不是为了增加自身的威武庄重，也不是为了开玩笑过头而伤及无辜。

这种张弛有度的开玩笑，恰恰是林语堂所主张的幽默智慧。

卫武公在《淇奥》诗中被塑造为十全十美的君子，可他"世事看穿"，知道世上不可能会有完美的人，所以全诗对他的赞美，不过是跟他开的一个玩笑：老国君，我们知道你爱开玩笑，我们把你塑造成不可能的完美国君，就是为了跟你开个玩笑而已，千万别骄傲呀。何况，你自己不就是爱开玩笑吗？我们这个玩笑也不过分吧？

如此看来，那跟全诗似乎不相关的"善戏谑兮，不为虐兮"，实际上是诗眼。

卫武公确实爱开玩笑，他在《宾之初筵》诗中，先一本正经地写刚入宴席的君子们都是循规蹈矩，温良恭让，谦卑有礼，宴会气氛更是井然有序，欢乐和谐。可是几杯酒下肚，人们纷纷有了醉意，便丑态百出，到处胡乱敬酒，手舞足蹈，轻浮放浪，大呼小叫。这样一对比就自然引出不要过分劝酒和饮酒的忠告。

但其实我们知道，这种饮酒陋习至今仍是如此，光靠一首诗是于事无补的。

---

① 林语堂:《幽默人生》，西安：陕西师范大学出版社2002年版，第12、13页。

卫武公自然也不傻，所以他写《宾之初筵》，虽含有劝告之意，却也并不强制性地大声疾呼，因为文学的感染力不在谁的声调高。相反，他充分运用自己的幽默天赋，通过描述那些令人捧腹的醉态，给读者留下深刻的印象。这些读者下次再去饮酒，一想起卫武公所揶揄过的醉态，就算不一定能果断地放下酒杯，恐怕也会心有顾虑而略加克制吧。

比较有现实功利目的嫌疑的是《抑》，在这首诗中出现很多谆谆告诫，甚至连"谆谆告诫"这个成语就出自其中的诗句"诲尔谆谆，听我藐藐"。其他像我们熟知的"耳提面命""夙兴夜寐""白圭之玷""舌不可扪"等带有教诲意义的成语，也都出自该诗。

如此说来，这首《抑》诗相当严肃，哪里会幽默呢？

关键就在于诗中有句说"匪用为教，覆用为虐"，意思是说，周王不仅不把诗中的话语当作教诲，反而视同玩笑。卫武公向来有幽默的名声，如今苦口婆心地劝周王要修德慎言，没想到周王以为他在开玩笑，这下被自己的幽默给坑了吧？

然而，卫武公却用实效告诉我们，幽默虽瓦解了教诲的严肃性，却使其可行性大增。

严肃的话语，富有理性的逻辑力量，尽管听起来非常高深，却给普通人造成更深的心理压力，反而不乐于奉行。英国学者麦克就在《知识与控制》中文版序言中指出："哲学式讨论中的意义似乎对日常教室的实践没有什么影响。"[1] 这类讨论不仅对实践

---

① 麦克·F. D. 扬：《知识与控制》，谢维和等译，上海：华东师范大学出版社 2002 年。

没有太多影响，反而会促成不想实践的恶劣后果，所谓物极必反，就是这个道理。

据说卫武公这首诗一方面是讽劝周王，另一方面则是自警。从他死后被称作"睿圣"来看，自警的目的肯定已经达成，关键在于讽劝周王的目的是否实现。这个周王，有人说是周厉王，但时代相隔太远，不太可信。而从他跟周平王的关系来看，不管他是否追刺周厉王，这些富有幽默意趣的告诫，对周平王大概有所影响，从周平王建立东周来看，效果是较为明显的。

如此看来，幽默不仅帮助了卫武公，也助益了周王朝。

对我们如何智慧风趣地生活，想必也有一些启发。

《山有枢》：生死幽默

　　山有枢，隰有榆。子有衣裳，弗曳弗娄。子有车马，弗驰弗驱。宛其死矣，他人是愉。

　　山有栲，隰有杻。子有廷内，弗洒弗扫。子有钟鼓，弗鼓弗考。宛其死矣，他人是保。

　　山有漆，隰有栗。子有酒食，何不日鼓瑟？且以喜乐，且以永日。宛其死矣，他人入室。

　　　　　　　　　　　　　　——《唐风·山有枢》

　　死亡是不可避免的事，如何看待死亡却可以选择。

　　我们常常忘记或不敢作出选择，是因为对死亡的恐惧，亚隆指出："伊壁鸠鲁认为，痛苦来源于我们对死亡无所不在的恐惧。他说，面对不可避免的死亡，恐惧剥夺了生命的欢娱，所有的快乐都被搅乱了。"[1] 这话很好理解，毕竟"死去元知万事空"，人死之后，别说痛苦了，啥都没有了，而能够感受到痛苦，则说明还没有死。还没有死，那为什么又感到痛苦呢？就是因

---

[1]　亚隆：《直视骄阳：征服死亡恐惧》，张亚译，北京：中国轻工业出版社 2015 年版，第 4 页。

为对死亡的恐惧。

对中国人来说，孔子的"未知生，焉知死"是最实用的态度。

孔子先把死亡悬置起来，好好生活，探究生命的意义和价值，再通过一整套的丧葬礼仪使死亡的处理程式化，尤其是丧葬礼仪的选择又跟生前的功勋挂钩，进一步巩固人们"立德立功立言"的生命追求。孔子不仅如此总结，而且身体力行，他虽然偶尔会有"逝者如斯夫，不舍昼夜"的喟叹，但更多时候则是"发愤忘食，乐以忘忧，不知老之将至"地自强不息。

由此看来，中国人的死亡观念，最契合当代价值。

目前比较有代表性的死亡观念是："理解走向死亡的全过程，有助于更理性地估计与生命息息相关的生活中的各种限度和边界，并有助于理解在何种情况下死亡将成为生命的唯一符合逻辑的结论。将死亡驯服才是充分享受生命的最好方式，不是吗？"[1] 而中国先贤早在两千年前就已学会驯服死亡，并在驯服死亡的过程中学会观察生命、积极生存、享受生活。比如《车邻》诗中就有"既见君子，并坐鼓簧。今者不乐，逝者其亡"的诗句，告诉我们，现在不快乐，死亡很快就会来临，不如好好享受音乐，快活自在。

而最有代表性的作品则是《山有枢》。

诗人以第二人称"你"来描写，使其劝诫之言变得更为真切。他说，你有美好的衣裳，却不把它们穿上；你有车有马，却不开动。等到像秋叶那样枯萎死去，这些东西都会成为别人的享

---

① 理查德·贝利沃、丹尼斯·金格拉斯：《活着有多久》，白紫阳译，北京：三联书店 2015 年版，第 10 页。

受。你还有庭院，却不洒扫干净；你也有钟鼓乐器，却从来不演奏。等到像秋叶那样枯萎死去，这些东西都会被别人占有。你更有美酒佳肴，为什么不每天弹瑟宴饮？且尽情享受这些欢乐，来度过漫长的白昼，等到像秋叶那样枯萎死去，迎来漫漫长夜，这些东西都会被来到你屋内的其他人获得。

总之，诗人从物质生活的享受来劝诫，暗含着"生不带来，死不带去"的观念。

我们对此当然很熟悉，但放眼世界，这个观念就不那么理所当然了。菲利普就指出："撒手之时必须把房屋、果园、花园都给人留下，这便是贪恋红尘之诱的砝码：心中充满了恋恋不舍之情，死者与其说是执着于生命，执着于生物学意义上的生，还不如说是放不下那些在生活中积攒起来的心爱宝物。"[1] 这跟《山有枢》虽在贪恋红尘上有些相似，但在态度上却大不相同。菲利普同时指出，"即便是死，中世纪的人也不愿意放弃财富：那是他们的钱财，他们要触摸它，抓牢它"[2]，哪怕按照基督教的观点，带上财物要下地狱也在所不惜，很多中世纪的人还是要求把财宝跟他们的尸体一起下葬。

不仅世界上存在不同观点，就算是先民，不同地区的想法也不相同。

比如秦穆公去世后，就把秦国的"三良"用来殉葬了，虽然

---

[1] 菲利普·阿里耶斯：《面对死亡的人》上卷，吴泓渺等译，北京：商务印书馆 2015 年版，第 175 页。

[2] 菲利普·阿里耶斯：《面对死亡的人》上卷，吴泓渺等译，北京：商务印书馆 2015 年版，第 176 页。

《黄鸟》诗中的"如可赎兮，人百其身"很不对头——三良的生命可贵，其他人的生命就不可贵吗？但从中我们还是可以看出作为殉葬制度的牺牲品，三良被秦穆公"带走"了。殉人的制度后世虽然渐渐消失，但厚葬的风气却不少见，以至于为了埋葬一位亲人，要毁掉整个家庭。

以上种种历史事实都在告诉我们，《山有枢》的死亡心态是较为先进的。

跟"今者不乐，逝者其亡"不同，《山有枢》通过渲染的方式，使死后无法享受的观念被夸张放大。既然如此，生前要怎么享受呢？我们倒过来就可以推知，在诗人看来，穿着好衣裳，乘车驾马，洒扫庭院，迎接朋友，钟鼓奏乐，宴饮聚会，就是人生之乐。这种享受，不过是贵族生前的常态而已，还需要诗人来强调吗？

换句话说，诗人为什么要主张这样的享受呢？

答案可能简单到我们不忍揭穿，那就是诗人想要以朋友的身份，跟这位贵族朋友一起享受这些酒食。怪不得诗中一直用第二人称"你"，不仅是为了亲切有说服力，同时也保留了一种对话的原始痕迹，似乎这段话才刚刚说出口，充满着对生死的豁达态度和幽默智慧。诗人的贵族朋友听他如此一说，恐怕也不能不邀请他入席吧？

这可并非我们的想象，历史上真有类似的事，比如雍门周以琴见孟尝君。

雍门周先夸赞孟尝君高贵，天天享受锦衣玉食的生活（具体描写跟我们前面总结的享受生活的方式极其相似，此处省略），没有什么会悲伤的事。如果一定说有，那只有一件，就是死亡，他说："然臣所为足下悲者一也，千秋万岁之后，宗庙必不血食。高台既已坏，曲池既已堑，坟墓既已平，婴儿竖子采樵者，踯躅其足而歌其上，曰：'夫以孟尝君尊贵，乃若是乎？'"雍门周指出，等孟尝君去世后埋葬在陵墓中，多年以后，楼台倾圮，坟墓倒塌，那些小孩或砍柴人站在陵墓上唱歌，还说："那么尊贵的孟尝君，也会这样吗？"

果然，孟尝君被雍门周一席话说得泪水涟涟。

或许除了死亡，世上也确乎没有比它更公平的了吧。

而诗人通过调动死亡的悲伤，劝诫贵族朋友开怀宴饮，自己也能分得一杯羹，岂不是充分践行"且乐生前一杯酒，何须身后千载名"的人生大智慧？更重要的是，诗人通过积极生存、享受生活的方式来面对死亡，把死亡当作反思生命的契机，由此来幽默地劝诫贵族朋友，真的达到了笑谈生死的境界，虽然带有一些黑色幽默，却不能不令我们由衷钦佩。

谈笑之中了却生死，这是中国式幽默的最高境界。

和平中国

所谓"和平",《左传·隐公六年》杜预注云:"和而不盟曰平。"[①] 陈顾远说:"盖认为两国之和,纵不盟,亦可谓之平也。"[②] 由此可见,"和平"一开始就是用来形容国家状态的。中国人向来热爱和平,在这种氛围中催生出慢性和忍耐的性格特征,罗素就拿中国人的慢性子来跟欧美国家的精力过剩所带来的狂热进行对比,然后得出结论说:"从人类整体的利益来看,欧美人颐指气使的狂妄自信比起中国人的慢性子会产生更大的负面效果。"[③] 罗素更惊叹于中国人的忍耐力,他说:"中华民族是全世界最富忍耐力的,当其他的民族只顾及数十年的近忧之时,中国则已想到几个世纪之后的远虑。"[④] 在罗素看来,这种民族性格很容易找到生活的乐趣,成为中国文化当中非常重要的部分,他说:"至于人生的乐趣,是我们生活在工业文明的时代,受生活环境重压而失去的最重要、最普通的东西。但在中国,生活

① 左丘明原著,陈戊国撰:《春秋左传校注》,岳麓书社 2006 年版,第 23 页。
② 陈顾远:《中国国际法溯源》,上海书店出版社 1990 年版,第 331 页。
③ 罗素:《中国问题》,秦悦译,上海:学林出版社 1996 年版,第 7 页。
④ 罗素:《中国问题》,秦悦译,上海:学林出版社 1996 年版,第 6 页。

的乐趣无所不在，这也是我要赞美中国文化的一大原因。"[1] 罗素所说的是 19 世纪初及以前的中国，当然也包含《诗经》中的和平中国。然而，经过不断现代化的当代中国人，可能对人生的乐趣也略感迷茫，我们不妨回到《诗经》时代去重温先民的灵感，过上平和的生活。毕竟连罗素都说："中国人摸索出的生活方式已沿袭数千年，若能够被全世界所采纳，地球上肯定会比现在有更多的欢乐祥和。"[2]

① 罗素:《中国问题》，秦悦译，上海：学林出版社 1996 年版，第 3 页。
② 罗素:《中国问题》，秦悦译，上海：学林出版社 1996 年版，第 7 页。

《击鼓》：厌战士兵

击鼓其镗，踊跃用兵。土国城漕，我独南行。

从孙子仲，平陈与宋。不我以归，忧心有忡。

爰居爰处？爰丧其马？于以求之？于林之下。

"死生契阔"，与子成说。执子之手，与子偕老。

于嗟阔兮，不我活兮。于嗟洵兮，不我信兮。

——《邶风·击鼓》

从"国之大事在祀与戎"就可知道，战争对于国家的重要。

鲁隐公四年（前719年）夏，弑君自立的州吁，为帮共叔段打击郑庄公，以卫国出兵粮为诱饵，联合宋、陈、蔡等国进攻郑国。这种战争，本身没什么正义可言，不过是出于转移卫国国内矛盾的政治需要，诚如克劳塞维茨在《战争论》巨著中一再指出的："战争无非是国家政治通过另一种手段的继续。"[①] 而州吁所发动的这场战争，甚至都不能说是国家的政治需要，而不过是他个人"阻兵而安忍"的愚蠢诉求而已。

---

① 克劳塞维茨：《战争论》，中国人民解放军军事科学院译，北京：商务印书馆1982年版，第11页。

在前往郑国之前，州吁还要做一件事：让陈国与宋国和好。

陈国与宋国究竟结下什么宿怨，史无明文记载，但从《击鼓》诗来看，他们之间有没有宿怨并不重要，重要的是州吁充分利用这次和平调解，把它宣传为出兵的理由，让公孙子仲率领士兵开出卫国，前往陈、宋。这也解释了为什么这次出征不仅热闹非凡，战鼓敲得震天响，而且贵族们也踊跃用兵：因为在卫国国内，这次出征被描述为正义的维和行动。

不过仔细回想，哪一场战争在发动之初不被描述为正义的呢？

细心的士兵可能经验丰富，深谙其中窍门，起初就没被政治宣传蒙骗。他发现，如果真的只是去调解宋、陈两国纠纷的话，那为什么还要修建卫国的防御城池呢？这是为了防止战争失败，可以迅速退守？更让他惊讶的是，防御工事居然调派那么多兵力，而打着调解纠纷旗号出征的兵员却如此少，让他不能不疑惑这是不是要送他们去死。

宋、陈的纠纷很快调解完毕，他们却一直没接到班师回国的号令。

战士们忧心忡忡，他们的不祥预感现在确凿无疑了。此刻卫国不仅不是他们强有力的后盾，反而是逼迫、诱导他们上前线的利刃。这个小道消息很快传播开来，战士们无心应战。他们三三两两结伴而行，只能靠自身的团结求得生路。有些士兵连自己的坐骑也跑丢了，只好去林野间寻找。而坐骑之所以逃跑，看来粮草并不充足。

在这种只能自保的恐怖氛围中，士兵之间的友谊却得到巩固。

他们定下生死相伴、互帮互助的誓言，期待能够携手离开这个鬼地方，不仅不会战死在这个陌生的国度，还能回到家乡享受变老的生命时光。我们知道，衰老不是一件令人高兴的事情，但在这样险恶的环境下，生命随时受到威胁，似乎连"就是和你一起慢慢变老"也不再令人恐怖了，反而成为士兵眼中"最浪漫的事"。

如果不是危险至极，谁愿发这样的誓言？

"执子之手，与子偕老"，如今更多指向夫妻，而非战友。很多学者为了把《击鼓》解释成士兵思念妻子，在词语的解释上煞费苦心，令人感动。但我觉得完全没有必要。夫妻组成家庭，他们所要面临的两性战争，丝毫也不比真正的战争逊色。后世夫妻读到此诗此句，感同身受，断章取义，不也是很正常吗？我们没必要为了迎合这一需要而罔顾诗歌本义，因为这样做不仅会遮盖诗歌本身，也不利于我们理解夫妻或情侣引用"与子偕老"的深意。

现实终究更加残酷，士兵们的美好愿望破灭了。

这些从困境中挣扎着站起来的士兵们，他们不再以军人的要求自我约束，而是勇敢地对那些不让他们活命的统帅说"不"！他们不再强打起精神来扬我国威，他们意志消沉失去了战斗力。我们也能理解他们的选择。毕竟郑庄公跟卫桓公不同，他不仅成功地挫败弟弟共叔段，而没有像卫桓公那样被弟弟州吁杀害，而且在军事上也很有才能，成为扬名后世的"春秋小霸王"。面对这样一个强大的郑国，靠貌合神离、刚刚才解除宿怨的乌合之众，怎么可能有哪怕丝毫的胜算？

让士兵们没想到的是，他们那必死的消极态度却救了他们。

由于军心涣散，这支临时拼凑起来的多国部队，虽然包围了郑国都城的东门，但还没有坚持五天就支撑不下去，而各回各国了。战斗还没打响就结束。就州吁这智商都能杀害卫桓公，可见卫桓公确实有些弱，而并不能证明州吁有多强大。果然，这年的九月他就被石碏骗到陈国并杀死。

原来厌战有时也是维护和平的有效手段之一。

《考槃》：心灵和平

考槃在涧，硕人之宽。独寐寤言，永矢弗谖。
考槃在阿，硕人之薖。独寐寤歌，永矢弗过。
考槃在陆，硕人之轴。独寐寤宿，永矢弗告。

——《卫风·考槃》

身体的"身"字，在中国文化中，并非是简单的 body，它看起来就像一个大肚子的孕妇。在中国人看来，身体本身是什么其实并不是最重要的，它里面孕育着什么才更为根本。所以孟子早就说过"心之官则思"，把心灵视作思维的器官，在今天看来固然是不懂解剖学，但心灵所代表的情志，与头脑所代表的理性，确乎有着极大的不同。

如果我们放弃抬杠，不把情志断然地归属于头脑，那么，把人类很多说不清道不明的情感归于心灵，则是前人的大智慧。

在这一点上，不仅中国人如此，西方人也是，像传唱一时的《My heart will go on》便是；不仅前人如此，我们在生活中也仍旧沿袭，说些类似"女孩的心思你别猜"的话。

心灵如此重要，求得"放心"就成为中国人的重要课题。

在这方面，隐士们做出了很多积极贡献。他们放弃在尘世开疆拓土、建功立业的机会，隐居起来，却在心灵的疆域树起探索的大旗，并最终找到心灵和平的方法。

所谓隐士，韩兆琦先生有过定义，他说："隐士是与'官僚'相对而言的，它的含义是说，这个人本来有道德、有才干，原是个做官的材料，但由于某种客观或主观的原因，他没有进入官场；或者是本来做官做得好好的，后来由于某种客观或主观的原因而离开官场，找个什么地方'隐'起来了，这就叫'隐士'。"[①] 所谓的"有道德、有才干"的人，就是《考槃》诗中所说的"硕人"，他们本来就有道德才干，但出于客观或主观原因而选择隐居。这样的人一旦离开官场束缚，在大自然中安顿心灵世界，他们的才能并不会浪费，反而往往会写出很多优秀的诗歌作品。我们所熟悉的大诗人陶渊明便是如此。

韩先生特意在书中探索"隐士与诗"的话题，但他遗漏了《考槃》。

"考槃"的意思是敲叩着木制的盛水器皿，有点庄子鼓盆而歌的况味。

诗中的这位隐士有时候走到涧谷边，有时候又行到山丘上，有时候又回到平地，不管在哪里，都是在大自然母亲的怀抱里；不管走到哪儿，都心情愉快，叩着器皿，唱着歌儿。歌声里所赞美的那些隐士，他们心胸像大自然一样宽广，体形跟大自然一样优美，徘徊在大地上，无拘无束，自由自在，和平喜乐。

在他们看来，一个人睡觉、醒来，自言自语，并不是无法

---

① 韩兆琦:《中国古代的隐士》，北京：商务印书馆2015年版，第1页。

排遣的寂寞，而是令人难忘的孤独。他们尽情享受这样的孤独，因为害怕失去而不愿忘记，更不想把享受孤独带来的和平喜乐的心境随便告诉别人。

这倒不是因为自私，而是他们深深明白，一旦起念要把这份快乐跟别人分享，这快乐本身便失去了意义。道理很简单，这快乐原本来自孤独，需要学会享受孤独才能获得，而跟别人分享则破坏了孤独。快乐的基础被破坏，由孤独所带来的快乐也就荡然无存了。

如此一来，我们可以测知诗中隐士隐居的原因，大概属于韩先生归纳的六类原因中的第四类："生性淡泊、不慕荣利，更捎带着或是不愿受官场的拘束，或是爱好自然山水，总之是希望过一种逍遥散荡、自由自在的日子。"[1]尤其是词语"逍遥散荡、自由自在"，用来描述这位隐士，可谓尽其精神了。

孤独是一个人的狂欢，隐士在大自然中放声歌唱，他的歌声不仅传遍四野，也传遍古今。

当我在钢筋水泥筑成的当代"蜂窠"中写到此处，也想放声歌唱，像童年走在旷野中那样，"但我不能，不能放歌，因为隔壁会打我"。

连放歌尚且瞻前顾后，又何敢奢谈心灵的和平？

---

[1] 韩兆琦：《中国古代的隐士》，北京：商务印书馆 2015 年版，第 17 页。

《陟岵》与《十亩之间》：愿有归宿

陟彼岵兮，瞻望父兮。父曰："嗟！予子行役，夙夜无已。上慎旃哉，犹来无止！"

陟彼屺兮，瞻望母兮。母曰："嗟！予季行役，夙夜无寐。上慎旃哉，犹来无弃！"

陟彼冈兮，瞻望兄兮。兄曰："嗟！予弟行役，夙夜必偕。上慎旃哉，犹来无死！"

——《魏风·陟岵》

十亩之间兮，桑者闲闲兮，行与子还兮。

十亩之外兮，桑者泄泄兮，行与子逝兮。

——《魏风·十亩之间》

和平之可贵，正说明现实之不和平，这对于那些行役在外、漂泊无依的先民来说，印象最深。比较有代表性的是《王风·葛藟》中的诗句："终远兄弟，谓他人父。谓他人父，亦莫我顾。"这位远离兄弟父老的漂泊者，人在他乡，不得不低头讨好别人，甚至称兄道父，却依然被人看不起。

身处商业时代的我们或许对此冷漠习以为常，但在农耕文明的支配下，在宗法制度的呵护下，先民对冷漠和敌意是极其困扰的。这时，回家就成为恢复内心平衡的重要途径。

我们常常有种错误的认知，以为时间的改变，只发生在漂泊者身上，殊不知家园的改变也在悄然进行。这种改变无疑增加了回乡的难度，正如顾玉玲在书中所说："回家总是艰难……原乡早已不是离去时的家园。"① 最要命的改变，却是家属身上的巨大变化，如果不能妥善处理，就会出现《活着回来的男人》书中的一幕：被俘虏后回国的士兵，看见家人的时候"大家不知该说些什么，彼此都有点手足无措"②。

为避免这种恐惧，《陟岵》中的行役者在回家前写下这首诗，来探询家人口风。

他们行役在外已久，身心发生巨变。起初他叫可能像《小雅·四牡》诗中所写的那样，因为对王事所拥有的崇高感，而甘愿为周王行役在外，不得回家，只能通过诗歌表达对不能赡养父母的悲伤："岂不怀归？王事靡盬，我心伤悲。"我怎么会不想回家呢？只不过周王吩咐的事情无穷无尽，永远做不完，我只能把悲伤放在心里，"擦干眼泪继续为他奔波"。渐渐地，这种奔波的剥削本质，他体会明白了，或许会像《唐风·鸨羽》诗中的行役者那样感叹："王事靡盬，不能蓺稷黍，父母何怙？悠悠苍天，

① 顾玉玲：《回家》，新北：INK 印刻文学生活杂志出版有限公司 2014 年版，第 398 页。

② 小熊英二：《活着回来的男人》，黄耀进译，桂林：广西师范大学出版社 2017 年版，第 150 页。

曷其有所?"周王的事情没有片刻消停,连种庄稼的时间都没有,靠什么养育父母?老天爷啊,什么时候才是尽头,能让我回家?

虽然同样是"王事靡盬",从《四牡》到《鸨羽》,我们却能明显感觉到政治的热情在消退,被激荡起来的热忱也在冷却之中,行役者慢慢回归到正常状态,不再被政治宣传所鼓动,而学会了"关心粮食和蔬菜"。

这样回归正常状态的人在当时应该不是少数,否则这些诗歌有谁传唱并保留至今呢?

要做正常人,说容易也容易,说不容易也不容易。梁文道曾苦口婆心地说:"你只需要认清现实,在有点能力的时候试着了解形成自己所处的现实的力量,同时再加上一点点同理心,你就会自然而然地变成这样一个常人……一个普通人的常识有时反而是最不容易的,就连许多学养深厚的知识分子都不一定能够拥有。"[1] 梁文道非常细致地指出,做正常人之所以容易,是因为我们在现实中基本上都是正常的,只需要识破现实以外的不正常因素、并不被它所误导就可以了。虽然认清它很容易,但如果要在它形成潮流之际,不顾它的道德绑架,能做到"虽千万人,吾往矣",则确实很难。

我们《陟岵》中的诗人大概也经历了艰难阶段,终于鼓足勇气,要跟王事说拜拜了。

这也难怪,虽然王事被宣传得如此高大上,但行役者不是傻子,他们看见身边的朋友一个个无缘无故地成为"炮灰",难

---

[1] 小熊英二:《活着回来的男人》,黄耀进译,桂林:广西师范大学出版社 2017 年版,第 XII 页。

道不会反思吗？

就算退一万步讲，他们没有反思能力，那也总会厌倦这种行役生活吧？

厌倦是一种消极的抵抗，虽然在抵抗王事上面是消极的，但对于抵抗者的心灵修复却是积极有益的，正如卡夫卡在短篇小说《普罗米修斯》中写的那样："按照第四种传说，大家对这件毫无意义的事逐渐感到厌倦了。众神逐渐厌倦了，鹰逐渐厌倦了，伤口也厌倦地愈合了。"[①]永无止境的王事就像普罗米修斯永无止境的困境一样，大家起初会为他的受苦受难寻找意义，却在寻找的过程中愈发觉得没意义，慢慢厌倦起来。周王好像在为自己挖掘坟墓，他不知道那些无穷无尽的王事仿佛撒到他的棺盖上的泥土，他就这样在大家的厌倦中被掩埋、被抛弃，而那些因为他而留下的行役创伤，自然也随之愈合起来。

好了，现在一切的误导都已消除，唯独对家的担忧还在。

许久不曾尽到孝顺的父母，会不会像我厌倦周王那样厌倦我呢？

还有我的亲大哥，他会不会以为我回来是为了跟他争些什么？

怀着重重顾虑，他登上光秃秃的没有草木的山丘，虽说是想要瞻望父亲，那实际上不过是想象。在想象中，他的父亲叹息着对他说："我儿啊，你出门在外，早晚忙个不停，望你保重自己啊，最好还是回家，不要滞留在外了。"但他似乎并没有下

---

① 卡夫卡:《卡夫卡中短篇小说选》，常轻译，长春：北方妇女儿童出版社 2009 年版，第 260 页。

定决心，仍旧一边行役，一边犹豫着要不要撂担子不干了，回家去。

这次他登上长出草木的山丘，可见时间又隔了很久，虽说是想要瞻望母亲，那实际上不过是想象。在想象中，他的母亲叹息着对他说："我的小儿啊，出门在外日夜睡不好。望你保重自己啊，最好还是回家，不要抛弃我们了。"这明显已经更进一步地表明父母的意见，是需要他的，否则为什么在父母看来，他们就像是被他所抛弃的呢？但亲大哥的意见还不明晰，他仍旧没有下定决心。

直到第三次，他大概再也无法忍受王事的剥削和摧残了，登上高高的山冈，虽说是想要瞻望亲大哥，那实际上不过是想象。在想象中，他的亲大哥叹息着对他说："我的老弟啊，出门在外，早晚都跟同事们一起，没有自由，望你保重自己啊，最好还是回家，不要死在外面！"从这里已经看出亲大哥对老弟的欢迎，但由于整首诗都是想象，所以只能看作是诗人的愿望，或者一种对家人欢迎他归来的希冀。

即便如此，从"不要滞留"到"不要死"，也还是透露出诗人的处境越来越难。

回家不再只是一个有没有时间的问题，它更关乎一个人的生死了。

我们有理由相信他最终平安到家，因为紧接着该诗的就是《十亩之间》，这首诗很简单，写的就是两个好朋友一起回归田园的事情。会不会这两位好朋友中的一个，就是《陟岵》诗人呢？我们姑且这样美好地想象一下吧。

毕竟，无论是《陟岵》还是《十亩之间》，都是想象之辞。

《陟岵》的想象已如前述，《十亩之间》则略有不同。诗中说十亩田地（相当于一户人家所拥有的土地）里面啊，采桑的人宽闲地劳作着，一点也没有我们行役者的奔波匆促。十亩田地之外啊，采桑的人很多很热闹，一点也不像我们行役者冷冷清清。既然如此，我们快点离开这个鬼地方，回家去吧，去过那样优游不迫而又热闹欢乐的生活。

如果说《陟岵》想象着家人之乐，那《十亩之间》就描写着乡居之欢。

无论是家人之乐还是乡居之欢，都是他们理想中的美好归宿。

《小戎》与《秦风·无衣》：为和平而战

　　小戎俴收，五楘梁辀。游环胁驱，阴靷鋈续。文茵畅毂，驾我骐馵。言念君子，温其如玉。在其板屋，乱我心曲。

　　四牡孔阜，六辔在手。骐駵是中，騧骊是骖。龙盾之合，鋈以觼軜。言念君子，温其在邑。方何为期？胡然我念之。

　　俴驷孔群，厹矛鋈镎。蒙伐有苑，虎韔镂膺。交韔二弓，竹闭绲縢。言念君子，载寝载兴。厌厌良人，秩秩德音。

　　　　　　　　　　　　　　　——《秦风·小戎》

　　岂曰无衣？与子同袍。王于兴师，修我戈矛，与子同仇！

　　岂曰无衣？与子同泽。王于兴师，修我矛戟，与子偕作！

　　岂曰无衣？与子同裳。王于兴师，修我甲兵，与子偕行！

　　　　　　　　　　　　　　　——《秦风·无衣》

和平并不是别人施舍的，需要自己争取。

当《东山》诗中的出征士兵哀叹着"我徂东山，慆慆不归"，当《北门》诗中的小吏面对"王事"而叹息"莫知我艰"，当《击鼓》诗中的南征士兵绝望地说"于嗟阔兮，不我活兮"，秦国的士兵却像《小戎》那样忧而不伤，像《无衣》那样团结一致。

秦国最后为什么能够取代周朝，从他们的尚武精神中可窥一斑。

今天来看，为和平而战并非和平的唯一条件，也可以像康德说的那样通过和平条约来实现："现有的一切导致未来战争的因素，尽管目前也许尚未为缔约者自己所认识，都须以和平条约消灭。"[①] 但现实地说，落后就要挨打，如果没有武力的支撑，谁会愿意跟你签订和平条约呢？实力相当的国家之间尚且很难实现真正的和平，何况相差悬殊呢？

秦国军民的尚武精神，在当时是不被中原理解的，后世史书总是称它为虎狼之国。

也许，从当今文明社会对生命的尊重来说，"弃礼义、尚首功"的做法确乎比较血腥和残忍，但历史却一再告诉我们弱肉强食的规律。或许真正的原因不在于这种做法本身是否可取，而在于它的适用阶段。用传统中国的观点来说，就是"马上得天下"，但不能"马上治之"。通过极度的团结获得政权以后，需要在保留实力的基础上进一步广泛地吸收其他的"小流"，以便惠

---

① 伊曼努尔·康德:《永久和平论》，何兆武译，上海：上海人民出版社 2005 年版，第 5 页。

民利民，而使江山永固。

如果没有区分好打天下和治天下，而用同样的方法治理，结果就很可怕。

比如宋襄公，他在春秋争霸的时候，不去用武力打江山，而想靠所谓的"仁义"收服楚国，最后还是战败，自己也重伤而亡，岂不可悲？到了朱元璋战胜豪杰、赶走元帝之后，已经从打江山转入治天下的阶段，他却仍旧用打江山的那一套来治理，最后落得内部分崩离析，死后发生燕王朱棣和建文帝之间火并的靖难之变，岂不令人扼腕叹息？无论是宋襄公还是朱元璋，都没有处理好不同阶段的中心任务，导致的结果就是适得其反。

而当时的秦国则不同，深知武力是乱世中生存壮大的不二法门。

在面对共同的敌人时，秦国夫妇也都能勠力同心，各司其职，而不像其他诸侯国夫妇那样怨泣悱恻。在《小戎》诗中，这位秦国妻子的丈夫出征了，据说是跟随秦襄公远征西戎。跟中原内部的战争恍如儿戏不一样（可以参看《清人》诗中讽刺的郑国将领高克），西戎当时正强大，不久前才杀死周幽王，秦军所面对的困难和残酷可想而知。这个时候，出征战死的可能性极高，但《小戎》诗中的妻子虽也抒发思念之情，更多的却是对秦军必胜的信心。

这种自信是通过多个层面展示出来的，展示出这样的自信后，连思念也发生质变。

她先说秦国的战车多么厉害。但跟我们当下阅兵仪式中常用展示最顶端的武器来威慑其他国家不同，她是用次等的小兵

216

车来显示。这种小兵车无论是车辕还是皮条，都异常结实，她的丈夫或许就是乘着这辆小兵车出征的。它上面安置着虎皮褥子，丈夫坐在上面很舒服。更重要的是，拉车的战马也强壮，巨大的车轮滚滚向前，载着丈夫前去征讨西戎。小兵车尚且如此，那没有说到的大战车的威力自然可以想见。

要说不担心是不可能的，她一想到她那温润如玉的丈夫要去跟西戎对战，就心乱如麻。

但即便是心乱如麻，她也很快调整过来，继续去描述丈夫所乘的马匹如何训练有素，它们在经验丰富的老车夫驾驶下，井然有序地奔跑起来。在这极快的奔跑中，她已看不清丈夫的脸，只能望见那画着龙纹的盾牌合在一起，就像丈夫的战友们团结一致。小兵车越发远了，也就意味着丈夫距离西戎的地盘越近了，他什么时候会凯旋呢？他一定会凯旋的，不然我为什么这么想念他？

原来在她看来，妻子的思念可以让丈夫更神勇，更快地打败西戎，平安回家！

可不是吗？妻子放眼看去，那战马孔武有力，那兵器锐利无比，丈夫和战友们的盾牌美丽坚固，他们的弓箭准备充足，连校正准度的工具也都细心地带上，那将会使他们更加百发百中，威力无穷。妻子虽然知道战争的残酷，并没有掉以轻心，在丈夫离开之后，每次想起他也都是寝食难安，但她最终选择相信丈夫，因为不仅有厉害的战车、强壮的战马和锋利的兵器，还有广大的像丈夫一样团结一致的秦国士兵！她相信这样的铁血汉子，相信他出征前的平静话语，相信他对她说的心中话："我一定会回来见你！"

在对战车、战马和武器尽情赞美之后，妻子把丈夫和他的战友们看作信心的根源。

正因有这样的信任，她的思念不再是后顾之忧，而变成促使丈夫胜利归来的动力。

这位秦兵妻子的眼光是准确的，作战中最重要的是战友。战友们能否同甘共苦，能否众志成城，是战斗成败与否的关键。不仅她知道，秦国军民似乎也都深以为然，所以就有了广为传唱的《无衣》诗篇。诗歌内容很简单，表达秦兵互相支持的战斗情谊：谁说我们没有战衣？我们共同分享衣物，我们彼此就是对方最好的庇护！周王要兴兵讨伐西戎，我们就积极配合地修整我们的兵器，然后一起出征，气势如虹！

唯一难理解的就是"与子同仇"，很多人解读为秦兵"同仇敌忾"。

这个地方的"同仇"，应该跟下文的"偕作""偕行"一类意思，都指战友之间共同进退的团结意志。这个"仇"应该是匹耦的意思，也就是好伙伴，"同仇"就是彼此都一样，都是好战友。虽然同仇敌忾也可以促进战友们的团结，最终的解释跟全诗之意差别不大，但较为本质的区别在于，如果是因为外力而团结一致，那么很容易因为外力的瓦解而瓦解，不如把"同仇"解释为彼此本来就同样是好战友，那么这种团结就更难能可贵了。

因为临时的战斗胜利并不足以影响全局，而真正的战略胜利则牵涉更广的因素，诚如霍布斯所说："正如恶劣天气的性质不在于一两次阵雨，而在于许多天的变化趋势，战争属性也不取决于实际的战斗，而是取决于已知在那方面的倾向。"[1] 在这各种的酝酿因素之中，百姓的意志起到根本的作用，民意也可以因为共同的困难而团结起来，但这种团结毕竟不是最牢固的，只有不断经过文化的沉淀，把无数次因共同面对困难而团结起来的意志文字化，融入民族的血脉之中，才会在关键时候不必动员，却应者云集了。

《秦风·无衣》这首战歌，无疑就起到这种巩固团结的文化作用。

① 理查德·塔克:《战争与和平的权利》，罗炯等译，南京：译林出版社2009年版，第257页。

《伐木》：和平之神

伐木丁丁，鸟鸣嘤嘤。出自幽谷，迁于乔木。嘤
其鸣矣，求其友声。相彼鸟矣，犹求友声。矧伊人矣，
不求友生？神之听之，终和且平。

伐木许许，酾酒有藇。既有肥羜，以速诸父。宁
适不来，微我弗顾。於粲洒扫，陈馈八簋。既有肥牡，
以速诸舅。宁适不来，微我有咎。

伐木于阪，酾酒有衍。笾豆有践，兄弟无远。民
之失德，干餱以愆。有酒湑我，无酒酤我。坎坎鼓我，
蹲蹲舞我。迨我暇矣，饮此湑矣。

——《小雅·伐木》

和平与其说是一种手段，毋宁说是一种道德性的信仰。

因为无论什么手段，终究会落空，我们以手段中最有代表
性的技术手段为例。诚如姜进在《新文化史经典译丛·总序》中
评析福柯时所说："（他）揭示了对理性的顶礼膜拜是如何导致
了对个性和差异性的敌视，理性又是如何运用强大的技术手段
去控制、压制并企图消灭差异和不同，从而建立起井然有序的

现代社会秩序的。"① 更全面的监控技术带来的改变极其巨大，理查得在《被压迫者教育学》前言中说："我们这个技术先进的社会在迅速地使我们中的大多数人变成客体，并在巧妙地把我们塑造成迎合这种社会制度的逻辑的那种人。"② 任何一点小小的抗议都会被发现，这样的结局自然并不意外。但理查得同时也指出技术变革的积极影响："特别是在年轻人当中，新的媒体以及对旧的权威观念的侵蚀，为针对这种新束缚的敏锐意识开辟了道路。"③ 可见技术手段在试图控制我们的同时，也萌发出摆脱控制的线索。其他手段也是一样。

这些手段用来维护和平，或做其他用途，其两面性都会兼而有之。

在中国，和平是主要价值取向，这与中国传统政治的官僚化制度有密切关系，韦伯就深刻地指出，"不论何处，战争都是年轻人的事"④，而中国的士就是"老人"（无论是年纪上的老年还是思想上的老成），因此中国的官僚特点决定了其和平主义的传统。但这并不意味着历史上的中国没有战乱，恰恰相反，历史以无可辩驳的事实告诉我们，正是因为战争如此之多，才使中国人更为渴望和平。

---

① 罗伯特·达恩顿：《催眠术与法国启蒙运动的终结》，周小进译，上海：华东师范大学出版社 2010 年。

② 保罗·弗莱雷：《被压迫者教育学》，顾建新等译，上海：华东师范大学出版社 2001 年版，第 5 页。

③ 保罗·弗莱雷：《被压迫者教育学》，顾建新等译，上海：华东师范大学出版社 2001 年版，第 5 页。

④ 韦伯：《中国的宗教；宗教与世界》，康乐等译，桂林：广西师范大学出版社 2004 年版，第 172 页。

由此可见，制度上的保证跟手段一样，也不是万能的。

也许我们该抛弃万能的简单想法，试图把维护和平的有效途径汇合在一起，使它们发挥更大的效用。但如此一来，和平问题就变得更加复杂，复杂的事情不容易付诸实践，也就在一定程度上减弱了它的功能。更重要的是，如此一来，和平变得似乎需要被维护，而不是由内而外地产生出来，那我们作为个体，对和平的重要性就大大降低，我们会越来越迷惑，不知道自己应该如何行动才能使和平更为持久。

无论是历史还是生活都在告诉我们，每个人都对和平有重要的意义。

而一旦想要维护和平就会事与愿违，那就不得不令人怀疑，我们的出发点有没有问题。真正持久且坚固的和平主义者，从来都不是凿空而来，他们都在具体的生活细节中加以体现。诚如冥想提倡者萨提亚说："我们都需要先有内在的平和，才能有人际的和谐；我们需要先有人与人之间的和谐，才能有世界的大同。"[1] 唯有把和平作为生活方式纳入我们个体的内在小宇宙，身外的大宇宙才会因为我们无时无地不在的和平生活而最终获得真正的和平。

这种和平方式对于中国人来说是一种道德正义，是真正的和平之神。

而这种和平之神也贯穿在自然与人类生活的方方面面。我们以《伐木》诗为主，来简要地看一下。诗的开头就说森林遇到

---

① 约翰·贝曼:《萨提亚冥想》，钟谷兰译，北京：中国轻工业出版社 2009 年版，第 XVI 页。

砍伐，鸟儿的平静生活遭到破坏，此刻它们嘤嘤地叫个不停，从幽深的峡谷搬迁到高大的树木上。它们在躲避灾难的时候，悄悄地搬走不是更安全吗？为什么还叫个不停呢？诗人指出，这是鸟儿在通过鸣叫跟朋友沟通，让它们一起逃离。诗人由此受到启发，看那鸟儿尚且如此，想要搬到新家的时候仍渴望朋友，何况我们人类呢？可是人类却为什么不想获得朋友？所谓"不求友生"并不仅仅是对朋友之道不复存在的惋惜，更是对人类破坏生态而使我们的鸟儿朋友不得不搬迁的眼前境况的批判。

诗人呼吁说，我们要慎重地听从鸟儿朋友的神启，才能和平地共存。

对待鸟儿朋友尚且要如此讲究道德正义，不能入侵它们的生态环境，那么对待自己的伯父和舅父们，更要问心无愧才行。诗人说我们要是有美酒佳肴，就一定要邀请伯父、舅父们来分享，就算他们有事不来，我们也要诚意邀请，这样才不会认为我们没有道德。伯父、舅父们尚且如此谨慎对待，那么对于我们的兄弟，就更不能疏远了。要知道，很多民众因为没有学会跟别人分享干粮，而失去富有道德的生活。对于兄弟，有酒要邀请、要分享自不必说，即便没有酒，也要去购买。用音乐和歌舞佐兴，让兄弟空暇的时候能尽情地喝酒享受。

从伯父、舅父到兄弟，我们明显感受到分享的精神在深化，道德的正义在凝结。

与此同时，人与自然、人与人之间的关系也越发和平起来。就像伐木使鸟儿更迫切地寻求友谊，伐木也演化为一种隐喻，暗寓着砍伐掉人类心灵上的阴翳，像吴刚不断砍伐月桂一样，使人心更加充满道德的光辉。因此，诗中的伐木贯穿全诗，从"伐木丁丁"到"伐木许许"到"伐木于阪"，砍伐树木的声音响个不停，促使着诗人一步步马不停蹄地推演出越来越密切的和平关系。

在这种和平关系中，人们互相之间的隔膜越来越小，也越来越达成共识。

如果鸟儿可以成为朋友，那为什么不能跟伯父、舅父们分享酒食？如果跟伯父、舅父们都能亲如一家，那兄弟们有什么好疏远的？这个排序可以再换个角度来看，从生存空间入手：如果最亲近的兄弟（如《颁弁》有"岂伊异人，兄弟匪他"之句，所以在当时人看来兄弟关系是极其亲近的，现在看来这当然带有一定的男权色彩，姑且不论）都能亲密无间，不会引发抵牾，那么跟较为疏远的伯父、舅父们又有什么好冲突的？如果跟伯父、舅父们相安无事，那么跟更远的自然生态又会闹出什么矛盾？①

如果无论远近都没有什么抵触，那可不就是和平生活的终极奥义吗？

从道德正义出发，不仅有利于和平生活的培育，也能通过决定战争的胜负来进一步坐实它对和平的重要作用，韦伯就直言不讳地指出："在《诗经》里，君主甚至都不再只因为他自己是

---

① 其实这里面大有深意。不妨进一步联想，战争无外乎争夺资源、领地，归根结底不就是生存空间吗？而当时的诸侯国大多都是互相通婚，彼此之间不是伯父就是舅父，而兄弟之间争国的故事就更不少见了。所以诗人表面在说如何维持人际关系，实际上在讲国家大事。

个较伟大的英雄而打胜仗，他们战胜，是因为——就精神上而言，此乃关键所在——在上天之灵（Himmelsgeist）面前，他们具有道德上的正义。"① 道德正义可以决定人间战争，这当然过于理想，但如果细细分析却会发现，当先民们如此信仰道德正义的时候，那么这所谓的上天之灵，不就正好是和平之神吗？

和平之神最强大的地方不在于它是不是神，而在于它能不能内化成每个人的个体行为。

只有人人都能践行的道德正义，才能让和平真正落地生根，千秋万代。

---

① 韦伯：《中国的宗教：宗教与世界》，康乐等译，桂林：广西师范大学出版社2004年版，第173页。

岁时中国

随着传统文化的复苏，岁时节令也再一次走进我们的生活。跟后世稳固的二十四节气有所不同[①]，《诗经》中的岁时中国有自己的特色，诗人们更多是从自然天象来体认时间，像《小星》诗中赶夜路的诗人就通过辨认参昴来确认早晚。这种早期的岁时观念与天地万物结合得更为紧密，就像海德格尔所说："并不是时间存在，而是此在 qua（取道于）时间生成它的存在。"[②]这虽然会使计时偶尔陷入混乱，像令专家们头痛不已的《豳风·七月》中的计时问题[③]，但也避免了过分精准的时间观念带给现代人的各种焦虑。何况，在大的季节方面，先民并不糊涂，他们井然有序地随着岁时流转来祭祀祖先，所谓"禴祠烝尝"（《天保》）是也，"祠"是春天祭祀宗庙，"禴"是夏天祭祀宗庙，"尝"是秋天祭祀宗庙，"烝"是冬天祭祀宗庙。但这些祭祀多是贵族所有，

①　关于二十四节气及其文学书写，可参看拙稿《四时之词》，沈阳：万卷出版公司 2019 年版。

②　马丁·海德格尔：《时间概念史导论》，欧东明译，北京：商务印书馆 2009 年版，第 447 页。

③　《七月》诗中含有丰富的岁时活动，但因拙稿《探源诗经 2》（北京：中央广播电视大学出版社 2013 年版，第 304—308 页）已经写得较为细致，为避免重复，没有收入本书。

今天已销声匿迹，所以我们不打算浪费笔墨，而是出于对先民岁时观念的尊重，把关注点一方面放在先民因黄昏、岁暮的到来而引发的情绪波动上，另一方面则放在人事影响天命的信仰呈现上。

《君子于役》：最难消遣是黄昏

君子于役，不知其期，曷至哉？鸡栖于埘，日之
夕矣，羊牛下来。君子于役，如之何勿思！

君子于役，不日不月，曷其有佸？鸡栖于桀，日
之夕矣，羊牛下括。君子于役，苟无饥渴？

——《王风·君子于役》

黄昏在一天中，有着特殊的位置。

作为农耕文明的代表之一，中国人对黄昏的情感很复杂。
一方面因为黄昏象征着一天劳作的结束而心志高昂，由衷地发
出"夕阳无限好"的感叹；另一方面又因为漫漫长夜的到来而情
绪低沉，不由自主地发出"灯火已黄昏"的感伤。

中国人割舍不下黄昏，真可以用"梧桐更兼细雨，到黄昏，
点点滴滴"来形容。

外国也有如小王子那样爱看日落的人，但他看日落是为了
抒发一种心情，无论这心情是好还是坏，诚如小王子自己所言：

"人在难过的时候就会爱上日落。"① 他们很少像我们一样，对黄昏是挥之不去又难以割舍的爱恨交织。

明白了这一点，我们去看《君子于役》中的黄昏，就别有体会了。

诗人没日没夜地在外奔波，也不知道什么时候能回家跟亲人相聚。在他出差的征途上，遇到无数次黄昏，其中最让他揪心的是田园风光衬照出来的黄昏景象。那是鸡群回到家里的时候，也是牛羊从原野上归来的时候，像极了自己的家乡。面对此情此景，他不禁追问自己：我们这些所谓的君子，不断在外奔波，总想表现出"好男儿志在四方"的豪迈情感，难道真的一点也不想家吗？

当然想，那为什么不回去？"有时候，把工作耽搁几天是无害的。"②

除了曹雪芹的《红楼梦》是无可代替的，其他什么工作不能被代替？

但他不敢回，他原本出来奔波也不是想要出人头地的——比起光耀门楣、出人头地这类大抱负，他有更加现实的基本需求，那就是希望通过这些奔波，能让自己和家人勉强糊口，也就是诗中所说的"苟无饥渴"。

一个挣扎在生存线上的人，他哪里敢想自己的人生追求？

---

① 圣-埃克苏佩里：《小王子》，李继宏译，天津：天津人民出版社 2013 年版，第 30 页。

② 圣-埃克苏佩里：《小王子》，李继宏译，天津：天津人民出版社 2013 年版，第 25、26 页。

一个辛辛苦苦奔波也只能勉强糊口的人，他哪里敢把满足自己的情感需求提上日程？

本来，他已习惯风尘仆仆，习惯这样不是奔波就是在前往奔波路上的生活。他已咬紧牙关，用毫无表情的坚毅面对生存压力，并决定不再袒露柔情，以为这样就能让他看起来更坚强一些，或者让他以为自己足够坚强到去面对生存的艰辛。想必在崎岖的世路上他早就明白柔情没有任何好处，敏感更是百害无一利，这些，他早就戒了！

然而，眼前日落黄昏时的田园，让他再一次沦陷了。

无论尘封多厚、逃离多远，没有心痛无法抵达的角落。

黄昏壮美却短暂，长夜漫漫且寒冷，我们中国人早就想好了应付的办法。"曰黄昏以为期兮"就告诉我们，先民常常在黄昏时举行婚礼。那"夕阳中的新娘"，不仅会陪伴他度过悠悠长夜，更携手奔赴漫漫人生。如果抚育儿女，那黄昏灯下，团坐一家，丈夫理锄，妻子看蚕，儿女咿呀，共同享受家的温暖，谁会在乎长夜降临？

现在却不同，黄昏还是那个黄昏，眼前团聚的一家却不是自己的家。

因为他的在外奔波流离，那个远方的家恐怕也失去了昔日的欢声笑语。

美好的婚礼祝愿和残酷的现实逼迫，让他盼望黄昏又愧对黄昏。盼望黄昏是因为一天的奔波尾声，可以让他缓口气，睹物思人，略微缓解心头的思念；愧对黄昏是因为一天并没有比一天更有起色，积蓄财富无从谈起，只能徒劳挣扎以便苟延残喘，看不到能够实现婚礼誓言的希望，面对妻子的询问，他不知如何回答。

这不是他个人的问题，此诗放在《王风》中，时代已到衰落的东周了。

大环境不能改观，小家庭的奋斗只能是杯水车薪。

最让他心痛的是，独自撑起居家重任的妻子，也渐渐从新娘变成老妻，慢慢体会到人生的甘苦，对他的处境也越来越有深刻的理解，而越来越少地"问他归期"了。她越是理解他，他就越是感到羞愧。他独自辛苦也就罢了，没想到还拖累她！当初之所以选择奔波在外，不就是为了让她能过得稍微安逸些吗？没想到岁时空转，诺言都成了空头支票，不仅没给她带来幸福，反让她比以前更辛苦。

人生的事与愿违，大抵如此，就像那黄昏的温暖，转眼成黑。

黄昏的温暖如此短暂，它在心头磕破的疼痛却延绵不绝。

《蟋蟀》：岁暮的欢戚

蟋蟀在堂，岁聿其莫。今我不乐，日月其除。无
已大康，职思其居。好乐无荒，良士瞿瞿。

蟋蟀在堂，岁聿其逝。今我不乐，日月其迈。无
已大康，职思其外。好乐无荒，良士蹶蹶。

蟋蟀在堂，役车其休。今我不乐，日月其慆。无
已大康，职思其忧。好乐无荒，良士休休。

——《唐风·蟋蟀》

每到岁暮，我们都会本能地感到忧伤。

这固然跟一年下来，兜里没积攒几个钱有关，恐怕也是一
种集体无意识的遗传，因为我们的先民就常为岁暮而悲戚。为
了排解这些悲戚，先民又常提倡及时行乐。

不是悲戚过头，就是过分寻欢，有些让人无所适从。

倒是《蟋蟀》这首诗，把欢戚较好地平衡在个体生活中，给
我们留下一些启发，带来一些反思。诗人看到蟋蟀跑进家里，
知道农历九月到了，便感叹着岁暮的到来和一年的将要过去，
难免伤心。但很快诗人又告诉自己，就算不快乐，岁月还是滔

滔不停地往前流逝，不会为我们的悲伤而停留片刻。既然悲伤也是一天，快乐也是一天，那为什么不活得快快乐乐呢？诗人一旦想通了，便要寻乐子去。

可那欢乐也不过是过眼云烟，玩得越尽兴，玩过之后的寂寥感和空虚感也就越强烈。

诗人恍然大悟，所谓的欢戚，本来就在生活中互为表里，彼此是对方的另一面，过犹不及。于是诗人告诫自己，不要过度康乐，还要想想自己的职务，不要因为一切事物都经不起时间的考验，都是梦幻泡影，就消极应对，那样的话，欢乐也会变成悲戚，生活中就真的只有悲戚了。痛定思痛，诗人决定要像那些时刻警醒自己的优秀人士学习，"好乐无荒"，虽然爱好欢乐但也不过度荒废。

诗中明明说是农历九月，为什么在诗人眼中就是岁暮呢？

唐代孔颖达就已经不太理解了，他为了解释诗意不得不曲为之说，认为诗人之所以把农历九月当作岁暮，是因为九月以后，离岁暮越来越近，诗人把握住了时间流逝的趋势，预先这样忧虑。按照孔颖达的解释，这位诗人是在自讨苦吃，为了还没到来的岁暮预先发愁。我们虽然不排除有这样的操心人存在，但若真如此，那这位诗人不仅为没到来的岁暮而忧伤，还为根本没发生的因排遣忧伤而过度寻欢作乐的事儿进行自我警示，也未免太"戏精"了。

其实是孔颖达有些"戏精"上身，他不知道九月在有些历法中确实是指岁暮。

印志远发现，《诗经》中的岁暮观念，跟后世有所不同，"冬至是当时一个非常重要的岁时节点，在此之后即是新年，在此之前的九月和十月意味在时间上临近改岁"[1]，所以《诗经》中的岁暮就是我们现在的秋天，而我们现在的岁暮则是冬天，我们不能以我们的岁暮观念来衡量《蟋蟀》，而要从先民的岁时观念出发：在先民看来，"秋天万物萧条，蟋蟀进入室内，农事也将结束，年关将近意味着旧年快要结束，时间流逝的压迫感使人产生慨叹"[2]。

时间无时无刻不在流逝，为什么岁暮的时间更有压迫感？

这就不得不从时间的特性来略作讨论。海德格尔说："我们日常所知并纳入考量的那种时间，无非就是此在的日常状态所沉沦于其中的常人（境界）。作为一种在世界上的相互共处，也就是说，作为一种对于我们所处其中的同一个世界的共同揭示，我们的生存乃是一种沦入常人的生存和时间性的特定的样式。"[3] 这话不太好懂，简单来说，就是时间与我们的日常生活密不可分，先不管时间本身的特性，它之所以能被我们体察到，就是因为它落脚到我们生活的方方面面。

如此一来，时间不再空洞，而时间所造成的压迫感也就更为真实了。

改岁是日常生活中的大事，它要区分的并非去年和明年这

---

① 印志远:《〈豳风·七月〉岁时观念钩沉》,《文学评论》2019年第2期，第141页。

② 印志远:《〈豳风·七月〉岁时观念钩沉》,《文学评论》2019年第2期，第141页。

③ 马丁·海德格尔:《时间概念史导论》，欧东明译，北京：商务印书馆2009年版，第447、448页。

些词语本身，而是去年和明年的真实生活。对普通人来说，一年生活下来，无论甜蜜还是辛苦，本能地总想在新的一年有所改观和进步。正是这种心灵上的期许，使改岁在很大程度上带有总结、反思和祈福的目的。但生活经验告诉我们，期许没有那么容易实现。这样，潜意识中的希冀难以实现，而时间却并不会为谁停留，日常流逝还能因为日常琐事而忘记，到了年关时，人们闲下来，回首平生事，怎能不感慨万千？

普通人尚且如此，像诗人这样较为敏感的人群，就更是感慨不尽了。

海德格尔所说的时间，是从感知的角度入手的，我们如果换个角度，从感知到的时间入手，就会发现时间的残酷所在，这种残酷对于那些想要有所作为、变得出类拔萃的人来说，越发残忍。在开始之前，我们不妨先思考一下：男人和女人的共同点是什么？人和大自然的共同点是什么？依次类推，最终我们会来到时间和空间面前。这里单说时间，对于整个世界来说，万事万物的共同点是都有时间性。这当然说明时间的重要，但也说出了时间对万事万物无所不在的控制，我们人类只是其中之一。

时间把我们控制得这么紧，诗人这样不甘平庸的人就要反抗。

这种反抗，用我们能够听懂的人话来说，就是追求不朽。所谓不朽，就是在一定程度上获得与时间鏖战的阶段性胜利。一千年以后，你还被人记得，那这一千年的时间大战中，你占据了上风。但这一千年的漫长时光中，更多的是不计其数被时间湮没无闻的普通人。表面来看，能否不朽，是在与别人竞争，实际上却像费边说的那样，"交流归根结底是有关创造共享的时间"[①]，而竞争归根结底也是创造属于自己的永恒时间。

说实话，时间具有迷惑性，所以大多数时候我们忘了自己在跟谁竞争。

如果我们把时间比作血盆大口，就能更容易看清它的真实面目。它日复一日吞噬那么多生命，又创造出那么多生命，算是功过相抵了。从这个角度来说，时间掌控的生死，再公平不过。但对具体的个人而言，生命只有一次，要么把生命当作旗帜插在时间的河流里屹立不倒，要么就被它的血盆大口啊呜一口吞下去，连骨头都不吐。

诗人当然想要在时间上插旗，但他插旗的方式却差点断送了他自己。

时间的河流无比湍急，人们想要轻易渡过，根本不可能。诗人难能可贵地意识到这一点，并为此感到悲伤，可是在他的悲伤面前，他居然开出了药方。他甚至连自己所竞争的究竟是什么都还不清楚就开出了药方，那么这药方的利弊究竟如何就很难说了。

不说别人，我们就来看这药方在诗人自己身上效果如何。

如前所述，诗人想要通过寻乐排遣悲戚，结果却告诫自己不能寻欢过头，于是他又沉浸在各种职务之中，诗句中说他"职思其居""职思其外""职思其忧"，不仅沉浸在职务内外，还一

---

① 约翰尼斯·费边:《时间与他者》，北京：北京师范大学出版社2018年版，第39页。

直波及可忧虑的任何事务。如果一个人通过更多的忧虑来排遣最初的忧虑，哪怕普通如我们，也能判断出这种做法不足为训。这就说明诗人的药方不过是兜圈子，兜到最后他觉得心满意足了就停止了，至于问题有没有解决，并不是最重要的。

诗人自身的经历印证了霍普·埃德尔曼（Hope Edelman）的说法："悲伤不是线性的，是不可预测的，它是平复和自我控制。有人严重误导了我们，暗示我们悲伤有着明确的开端、中期和结尾。那是虚构的，并不是真实的生活。"[①]霍普指出，悲伤是不可预测的，它没有所谓的解药，从诗人开出的药方和他实际的行为之间的差距就可以看出来，不仅没有药方，而且也没有真正的解决之道，所谓的解决，不过是"平复和自我控制"，也就是调节自己的心态，让它重获平衡而已。

我们为什么要特意指出诗人所开药方的荒谬？是因为模仿起来很危险。

而它跟时间的迷惑性一样，让人难以分辨。我在最开始思考这首诗歌的时候，就有找到答案的茅塞顿开之感，而实际上这种恍然大悟不过是廉价的心灵鸡汤，它不仅不能真正地落到实践中，还会加重我们的心理负担，就像诗人对他自己所做的那样，不仅没有解决悲戚，反而使忧愁更深。这跟霍普的担心也一致，他说："希望悲伤是稍纵即逝、可预测的过程的想法使得我们过于病态化这个过程，把正常的反应看作异常痛苦的标

---

① 埃德尔曼:《母爱的失落》，沈志强等译，北京：机械工业出版社2010年，第4页。

志。"①

这样一说，诗人似乎在跟时间的对抗中失败了，但他的诗歌明明流传到今天，已有两千多年，也许等到我们这本小书完成它的历史使命、被人丢进垃圾桶里，这首诗歌还依然生命力旺盛地往下流传。我们才是对抗时间的失败者，又有什么资格来对这位诗人评头品足呢？这当然不是我们想要看到的一幕，但换个角度来说，如果我们连批评的话语都不敢说出来，又拿什么勇气跟时间对抗？

殊不知，我们对诗人的批评，也是他延续生命的方式之一啊。

而我们之所以能够展开批评，则是诗人的厉害所在。他亲身经历，并把这一切用诗句表达出来，尽管他给出的答案并非答案，他提出的问题却是每个人都要面对的问题，就像错误的道路通往真理一样，就像时间的迷惑性中包裹着时间的真面目一样。我们走上他的道路，感受他的欢戚，同情他的遭遇，并用因为扼杀了他而使我们得以存在于世的时间智慧，来审视他留下的遗产，修正他走过的路，不就是一种前行吗？

只要我们不迷惑我们自己，时间也就无法迷惑时间。

① 埃德尔曼:《母爱的失落》，沈志强等译，北京：机械工业出版社2010年，第5页。

《十月之交》：被紊乱的日月

　　十月之交，朔月辛卯，日有食之，亦孔之丑。彼月而微，此日而微。今此下民，亦孔之哀。

　　日月告凶，不用其行。四国无政，不用其良。彼月而食，则维其常。此日而食，于何不臧！

　　爗爗震电，不宁不令。百川沸腾，山冢崒崩。高岸为谷，深谷为陵。哀今之人，胡憯莫惩？

　　——《小雅·十月之交》（节选）

　　日月是岁时的重要线索，我们常看到"日居月诸"之类的诗句。在《定之方中》诗中，我们看到人天之间的贯通，但我们侧重于上天对人世的作用，而没有对人世反作用于上天有太多讨论。实际上，不仅日月星辰运行产生的岁时会影响先民生活，先民也在思想深处相信人世的罪孽会影响日月的运行，从而使岁时紊乱。

　　这种相信与我们从生态层面入手来观察人类对自然的破坏不同。

　　当顺应天命的时候，上天会降下祥瑞，反之，一旦统治出现问题，上天也会降下灾祸，来警告君臣，《白虎通义》卷六"灾变"说:"天所以有灾变何?所以谴告人君,觉悟其行,欲令悔过修德,深思虑也。"① 可见先民眼中的上天也是人格化的,它降下灾祸并不是目的,而是手段,以促使统治者悔改。从这个意义上来看,所谓的天命就是民心。

如果顺应民心,自然就给出祥瑞;如果罪孽深重,自然就用异象来警醒。

《十月之交》就写了一层比一层紧迫的异象。周幽王六年(776)周历十月初一这天,日月交会,又一次发生了日食,看起来很凶恶。这让诗人想起之前有过一次月食,不过跟月食比起来,这次的日食恐怕更不善,而老百姓恐怕也要遭受更大的悲哀了。日月通过日食月食的方式来预兆凶事,不再按照正常的轨道运行。四方的诸侯国也没有好政策,不任用好官吏。他们反而无所谓地说:"月食很正常,日食又不好在何处?"

这些坏官吏们对日食月食无所畏惧,今天看来很正常,在当时却很奇怪。

据学者研究,除古希腊人外,大多数地区的人们都认为日食是一种不好的预示:"通观大多数的历史记录,日食都被看作是一种超自然现象,经常被当作某些即将降临的灾难的先兆。日食与人世事件相关联的观念是逐渐变化的,而这种观念为神职人员所操纵,用以给国家祈福。"② 在中国更是如此。现在那些不敬畏天命的官吏都不把日食月食放在眼里,原来就存在的不

① 陈立:《白虎通疏证》,北京:中华书局1994年版,第267页。
② 杰克·B. 齐克尔:《日全食》,傅承启译,上海:上海科技教育出版社2002年版,第1页。

合理的政策，自然也就不会因上天降下的异象而有所改观。

诗人非常着急，他是很相信天命的，于是进一步指出更大的异象。

这个异象我们待会儿再说，先来讨论一下天命的问题。如果我们从迷信的角度入手，那自然是不信天命的官吏更为科学，而诗人则显得有些可笑。但人类社会不能完全通过科学程度加以衡量，它有着更深的复杂性。在古代，不信天命的官吏更容易胡作非为，而相信天命的诗人反而哀怜百姓，渴求变革。从实际的治理效果而言，无疑是相信天命更加有利于王朝的发展。这是一种经验积累的结果，而无法通过逻辑和理性推导出来。

更大的异象就是地震，当时还没有这个名称，诗人却描述得惊心动魄。

地震之前电闪雷鸣，像不安、不好的朝政胡乱发布。很多河流都沸腾起来，山顶碎裂崩塌，高岸崩塌沦陷而变成深深的峡谷，而峡谷则因地壳挤压而隆起，变成丘陵。有学者指出，诗人的描写很像《国语·周语》中记录的"三川竭，岐山崩"，但我们不必纠结二者之间的出入，因为诗歌允许进行适度的想象与渲染。即便本无其事，诗人为了引起周幽王和大臣的震恐而有所编造，也无可厚非，何况诗人是在真事的基础上有所改动呢？那就更不必有所指责了。孟子说"以意逆志"，用在这里或许比较合适。

关键是要搞清楚诗人这么写的用意：如今的执政者怎么还不制止恶政？

诗人无法理解，只能如实地把他们的行为写进诗中。诗人写到六卿之长皇父和各类大官，以及周幽王的艳妻褒姒。由于无法抨击周幽王和褒姒，诗人只好以皇父为重点，详细地描写了他的所作所为，以此来揭示他们的所思所想。他本来就不遵守岁时规律，在大家忙于农活的时候派遣人们去为他劳役。还强拆掉我的屋墙，让我的田地荒芜。还告诉我说："我没有破坏你耕种呀，你为我劳作，符合（下级为上级服务的）礼制啊。"

六卿之长尚且如此强词夺理，其他官吏可想而知。

最可恶的是，人们都很自私地为自己着想，而不顾及国家安危。诗中还是以皇父为代表，他为了在向地营建采地，自作聪明，私自动用三卿来为他服务，可见他确实是资源丰富啊。可惜的是，他为自己想得那么周到，却没有想到为周幽王留下哪怕一个老臣，以便守卫周幽王，只是忙于选择好车好马，拉着身居高位的官员跟他一起前往向地。这固然反映了周幽王众叛亲离的情况，更重要的是，作为六卿之长，皇父不仅不想着试图纠正幽王的错误，反而趁机假公济私，不断壮大自己的力量，岂非国之蠹虫？

如果仅仅如此，恐怕诗人也未必会如此愤怒。

更可怕的是，皇父们不仅忙着乱中取利，而且不断打压真正的爱国志士。诗人痛心地写道：那些努力为国工作的人，都不敢诉苦。因为哪怕是无辜的人，也会无缘无故地遭遇到皇父们的各种谗言，何况是诉苦的人呢？更不敢想象了。久而久之，大家都变成沉默的大多数，都不愿发表不同的看法，也不敢跟诗人有更多的接触了。这就让诗人越发感觉到朝政改善的希望之渺茫，痛苦变得更深，可惜他学不会闭上嘴巴。

诗人要勇敢地写出这一切，要大声地宣布：

这些灾难不是上天降下的，而是那些当面一套背后一套的小人酿成的啊！

让诗人没想到的是，他的呼吁和抗议不仅没有改善政治生态，反而令自己更加难以立足。他的忧思越发悠长，痛苦也变得更深。尤其是看到同事们都财富有余，而他自己却因为直言不讳而被皇父针对，处境艰难，只好独自发愁。百姓们似乎也被皇父们所迷惑了，只图安逸，唯独诗人不敢放松。这很容易让我们想到屈原的"众人皆醉我独醒"，他们可谓是异地异代的知音了。所以当诗人说"只要天命没有步入正轨，我绝不敢仿效朋友，像他们那样自求安逸"的时候，我们不禁会怀疑：这位诗人，他的职责莫非就是观测天命？否则，当所有人都不再把天命当一回事时，是什么信念支撑着他？

答案已不可知，唯一可以知道的是，诗人的愿望最终没有实现。这倒不是说天象后来没有步入正轨，恢复正常，而是说，那个让日月紊乱、让岁时失序、让臣下逃离的周幽王，最终步入万劫不复之地，永远地以耻辱的面目被后人提起。而那湛湛青天，那悠悠岁时，依旧遵循着它们自身的规律日夜交替，日居月诸，一声不吭地漫过皇父们的头顶，悄然无息地带走数不胜数的王朝，沉默而平等地拥抱我们每个人。

我们温暖，岁时的拥抱就不会冰冷；我们冷漠，岁时的拥抱就不会温馨。

生态中国

随着人口数量的增长和生活质量的提升，生态问题越来越引发人们的关注。中国自古就是生态主义者，《周易》早就提出"顺乎天而应乎人"的生态和谐思想，著名人类生态学家杰拉尔德也指出，对中国人来说，"宇宙就像是一个巨大的生物"，不停地通过阴阳、善恶变化着，而"破坏景致的行为被严格禁止，因为他们将冒犯'龙'或者其他强大的神灵"①。《诗经》中的很多诗篇都聚焦于"鸟兽草木虫鱼"，不仅表达对大自然的敬畏，更学习大自然的智慧。我们从中挑选出较有代表性的作品八篇，从食物来源、建筑取材等物质层面，到婚恋性爱、心灵文化等精神层面，多角度地呈现《诗经》中的生态中国。

---

① 杰拉尔德·G.马尔腾:《人类生态学》，顾朝林等译，北京：商务印书馆2012年版，第142页。

《兔罝》：猎人的敬畏

肃肃兔罝，椓之丁丁。赳赳武夫，公侯干城。

肃肃兔罝，施于中逵。赳赳武夫，公侯好仇。

肃肃兔罝，施于中林。赳赳武夫，公侯腹心。

——《周南·兔罝》

　　敬畏自然和改造自然，是勤劳的先民从生存经验中提炼出来的。在《兔罝》诗中，就描写了一位不得不捕兔子的猎人，他在捕猎时怀有深深的敬畏之情。这位猎人带着捕兔网，表情严肃地做着设置陷阱的工作，把固定机关的木桩牢牢地钉进大地。他一丝不苟地寻找兔子踩出来的小道交会点，在那里设置机关。他就这样一声不响地在林中工作着，除了钉木桩时发出的声音，丝毫没有打破大自然的宁静。

　　我小时候也曾上山设过捕兔子的陷阱，虽然并没有抓到兔子，却深知那是一种令人要屏住呼吸的工作。原因很简单，如果你咋咋呼呼，方圆几里的兔子都会吓跑。我在设置陷阱的时候，学着大人的样子，仔细辨别林中动物踩出的小道，有时看到动物粪便还要仔细观察，虽然我学艺不精，却由此知道捕猎不是一件粗心的活儿，它需要全神贯注，而当你专心致志去观察、布置的时候，在别人看来，就是严肃的神情。

所以诗中的"肃肃兔罝"，正说出捕兔网所带来的猎人的严肃表情。猎人如视捕猎为儿戏，他是很难捕到猎物的。王先谦说："设此兔罝之人，虽托业微贱，能持恭敬之道。"[1] 这话虽然是赞美，却弄混了因果关系。在士大夫看来卑微低贱的捕猎工作，却是他的衣食所仰，捕猎是他人生中最重要的时刻，他怎么能因为别人觉得低贱就不好好干呢？所以捕猎工作也需要恭敬地完成。

除了捕捉猎物、养家糊口，他的严肃更是出于对自然的敬畏。

猎人要长久地跟大自然打交道，而身处大自然中越久，越知道大自然的威严。当他独自穿行在无人的林中，他是通过捕猎的行为来跟大自然交流，没有话语，杜绝文字，他们的沟通是以心灵体悟的方式进行的。广袤的林野滋生丰富的物种，置身其中的肃穆之感和渺小之感，会让猎人既渴望获得事关温饱的猎物，又为自己的破坏行为深感愧疚，正如柯伍德在《灰熊》中所说："捕猎最让人兴奋的地方不是杀死动物所带来的快感，而是放生。"[2] 在猎杀还是放生之间，最能反映猎人的复杂心绪。

这种矛盾感受不是轻易能解决的，尤其对猎人来说，它是

---

① 王先谦:《诗三家义集疏》，吴格点校，北京：中华书局 1987 年版，第 44 页。

② 韦苇:《世界儿童文学史》，合肥：安徽教育出版社 2015 年版，第 316 页。

不可解决的，因为自身的生存不可能弃而不顾，而对大自然的敬畏也不能视若无睹。不捕捉动物就要饿死，失去敬畏心地滥捕，大自然就会枯萎，最后还是卒。我们今天对大自然的忽略就是最好的回答，我们以为人类掌握了自然的奥秘，结果呢，我们损失惨重。唯一的办法就是平衡好人与自然的关系，而找到平衡点的第一步，就是要像猎人那样深深地敬畏自然。

这种敬畏一旦形成，我们不仅能保护一个更好的自然，也会发现一个更好的自我。

诗的每节末尾，都会感叹猎人是"赳赳武夫"，可以为公侯捍卫城邦。这当然是把牧民与捕猎放在一起类比的结果：对百姓而言，贵族就像猎人；对贵族而言，百姓就像猎物。如果能处理好猎人与猎物的关系，那也就能使贵族和百姓和谐融洽地共处。如今时代已不同，我们略去贵族与百姓的议题，单纯从猎人的品质上看，当他因做好自己的本职工作而形成诸如敬畏自然之类的品德时，这些品德也能让他胜任更多工作，使他变得更有能力。

不仅先民如此，国外亦然。斯通纳"在大学做功课完全就像在农场干农活——全心全意，兢兢业业"[1]，说明习惯养成的品性也可以迁移到性质有别的其他事务上。从干农活到读大学，从捕猎到牧民，从中国到世界，无不如此。

林中响起的钉桩声不仅没有打破静谧，反而像"鸟鸣山更幽"，让大自然更肃穆。

---

① 威廉斯（J. Williams）：《斯通纳》，杨向荣译，上海：上海人民出版社 2015 年版，第 8 页。

这"椓之丁丁"的声音，不就是一曲人与自然共生共赢的优美赞歌吗？

《甘棠》：人与树

蔽芾甘棠，勿翦勿伐，召伯所茇。
蔽芾甘棠，勿翦勿败，召伯所憩。
蔽芾甘棠，勿翦勿拜，召伯所说。

——《召南·甘棠》

　　树木是人类生活中顶重要的伙伴，这是我们都知道的。我们容易忘记的是，从来没有一种东西，在我们人类生活中占据如此重要的地位，却被我们忽略到这种程度：我们常用扮演一棵树来表达对剧中配角的揶揄。美国诗人、画家谢尔·希尔弗斯坦发现另一种跟树类似的存在，那就是我们的父母，他在《爱心树》中就把最重要、最无私却又最容易被忽略的苹果树，描绘成我们亲人的样子。

　　千百年来，《甘棠》这首诗，无论学者认为被歌颂的是召公奭还是召伯虎，都指出这些棠梨树因为召伯的业绩而被人爱护。从来没有学者想到，一棵树因为一位了不起的人而被呵护，逻辑上没有问题吗？了不起的人那么少，如果他们的逻辑没有问题的话，是不是其他不幸的树就可以任由我们砍伐呢？难怪《诗经》中所写的景物，跟我们现在的环境匹配度很低，因为大多数都被无情破坏了。

只要我们思考一下，为什么棠梨树可以让召伯休息，被忽略的价值就回来了。

据说召伯要处理当地百姓的纠纷，官员们就建议给他盖个办公场所，召伯不愿意劳民伤财，没同意。可是纠纷还是要处理呀，怎么办呢？召伯这个人确实了不起，以前百姓有纠纷，都是到官府解决，召伯心想，不如我直接到老百姓中去解决矛盾吧。他放下身段，就在百姓所在的地方，找了一些棠梨树下的阴凉处，把纠纷化解了。人们没见过这样亲民的官员，激动得不得了，从此就把这些棠梨树围起来，不让别人砍伐。

官员是为人民服务的，召伯的做法本来很平常，但在多显官威的时代，反而与众不同。老百姓们不去跟官威做派作斗争，却来保护这些树，想来也是可悲、可恨、可怜。而历代学者还跟着去赞颂召伯，如果不是比这些百姓还可恨，那就是别有用心了。

这些个棠梨树，却是我们要大力歌颂的。

如果没有它们蓬勃的生命力，没有它们形成的阴凉处，别说召伯无法休息、处理纠纷，就是田间地头劳作的百姓，也没有地方可以舒缓疲惫。棠梨树就像是一个能量补给站，它们不动声色地为人类做着无私贡献，却不需要人们纳粮交税，甚至还提供果实柴火。把它们对人类的贡献和召伯们对百姓的贡献比较一下，就会发现召伯的贡献是多么微不足道。人们却歌颂这微不足道的召伯，而忽略贡献更大的棠梨树，这就不能以无知的偏见来作简单的解释了，这无疑是有计划的预谋。

不管如何别有用心，事实证明，棠梨还是更有生命力。

召伯如今究竟是哪个人，我们已经无法断然区分了，学者们更是争论起来。而棠梨，它那更为我们所熟知的名字，野梨树，却仍然在山野中生长，开着白花，结出果实。也许在食物较为充足的今天，我们不一定能看得上那些酸酸甜甜的果实了，但它们并不在乎，总有鸟雀会在晴朗的阳光下飞到枝头，享用美味。

那些鸟雀吃饱后的动听歌声，我愿意都献给棠梨树们。

《定之方中》：贯通人天的宫室

定之方中，作于楚宫。揆之以日，作于楚室。树之榛栗，椅桐梓漆，爰伐琴瑟。

升彼虚矣，以望楚矣。望楚与堂，景山与京，降观于桑。卜云其吉，终焉允臧。

灵雨既零，命彼倌人。星言夙驾，说于桑田。匪直也人，秉心塞渊，騋牝三千。

——《鄘风·定之方中》

公元前 660 年，卫懿公在与狄人的战斗中被杀，卫国灭亡。

卫国流亡的百姓退到河南滑县一带的曹地和楚丘，在宋桓公、齐桓公的帮助下，先后拥立卫戴公、卫文公，重建卫国。

当务之急就是营建宫室，让卫君有地方祭祀，卫民有地方居住。

《定之方中》这首诗就细致地描写了卫文公营建宫室、指导农业生产的经过。

农历十一月，定星出现在天空正中，卫文公通过定星测准南北，就在楚丘营建祭祀祖先的宫庙，又根据太阳照射下来的

257

日影来测量东西，在楚丘建造居住的房屋。基本建筑完成后，又在周围种上各种树木，有的可以提供祭祀的果实，有的可以用来制作琴瑟。

在建造的天时出现之前，卫文公早已详细考察过地利。

他攀上高高的丘墟，眺望楚丘的地势，也考察了楚丘旁边的堂邑，到楚丘远处的山丘和高台上都实地调查过。看完这些，他又下到平原地带，去看桑树长势如何。仔细考察完这一切，他觉得还不错，但不知上天的意见如何，就让人占卜。占卜的结果是大吉。

考察完后，卫民开始准备建筑材料，等到定星出来，筑城就热火朝天地开始了。

我们后人在看待卫文公的考察行为时，很容易发现他的行为背后带有贯通人天的生态思想，这也是中国建筑的重要特征之一。一些国外学者就指出："对自然的热爱和不希望因建筑而破坏了自然环境平衡的思想（这种破坏会导致不堪设想的严重后果），构成了中国人文主义思想的一部分。"[1] 这当然没问题，但在卫文公这些身处其中的人们来看，恐怕积累的经验更为实用，他们清楚，如果不与自然和谐相处，就会受到严重惩罚。

这种和谐相处，不仅体现在营建之初，更贯穿在建成之后的生产活动中。

居所已经建成，流民得到安顿，发展生产成为最重要的任务。卫文公不敢松懈，依旧勤勤恳恳，观察天时地利，指导百

---

[1] 马里奥·布萨利：《东方建筑》，单军等译，北京：中国建筑工业出版社 1999 年版，第 257 页。

姓生产。眼看第一场春雨已经落下，他赶紧命令那个为他驾车的小官员准备好马车，第二天一早就披星戴月、迫不及待地来到桑田，在桑田上劝勉卫民抓紧时机，好好耕种。

请注意，是让卫民耕种，不是他自己干活。

卫文公的勤勉获得了卫民的赞叹。他们从卫宣公开始，已经好久没有遇到这样的国君了。他们当然不知道，那些桑田如果丰收，并不是卫文公的功劳，而是他们自己的功劳，但由于被卫宣公他们搞得家破人亡，所以重新建国的功劳就堂而皇之地落到卫文公头上，这是他们的时代局限，我们不必苛求。于是他们大唱赞歌，赞扬卫文公不仅为人正直，以身作则，而且用心踏实，深谋远虑。

有这样的国君，卫国再次强大指日可待！

如果说母系社会的村镇发展，像刘易斯·芒福德所说的那样，"乃是女人的放大"①，那么在卫民眼中，卫国得以重建，乃是因为卫文公的优秀品质。这样的说法虽然无语，却反映出卫民对和平、富强生活的渴盼，尽管这些渴盼在我们看来无异于缘木求鱼，不仅无益，甚至有害了。

卫国能否强大，靠的是卫国百姓，卫文公不去阻碍就是最大的功劳。

这些重建的家园要运转起来，需要百姓辛苦劳作。所以真正沟通天人的是他们，刘易斯指出，"例如在中国，甚至连发展中的城市也能以用增强其周围耕地肥力的办法来补偿城市所占

---

① 刘易斯·芒福德:《城市发展史》，宋俊岭等译，北京：中国建筑工业出版社 2004 年版，第 12 页。

用的宝贵农业用地"①，而卫国都城的污秽不得靠卫民运送到桑田去施肥？是卫民把卫国都城和田野连成一体，彼此共生，和谐相处。

卫文公不过是在大难之后，充分利用人和优势，顺应民愿而已。

不仅卫民意识不到这一点，卫文公也意识不到，所以卫国渐渐强盛之后，他就按捺不住，跟邻国开打起来。长此以往，导致的结果就是，君臣往往可以共患难，却很少能同甘甜。如果卫文公不是出于实用价值来选择和利用天人和谐思想，而是一种内心深处的自觉，那么，这样一个人又怎么可能不断地把卫民送上战场呢？

不管怎么说，最惨的是老百姓，兴亡都苦。

---

① 刘易斯·芒福德:《城市发展史》，宋俊岭等译，北京：中国建筑工业出版社 2004 年版，第 14 页。

《将仲子》：折树引发的爱情悲剧

将仲子兮！无逾我里，无折我树杞。岂敢爱之？
畏我父母。仲可怀也，父母之言，亦可畏也！

将仲子兮！无逾我墙，无折我树桑。岂敢爱之？
畏我诸兄。仲可怀也，诸兄之言，亦可畏也！

将仲子兮！无逾我园，无折我树檀。岂敢爱之？
畏人之多言。仲可怀也，人之多言，亦可畏也！

——《郑风·将仲子》

生态环境的平衡，有时候也意味着社会关系的平衡。

人类社会是建立在自然生态之上的。当我们在破坏自然生态的时候，很大程度上也是在破坏人类社会。只不过从破坏自然生态到破坏人类社会之间有个缓冲期，不是自然生态一破坏，人类社会就立马有反应，而是有个相对滞后的发展、波及过程。因此大多数情况下我们总是后知后觉，或者不知不觉。

《将仲子》这首诗却把二者的缓冲期拿掉，以更直接的方式呈现出来。

诗歌本身很简单，女诗人请求她的恋人老二，让他不要翻墙来见她。

因为他每次翻墙都会折断树木，杞柳、桑树和檀树就这样遭殃了。照这个速度发展下去，世上再没有坚硬的树木可以阻挡他。但女诗人恳求他说，不是我爱惜这些树木而不关心你，实在是因为我的父母、兄弟和邻居们受不了这样的破坏，他们看到辛苦种植的树木惨遭不测，都要来埋怨我。我虽然很爱你，但他们的话也让人害怕呀。

很多学者根本没把注意力放在树上，他们多认为二人的恋爱悲剧是礼教束缚造成的。

有的学者干脆说："她拒绝情人的原因，是怕家庭反对、舆论批评。"①

家庭反对我们可以理解，毕竟对于热恋中的男女而言，家庭的认可与否也很重要。可是舆论真的有那么重要吗？何况从诗中来看，父母兄弟们的反对也多是集中在语言上。什么时候，动动嘴皮子就能让一对真正的恋人各奔东西？更何况这种反对，我们从诗中根本分不清是父母兄弟们反对他们的爱情，还是反对他们恋爱的方式，因为诗中没有明说。

我们唯一能够确认的只有一点，就是折断这些树木让父母兄弟邻居们很恼火。

女诗人自己恼不恼火呢？她说"岂敢爱之"，表面看来她是不太恼火的。

至于父母兄弟邻居们恼火他折断这些树木之外，是否还有反对他们恋爱的意思，诗中仍然看不出来。如果一定要说有的

① 程俊英、蒋见元:《诗经注析》，北京：中华书局1991年版，第9页。

话，从诗歌意脉来看，也应该是因树木折断引发的恼火所致，否则诗人花那么多笔墨来写被折断的树，岂不是没有意义？

我们很难说老二折树是无意的，因为女诗人一再强调嘛，可见不是一回两回了。

老二折断树木，究竟是因为故意不听女诗人的建议，还是为了以此来恶心反对他们的人，我们也无从得知。唯一能够确认的是，这些树木的遭殃引起了很大的公愤，以至于女诗人不得不冒着失去老二的危险，也要把这番话说清楚。至于老二不再折断树木之后，人们会不会就同意他们的恋情，诗中也没有明说。

因为破坏树木而引发公愤，让恋爱都要受损，这看似怪论，其实并不稀奇。

杞柳、桑树和檀树都是当时重要的经济树木，人们用杞柳编织器具，用桑叶来喂蚕，用檀树来做车轮等各种工具。现在就因为他们要恋爱，这些树木便无端被牵连，对他们来说当然无所谓，恋爱喝水饱嘛，可是其他人还要生活啊，岂能容忍他们为了尽情享受恋爱的刺激而不顾别人的死活？所以被反对很正常。

何况树木跟人之间，不仅仅是人类掌控树木，很多方面也是树木在掌控人类。

美国学者迈克尔·波伦曾说："我认识到，所有这些植物——我总是把它们视为我的欲望的客体对象——同样也是主体，也在对我起作用，诱使我去为它们做它们自己做不了的事情。"①
而对诗中的树木来说，它们被折断，自然无力还击，可是它们
能够"诱使"别人来保护它们，从而把那些破坏它们的老二驱逐
出去。

目前来看这些树木成功了，不仅别人反对老二，连他的情
人也不得不写诗劝他。

这些树木有何秘诀，居然能够不动声色地使事情的走向有
利于自己？

迈克尔又说："那些在最近这一万年左右的时间里盘算着能
够如何最好地让我们食用、药用、作为衣服来穿，使我们陶醉，
或者是以其他的方式来使我们愉悦的植物，做成了大自然中一
些最为成功的事情。"② 因此考察植物的社会史，也就可以很好地
理解人类的欲望。而树木之所以能够"诱使"人类，就是因为它
们迎合了人类的欲望。

人们想要精美的编织品，那杞柳被破坏，怎么会不为它
出头？

人们想要穿蚕丝织成的美丽衣裳，那桑树被破坏，他们岂
会善罢甘休？

人们想要坚固的车轮，那檀树被破坏，怎么会任由肇事者
逍遥法外？

---

① 迈克尔·波伦：《植物的欲望》，王毅译，上海：上海人民出版社
2005 年版，第 3 页。

② 迈克尔·波伦：《植物的欲望》，王毅译，上海：上海人民出版社
2005 年版，第 4 页。

说到底，树木并不会真的出手保护自己，它们不过是深谙大自然普遍联系的规律，尽量让自己成为使人类愉悦的样子，既使它们在人类眼中有了实用或审美的价值，也使它们自己幸免于难，成功地繁衍自己的后代。这样一来，它们就把根须从自然生态深深地扎进了人类社会，使它们自身拥有更多养分的同时，也使自然生态和人类社会连成一体。

而女诗人的情人老二，他的行为虽是爱情，恋爱的方式却很自私。

他只是考虑到自己享受爱情的甜蜜，而不顾及树木的感受、他人的利益。

这样的行为一再发生，爱情本身也就岌岌可危，以至于女诗人发出"仲可怀也，人之多言亦可畏也"的呼喊。处在恋爱中的女性心中往往以所爱为主，可是现在她却把心上人拿来跟别人的意见相比；甚至在这种相比的过程中，心上人还处在劣势！由此就可以知道，这份情感已经长不了了。

女诗人还在诗中说"仲可怀也"，不过是为他找个台阶下。

一个不懂爱护树木的人，如何能真正明白爱的深意？

《野有死麕》：天幕下的交欢

> 野有死麕，白茅包之。有女怀春，吉士诱之。
>
> 林有朴樕，野有死鹿。白茅纯束，有女如玉。
>
> "舒而脱脱兮！无感我帨兮！无使尨也吠！"
>
> ——《召南·野有死麕》

美国学者贾里德·戴蒙德发现，在采猎部落中，男人打猎并不比女子采摘效率更高，因为很多猎手常常好几天一无所获，平均下来还不如每天都去采摘。

那为什么猎手还是乐此不疲地打猎呢？

他给出的理由是猎手会获得更多的荣耀，因为在打猎的时候其实也是在侦察、监视别的部落，打猎活动就带有了保卫家园的性质。更重要的是，一个好的猎手有更多的机会与别的女子媾和，从而"拥有更多携带自身基因的存活后代"[1]。

而女子则不仅从优秀猎手那里获取快感，也获得额外的肉食。

---

[1] 贾里德·戴蒙德：《性趣探秘：人类性的进化》，郭起浩等译，上海科学技术出版社 2008 年版，第 82 页。

但并不是每个猎手都有这样的艳福，一定要是那些优秀的猎手，他们就像《野有死麕》中的"吉士"。他们的好不仅体现在打猎技术上，更体现在对异性的慷慨馈赠上。这种实实在在的好处，从他们捕获的猎物上可以看出。那些被他打死的麕、鹿，像一张张"好人卡"，对异性带有超乎寻常的诱惑力。

这种诱惑力并非虚假的调情，它指向更为明确的实质内容。

最重要的当然是象征着馈赠承诺的打包艺术。一头麕或鹿，虽然已被捕获，但并不意味着必然会分异性一杯羹。猎手要用干净的茅草把它包裹起来，裹得严严实实，扎得仔仔细细，这才意味着这些猎物全部或局部地将要馈赠给她。

当猎人在她面前打包的时候，在她眼里，猎人那散发着光辉的不是他的古铜色的皮肤或八块腹肌，更不是他自认为潇洒的野性的发型，而是他手中正在包裹起来的鹿肉。

只有等到打包完毕，才算准备就绪，接着才会发生天幕下的交欢。

猎人虽是优秀的猎手，但手却似乎有些笨拙。

我们也许很难想象，那双有力的大手在面对猎物时何其灵活，此刻面对陌生的异性身体，却显得有些不知所措。不是动作太慢，被她嫌弃为慢之又慢，就是动作太快，被她视作粗暴，以至于严厉禁止他掀动她的小围裙。

但我们也许更无法体会的是，猎手不仅没有因为她的各种不尊重而兴味索然，相反，这种在家里无法听到的埋怨和咒骂，反而让他飘飘欲仙，欲罢不能。似乎原本程式化的流程因为这些偶然因素的增加而越发趣味盎然，以至于在那无数个打不到猎物的日子里，他都会不断回味这一幕这一刻，并因此获得鼓励，对打猎之事越发上心。

这场大自然的交欢，以"无使尨也吠"抵达高潮。

我们知道，尨是一种多毛的猛狗，也许恰恰就是猎人的猎狗。问题不在这里，而是猎人的猎狗为什么会叫呢？以前我们的学者多关注女子为什么担心狗叫，认为那是一种担忧的体现，害怕狗叫引来知情者。这当然是题中之意，所谓"妻不如妾，妾不如偷"嘛。但我们更深一层去思考就会发现一个更大的问题：有那么多可担心的，为什么只提狗呢？

可能的原因之一是狗跟大多数哺乳动物一样，它们喜欢在朋友面前发生性行为。

只有人类才会在一个私密的空间里过性生活。如果从狗的视野来看人类的性行为，会如戴蒙德所说，人类"关起门来私下做爱，而不像我们自尊自爱的狗一样，在朋友面前做这种事"[1]。这当然是一种想象，不过却很好地揭示出人类性方式的独特之处。问题在于，现在的猎人和他的情人不是在私密空间里折腾呀，为什么猎狗还是会奇怪地叫呢？

最大的可能就是，在狗眼看来，林中交欢和床笫之欢没有本质上的区别。

仔细想一想就不难发现，狗的直觉是对的。床笫确实跟林中有很多的不同。床笫四周只能听到自己的呼吸和喘气，在林中却能听到风吹树叶或悦耳的鸟鸣。床笫旁边一般不会有一只

---

① 贾里德·戴蒙德：《性趣探秘：人类性的进化》，郭起浩等译，上海科学技术出版社 2008 年版，第 1 页。

猎狗，林中却不仅有猎狗，也许还有其他虎视眈眈的眼睛。床第上的氛围就像温水煮青蛙，因为表面的安全而忽略深刻的危险，林中就像走钢丝，因为表面上的危险而更加谨慎，从而被证明更为安全。

只要我们愿意想象下去，这些不同实在太多了。

但相同点也很多。林中虽然看似没有床第四周的墙壁，但生长的树木也起到遮蔽的作用，那不是绿色的墙吗？林中虽然没有卧具，但在发生性行为的过程中，床第又何尝只是一个卧具呢？最重要的是，从一条狗的视野来看，它看见人们在床上折腾（如果允许狗进屋的话）和在林间草地上折腾，实在是没有太大的不同，不还都是两个裸着身的人在打架吗？

它要为猎人加油，不叫才怪呢，但比主人叫得还起劲，就是它的不对了。

不过，当我们抛弃人类的傲慢来看这只狗时，会发现它确实比它的主人看得透彻。

《樛木》：乔木与藤蔓的启示

南有樛木，葛藟累之。乐只君子，福履绥之。

南有樛木，葛藟荒之。乐只君子，福履将之。

南有樛木，葛藟萦之。乐只君子，福履成之。

——《周南·樛木》

樛木一般解释为下曲的树木，这是错误的，恰恰相反，它是高大的树木 [1]。葛藟是野葡萄一类的藤蔓植物。诗意很简单，是说南方有高大的树木，藤蔓覆盖着它，那些心情快乐的君子啊，福禄也会跟着它。树木被藤蔓覆盖不是容易死吗？诗中却拿来作为起兴祝福君子，就是看中了君子负重前行的品质。

一棵树的生长史上，藤蔓所象征的困难是不可能为零的。作为小树苗时的旱涝虫蛀，日渐长大时朝上争夺阳光雨露，朝下争夺养分水分。终于长成高大的树木，以为爬到食物链的顶端，可以无忧了，却又有"木秀于林，风必摧之"的危险。

藤蔓不过是众多插曲中的一个，但这却是一个有趣的插曲。

---

[1] 桂馥、王先谦已有此说，详细论证请参考刘毓庆《〈诗经·周南·樛木〉解读》（《名作欣赏》2018年第1期，第30—32页）。

270

藤蔓当然要缠绕着树木才能往上生长，这对树木无疑是种枷锁，我们不止一次看到很多粗壮的树木被藤蔓缠绕、枯萎。但藤蔓似乎并不只有坏处，还有一些优点。比如，当阳光炙热的时候，树木由于很高大，它的枝叶都在半空，所能遮挡的阳光是有限的，而且随着阳光照射角度的变化，大多数时候树木的根脚都处在暴晒中。有了藤蔓就不一样，它们虽然矮小，却郁郁葱葱，用它们的枝叶遮挡阳光，锁住水分。

对于高大的乔木来说，藤蔓既是竞争对手，又是合作伙伴。

而如何更多地发挥合作伙伴的积极作用，秘诀就在"乐"字上。"乐只君子"的意思就是"乐哉君子"，君子就像高大的树木，他如果天天担心被藤蔓抢走养分而死，那就无心长得更高，扎根更深，迟早真会枯萎。相反，如果他看到重负的另一面，看到负重前行带来的快乐，抱着积极乐观的心态，他会跟藤蔓形成良性竞争，从而使绿意更浓，枝叶更茂。

我们不妨从家、国两个方面略作展开。

如果像《毛传》解释的那样，此诗所展示的是夫妻关系，那么夫妻之间肯定会有温暖和摩擦，如果天天盯着摩擦不放，最后只能闹到离婚的下场。相反，如果夫妻之间更多地感受到彼此的关怀，尽管也不可避免地会有矛盾，像平如、美棠那样，但终究会收获一份美好的婚姻。

宋太祖赵匡胤当年建国之初，就说"卧榻之侧，岂容他人鼾睡"，不仅灭掉南唐，还把手下能征善战的将领的兵权都收归己有，这样他当然是高枕无忧了，可造成的结果却是无法进一步统一全国，跟西夏、辽国作战，也常常吃败仗。赵家一姓是牢固了，国家却总是担惊受怕，更可悲的是，即便是他自己，也有"烛影斧声"的历史疑云，竟不知他是被弟弟害死，还是主动传位的了。

人生一世，岂能轻轻松松？唯有负重前行，才能有始有终。

《采葛》：心灵生态

彼采葛兮，一日不见，如三月兮。

彼采萧兮，一日不见，如三秋兮。

彼采艾兮，一日不见，如三岁兮。

——《王风·采葛》

在《小王子》里，圣－埃克苏佩里很少给孩子灌输教条。

但有一件事使他不得不放弃原则大声疾呼，那就是："孩子们！当心猴面包树！"[1] 之所以如此有紧迫感，在于猴面包树的生长速度之快和危害之大："假如发现得太晚，你就再也不能将猴面包树拔掉，它会覆盖整个星球，它会长出许多树根，假如星球太小，而猴面包树又太多的话，星球最后将会被撑得爆裂。"[2]

如果我们把星球看作人心的话，拔掉猴面包树与中国人讲的修心极其相似。

---

[1] 圣－埃克苏佩里：《小王子》，李继宏译，天津：天津人民出版社2013年版，第27页。

[2] 圣－埃克苏佩里：《小王子》，李继宏译，天津：天津人民出版社2013年版，第25页。

中国人修心要夕惕若厉，时时刻刻像是如临深渊般小心翼翼。

稍微一不小心放纵了自己，就会让邪祟乘虚而入，功亏一篑。

而《采葛》诗是较早把修心写入诗歌的作品之一。我们知道，屈原在《离骚》中就一再强调要"修身"，其中最重要的内容就是培育象征美德的香草，而拔除象征邪念的恶草。所以他辛辛苦苦地培养学生，被他用诗句描写为"余既滋兰之九畹兮，又树蕙之百亩"。而当学生变节时，他沉痛地指出原因说："何昔日之芳草兮，今直为此萧艾也。岂其有他故兮，莫好修之害也。"把修身当作芳草与恶草之间的最大区别。

据清代学者马瑞辰考证，《采葛》诗中所采的葛藟、萧艾就是此类恶草。

它们有一个共同的特征，就是迷惑性很大。葛藟的藤皮可以用来织布，萧草是一种蒿类，祭祀的时候可以点燃发出香气，有点像后世的香烛，艾叶则有药用价值，总而言之，它们都并非一无是处的植物。这就比猴面包树更有迷惑性了，因为很多人会从实用的角度认为它们是香草，很多《诗经》学者也都从这个角度立论。

即便是今天，很多人还是如此认为，就是因为它们有利用价值。

可是判断一种植物是好是坏，难道要遵循是否对人有用的标准吗？

无论是葛藤还是萧艾，它们所生长的地方，对其他植物来说都是一种灾害。葛藤会纠缠高大的树木，萧艾蓬蓬丛丛，生长茂盛的地方根本容不得其他植物生存。这样的植物虽然可以被我们人类利用，却无疑是植物中的霸权主义者。

如果判断一个人的好坏，是要把他放到人群中去比较的话，那么判断一种植物的好坏，为什么要用我们人类的标准来取舍，而不是把它们放到植物群落中去观察、判断呢？如果我们对植物和人类的判断采取双标，那这种判断不要也罢。因为标准不一致，得出的结论无论看起来多么有理，也都不值一驳的。

我不觉得人类有权替任何植物做决定，所以我把它们看作恶草。

葛藟、萧艾为什么能够称霸呢？就在于它们有旺盛的生命力。

诗中说，要赶紧去采摘葛藟啊，一天没见，它就蹭蹭蹭地长，好像三个月没见似的。这里暗含着葛藟一天的生命力等于某些普通植物三个月的生命力。太可怕了！诗中又说，快去采摘萧草啊，一天没见，它就长出了九个月的效果，萧草一天的生命力抵过某些普通植物九个月的生命力！最可怕的是艾草，诗人说，快快采艾草啊，一天没见，它就能长出三年的盛况！也就是说，艾草一天抵过某些普通植物三年的生长！

它们的生命力如此旺盛，其他植物怎么比？

如果仅仅是生命力旺盛，那也不足以成为我们唾弃的理由。

关键在于，它们的生命力是建立在对其他植物资源的掠夺上的。葛藤就不必说了，而萧艾的根系特别发达，它们所生之处寸草不生，贪婪而专制地控制着脚下的土地，不允许任何植物插一手。原来和平共生的生态平衡无情地打破了，如果任由它们生长，最后不是使整个大自然变得更为丰富，而是一片单调的景象。

最终，它们不过是用表面的单一的繁荣，破坏了整个生态。

就像那些盛气凌人的奸人，他们把持朝政，可不就把国家给断送了吗？

所以，要想培养雍容大度的君子，就要把这些恶草一样只为自己、不顾大局的宵小之辈采摘掉才行，否则让正常植物跟葛藤萧艾自由竞争，正常植物肯定赢不过，就像君子跟小人斗争，君子一定输。正是出于这样的认识，有人感慨说，宁愿得罪君子，不敢得罪小人。因为君子还可能原谅你，小人只会把你斗死为止。

事实上萧艾葛藤这种无节制生长的植物，造物主是不会给它三年时间的。

它们都是季节性的，春生秋枯，逃不过大自然的规律。

而人类就不同了，那些宵小之辈有时候可以把持朝政很久，也不倒台。而这些人一旦执政时间太久，最终的结果往往是跟国家一起颠覆，像楚顷襄王、秦二世等，无一例外，最后把一个烂摊子丢给君子们重新建国。

我们当然没法解答这个困惑，但由此可知采摘恶草的重要。

而从诗人夸大葛蕌、萧艾的生命力来看，肯定也是觉得特别紧迫。这也难怪，《王风》所写的东周王朝，确实到了风雨飘摇的时刻。再不采取果断行动，就只好让历史周期律来支配，通过战乱、失所等残酷的动荡，重新建立新的平衡。从春秋、战国历史来看，诗人的呼吁没有成功，历史还是顾自重演了。

我们今天来读这首诗，当务之急是去掉心中的恶草。

心是小宇宙，如果我们能护持好每颗心的平衡，就能平衡生态，甚至平衡宇宙。

《蒹葭》：空间的希望

蒹葭苍苍，白露为霜。所谓伊人，在水一方。溯
洄从之，道阻且长。溯游从之，宛在水中央。

蒹葭凄凄，白露未晞。所谓伊人，在水之湄。溯
洄从之，道阻且跻。溯游从之，宛在水中坻。

蒹葭采采，白露未已。所谓伊人，在水之涘。溯
洄从之，道阻且右。溯游从之，宛在水中沚。

——《秦风·蒹葭》

以前我们总是关注空间里的人，而忽略了人的空间。

随着物理学的进步，我们不仅把更多注意力放在人类的生存空间上，而且还拓展到整个自然空间中，使空间的价值得到更大的揭示。

这实际上意味着摒弃人类中心主义，而承担起我们对整个生态的重任，诚如大卫·哈维所指出的："我们人类建筑师之所以不同于蜜蜂，部分原因在于，我们不得不（被我们自己的成就所迫）通过想象和话语辩论来设计个人和集体的责任：不仅仅是对我们自己和彼此的责任，而且是对构成我们通常所称的'外

部'自然（即，对我们来说是'外部的'）的所有那些'他者'的责任。我们已经达到了一种进化的状况，在其中，不仅仅对我们自己的进化道路，而且也对其他物种的进化道路可以而且需要做出有意识的选择。"[①] 吊诡的是，当我们承担起对人类内外的所有"他者"的责任时，可能暗含着一个更可怕的前提，就是我们从人类中心主义转化成了我们中心主义。

事实上不存在没有中心的边缘，也不存在没有边缘的中心，它们总是相对出现。

在《蒹葭》诗中，就呈现出这种边缘与中心的相对关系。诗人隔着苍青色的荻崔和芦苇，透过草叶上凝结的白霜望向对岸。据说那个人就在对岸。诗人像屈原那样"路漫漫其修远兮，吾将上下而求索"，无论是沿着河道上溯还是下游，想要跟随那个人，却总是发现他们之间隔着艰难的道路，无法触碰，而所谓的那个人总是在水中央（无论是水中沙洲还是沙滩）。

这里面其实就暗含着中心与边缘以及由它们所呈现出来的空间问题。

诗中揭示了两对中心与边缘的关系：一是永远无法抵达水中的诗人（边缘 a）和水中央的那个人（中心 A），二是传说中水边的那个人（边缘 b）和诗人亲自追寻后发现是在水中央的那个人（中心 B）。中心 A 经过人们的传说和诗人亲自的追寻，又分为中心 B 和边缘 b，这就告诉我们，没有绝对的中心和边缘，只有中心和边缘之间相对的关系。虽然诗中没有明确暗示其他

---

① 大卫·哈维：《希望的空间》，胡大平译，南京：南京大学出版社 2006 年版，第 209 页。

的中心和边缘关系，但我们完全可以再进一步细分。

在细分之前，我们先看看《蒹葭》的主题，这就不得不联系秦国的历史。

秦国建国之初跟楚国一样，属于中原文化之外的空间。后来秦襄公战退犬戎，周平王东迁，将故都长安的一部分土地赐给秦国。到秦文公时，就把长安一带原来的周民都纳进秦国。空间和人群都发生了改变，秦国也就从边缘迈入中原，而东周则慢慢从中心沦为边缘，成为诸侯国一类的存在了，连东周的诗歌也不再被称作"雅"，而只是"国风"中的《王风》而已。从以后的历史来看，秦国日渐崛起，最终成为真正的"中心"，但《蒹葭》这首诗所展现出来的，还只是秦国想要取代周朝成为中心的愿望，因此诗中每节结尾都是"宛在水中央""宛在水中坻""宛在水中沚"，都表示出渴盼居于中心的意思。

这种雄心当然不能明显地表现出来，所以全诗写得云里雾里，让后世学者费尽心思。

但秦国早已灰飞烟灭，《蒹葭》的本意是什么也不再重要，重要的是诗歌给我们带来的启发。从诗中来看，边缘与中心之间隔着无尽的空间，这跟传统物理学认为空间是用来分割不同物体的介质、空间是有定域性的一致。所谓定域性是指某个时刻，一个物体的位置空间是明确的，比如某个具体时间，某人只可能出现在一个地方。与之相伴而生的是实在性，即客观世界不依赖于意识而独立存在于空间中。

我们先从定域性的角度来看看诗中的诗人和水中央的那个人。

也就是说，诗中所展现出来的是两个不同的人。尽管现代物理学，尤其是量子力学还没办法完全证实两个人是否可以瞬间转移，但在粒子层面确实存在量子关联则是肯定的，布莱恩·格林说："根据量子理论以及证实了很多预言的实验，即便两个粒子分别处于宇宙的两端，它们之间的量子关联依然存在。从它们之间相互关联的角度来看，尽管它们之间隔着几万亿英里的空间，但看起来就像其中一个在另一个正上方一样。"[1] 要想让粒子之间产生关联得有一个前提，就是它们需要被我们关注（即科学家的测量）到，才会呈现出量子关联。格林大胆地写道，经历过量子关联后，它们就可以实现瞬间转移。

如果把秦和周的历史放在宇宙时间中来看，秦国代周并成为中心，确乎是刹那间。

从量子关联的建立需要我们关注和测量等人类意识的介入来看，量子力学已经打破了定域性和实在性，告诉我们意识确实可以改变客观世界。这当然不过是一再被证明的老生常谈，但我们要说的是，当诗中的那个人没有被诗人意识到时，那个人完全可能同时存在于岸边或水中央，就像微观粒子可以同时出现在不同位置。从这个角度来说，我们会得出跟诗意完全相反的结论，即诗人不是追不上那个人，而是那个人处在哪个位置，早已被诗人的意识所决定。尽管微观粒子同时存在不同位置的理论无法直接套用到现实的人身上，但在诗中所塑造的人物形象上面却不妨大胆一试，因为诗歌的主观意识特别强烈。

---

① 布莱恩·格林:《宇宙的结构》，刘茗引译，长沙：湖南科学技术出版社 2012 年版，第 87 页。

如果我们再进一步把线性时间抹掉，就不能不追问：诗人和那个人是不是同一个人？

诗中人们所说的那个人，其实就是未来要去寻找那个人的诗人，诗人透过不同的时间看见不同时间下的自己，以为那是别人；而每当诗人决定抬头去看的时候，就调动了意识，这调动的意识就会影响到所观看的对象，使岸边的自己和水中央的自己互相寻找。这已经有点类似平行世界的想象了，而诗的开头所写的荻萑和芦苇上的露水，就有点像《盗梦空间》中的硬币，硬币转个不停，说明还是处在同一段时间的不同空间，而露水从霜转化为水、直到快被晒干，也在一定程度上暗示着时间段的相似。而之所以诗人用"宛"（意为仿佛）字来表示不确定性，是不是跟量子力学中的测不准原理有异曲同工之妙？

所以，诗人的探索，不过是在相似的时间段中追寻不同空间的自己？

相信喜欢思考的朋友会有自己的答案，我们点到为止吧。

空间不仅在现实世界如此神奇，在人们的记忆世界也有一席之地。《蒹葭》之所以能够在主题隐晦、诗情朦胧的情况下获得千百年来人们的喜爱，诗中由诗人探索而勾勒出来的空间起到非常重要的作用。阿莱达·阿斯曼指出："记忆术的核心就在于'视觉联想'，即把记忆内容和难忘的图像公式编码，以及'入位'——即在一个结构化的空间中的特定地点放入这些图像。"[1]《蒹葭》则有所不同，如果说"蒹葭苍苍，白露为霜"这些景物

---

[1] 阿莱达·阿斯曼:《回忆空间》，潘璐译，北京：北京大学出版社2016年版，第174页。

描写是作为背景空间来定位诗人行踪之一的话，那么诗人的足迹则使这种定位动态化，并使背景空间本身也得到精描细画的延伸。

当然，阿莱达没有说错，因为被延伸后的背景空间可以更好地定位诗中的人物形象。

如此一来，空间就成为记忆的媒介，帮助诗人回忆并书写，从而在生态空间的基础上创造出文化回忆空间，这是一种更有希望持久的空间类型，阿莱达深情地写道："虽然地点之中并不拥有内在的记忆，但是它们对于文化回忆空间的建构却具有重要的意义。不仅因为它们能够通过把回忆固定在某一地点的土地之上，使其得到固定和证实，它们还体现了一种持久的延续，这种持久性比起个人的甚至以人造物为具体形态的时代的文化的短暂回忆来说都更加长久。"[①] 虽然阿莱达所说的空间更带有物质实体性，但前文已经告诉我们，实在性越发成为想象中的空中楼阁，我们不如把它看作纸上空间更为稳妥。

如果说现实空间日益受到量子理论的冲击而不断坍塌，那么，诗人们所营造的文化空间却亘古长存，历久弥新。

---

① 阿莱达·阿斯曼：《回忆空间》，潘璐译，北京：北京大学出版社 2016 年版，第 344 页。

主要参考文献

〔1〕萧公权:《中国政治思想史》,北京:新星出版社 2005 年。

〔2〕列文森:《儒教中国及其现代命运》,郑大华等译,北京:中国社会科学出版社 2000 年。

〔3〕柏杨:《丑陋的中国人》,苏州:古吴轩出版社 2004 年。

〔4〕陈立:《白虎通疏证》,北京:中华书局 1994 年。

〔5〕史华慈:《古代中国的思想世界》,程钢译,南京:江苏人民出版社 2003 年。

〔6〕埃文斯等:《找回国家》,方力维等译,北京:三联书店 2009 年。

〔7〕葛兆光:《宅兹中国》,北京:中华书局 2011 年。

〔8〕葛兆光:《历史中国的内与外》,香港:香港大学出版社 2017 年。

〔9〕杰拉尔德·G.马尔腾:《人类生态学》,顾朝林等译,北京:商务印书馆 2012 年。

〔10〕王先谦:《诗三家义集疏》,吴格点校,北京:中华书局1987年。

〔11〕韦苇:《世界儿童文学史》,合肥:安徽教育出版社2015年。

〔12〕威廉斯(J. Williams):《斯通纳》,杨向荣译,上海:上海人民出版社2015年。

〔13〕马里奥·布萨利:《东方建筑》,单军等译,北京:中国建筑工业出版社1999年。

〔14〕刘易斯·芒福德:《城市发展史》,宋俊岭等译,北京:中国建筑工业出版社2004年。

〔15〕程俊英、蒋见元:《诗经注析》,北京:中华书局1991年。

〔16〕迈克尔·波伦:《植物的欲望》,王毅译,上海:上海人民出版社2005年。

〔17〕贾里德·戴蒙德:《性趣探秘:人类性的进化》,郭起浩等译,上海:上海科学技术出版社2008年。

〔18〕圣－埃克苏佩里:《小王子》,李继宏译,天津:天津人民出版社2013年。

〔19〕大卫·哈维:《希望的空间》,胡大平译,南京:南京大学出版社2006年。

〔20〕布莱恩·格林:《宇宙的结构》,刘茗引译,长沙:湖

南科学技术出版社 2012 年。

〔21〕阿莱达·阿斯曼:《回忆空间》,潘璐译,北京:北京大学出版社 2016 年。

〔22〕关鹏飞:《四时之词:宋词中的二十四节气》,沈阳:万卷出版公司 2019 年。

〔23〕马丁·海德格尔:《时间概念史导论》,欧东明译,北京:商务印书馆 2009 年。

〔24〕关鹏飞:《探源诗经 2》,北京:中央广播电视大学出版社 2013 年。

〔25〕约翰尼斯·费边:《时间与他者》,北京:北京师范大学出版社 2018 年。

〔26〕埃德尔曼:《母爱的失落》,沈志强等译,北京:机械工业出版社 2010 年。

〔27〕杰克·B.齐克尔:《日全食》,傅承启译,上海:上海科技教育出版社 2002 年。

〔28〕戴锦华:《性别中国》,台北:麦田出版社 2006 年。

〔29〕凯特·米利特:《性政治》,宋文伟译,南京:江苏人民出版社 2000 年。

〔30〕加里·S.贝克尔:《家庭经济分析》,彭松建译,北京:华夏出版社 1987 年。

〔31〕韦伯:《支配社会学》,康乐等译,桂林:广西师范大

学出版社 2004 年。

〔32〕贾丝明·李·科里:《为何母爱会伤人·第二版导言》，于玲娜等译，北京：北京联合出版公司 2020 年。

〔33〕汤因比著，索麦维尔节录:《历史研究》，曹未风译，上海：上海人民出版社 1986 年。

〔34〕玛丽·沃斯通克拉夫特:《女权辩护》，王蓁译，北京：商务印书馆 1996 年。

〔35〕波伏娃:《第二性》(全译本)，陶铁柱译，北京：中国书籍出版社 1998 年。

〔36〕玛丽莲·亚隆、德蕾莎·布朗:《闺蜜》，邱春煌译，台北：猫头鹰出版社 2018 年。

〔37〕杨联芬:《浪漫的中国》，北京：人民文学出版社 2016 年。

〔38〕马林诺夫斯基:《未开化人的恋爱与婚姻》，上海：上海文艺出版社 1990 年。

〔39〕克里斯蒂娜·德·皮桑:《妇女城》，李霞译，上海：学林出版社 2002 年。

〔40〕罗伯特·J.斯滕伯格、凯琳·斯滕伯格:《爱情心理学》(最新版)，李朝旭等译，北京：世界图书出版公司北京公司 2010 年。

〔41〕福楼拜:《包法利夫人》，李健吾译，北京：人民文学

出版社 1958 年。

〔42〕杨美惠:《礼物、关系学与国家》，赵旭东等译，南京：江苏人民出版社 2009 年。

〔43〕阎云翔:《礼物的流动》，李放春等译，上海：上海人民出版社 2000 年。

〔44〕奥修:《女人，自在平衡自己》，陈明尧译，台北：生命潜能文化事业有限公司 2009 年。

〔45〕杨伯峻:《孟子译注》，北京：中华书局 1960 年。

〔46〕马林诺夫斯基:《野蛮人的性生活》，刘文远等译，北京：团结出版社 1989 年。

〔47〕乔治·杜比:《骑士、妇女与教士》，周嫄译，上海：上海人民出版社 2008 年。

〔48〕约翰·格雷:《男人约会往北，女人约会往南》，白莲译，长春：吉林文史出版社 2005 年。

〔49〕庄绰、张端义:《鸡肋编·贵耳集》，上海：上海古籍出版社 2012 年。

〔50〕多米尼克·曼戈诺:《欲望书写》，冯腾译，福州：福建教育出版社 2013 年。

〔51〕雪儿·海蒂(Shere Hite):《海蒂性学报告(女人篇)》，林淑贞译，海南：海南出版社 2002 年。

〔52〕罗兰·米勒:《亲密关系》第 6 版，王伟平译，北京：

人民邮电出版社 2015 年。

〔53〕涂尔干:《乱伦禁忌及其起源》,汲喆等译,上海:上海人民出版社 2006 年。

〔54〕家井真:《诗经原意研究》,陆越译,南京:江苏人民出版社 2011 年。

〔55〕陈致:《从礼仪化到世俗化:诗经的形成》,吴仰湘等译,上海:上海古籍出版社 2009 年。

〔56〕哈夫洛克·爱利斯:《生命的舞蹈》,傅志强译,北京:知识产权出版社 2015 年。

〔57〕谢长、葛岩:《人体文化》,成都:四川人民出版社 1987 年。

〔58〕琳·马古利斯、多雷昂·萨甘:《神秘的舞蹈》,潘勋译,北京:中国社会科学出版社 1999 年。

〔59〕阿诺尔德·范热内普:《过渡礼仪》,张举文译,北京:商务印书馆 2010 年。

〔60〕J. V.吕斯布鲁克:《精神的婚恋》,张祥龙译,北京:商务印书馆 2012 年。

〔61〕王贵元:《女巫与巫术》,石家庄:河北人民出版社 1991 年。

〔62〕玛格丽特·穆礼:《女巫与巫术》,黄建人译,桂林:漓江出版社 1992 年。

〔63〕萧伯纳:《萧翁谈乐·"音乐生活"缘起》,冷杉译,北京:三联书店 2005 年。

〔64〕古兹利米安编:《在音乐与社会中探寻》,杨冀译,北京:生活·读书·新知三联书店 2005 年。

〔65〕林语堂:《幽默人生》,西安:陕西师范大学出版社 2002 年。

〔66〕海伦·费希尔:《情种起源》,小庄译,长沙:湖南科学技术出版社 2014 年。

〔67〕斯科特·威姆斯:《笑的科学》,刘书维译,北京:三联书店 2017 年。

〔68〕尼克·利特尔黑尔斯:《睡眠革命》,王敏译,北京:北京联合出版公司 2017 年。

〔69〕郭友亮、孙波主编:《王蒙文集》第 7 卷,北京:华艺出版社 1993 年。

〔70〕叶世昌:《古代中国经济思想史》,上海:复旦大学出版社 2003 年。

〔71〕艾瑞克:《反洗脑》,北京:同心出版社 2015 年。

〔72〕麦克·F. D. 扬:《知识与控制》,谢维和等译,上海:华东师范大学出版社 2002 年。

〔73〕亚隆:《直视骄阳:征服死亡恐惧》,张亚译,北京:中国轻工业出版社 2015 年。

〔74〕理查德·贝利沃、丹尼斯·金格拉斯:《活着有多久》,白紫阳译,北京:三联书店 2015 年。

〔75〕菲利普·阿里耶斯:《面对死亡的人》上卷,吴泓渺等译,北京:商务印书馆 2015 年。

〔76〕唐纳德·帕尔玛:《快乐学哲学》,曹洪洋译,上海:上海社会科学院出版社 2008 年。

〔77〕方卫平:《中国儿童文学理论发展史》,上海:少年儿童出版社 2007 年。

〔78〕卡尔·卡普:《游戏,让学习成瘾》,陈阵译,北京:机械工业出版社 2015 年。

〔79〕杜威:《杜威全集·中期著作》第二卷,张留华译,上海:华东师范大学出版社 2012 年。

〔80〕卡尔·卡普等:《游戏,让学习更高效》,陈阵译,北京:机械工业出版社 2017 年。

〔81〕大前研一:《低欲望社会》,姜建强译,上海:上海译文出版社 2018 年。

〔82〕保罗·弗莱雷:《被压迫者教育学》,顾建新等译,上海:华东师范大学出版社 2001 年。

〔83〕陈德文:《鸽雨雁霜》,南京:南京大学出版社 2020 年。

〔84〕乔希·维茨金:《学习之道》,苏鸿雁等译,北京:中国青年出版社 2011 年。

〔85〕卡罗尔·德韦克:《终身成长》,楚祎楠译,南昌:江西人民出版社 2017 年。

〔86〕左丘明原著,陈戍国撰:《春秋左传校注》,长沙:岳麓书社 2006 年。

〔87〕陈顾远:《中国国际法溯源》,上海:上海书店出版社 1990 年。

〔88〕罗素:《中国问题》,秦悦译,上海:学林出版社 1996 年。

〔89〕克劳塞维茨:《战争论》,中国人民解放军军事科学院译,北京:商务印书馆 1982 年。

〔90〕韩兆琦:《中国古代的隐士》,北京:商务印书馆 2015 年。

〔91〕顾玉玲:《回家》,新北:INK 印刻文学生活杂志出版有限公司 2014 年。

〔92〕小熊英二:《活着回来的男人》,黄耀进译,桂林:广西师范大学出版社 2017 年。

〔93〕卡夫卡:《卡夫卡中短篇小说选》,常轻译,长春:北方妇女儿童出版社 2009 年。

〔94〕伊曼努尔·康德:《永久和平论》,何兆武译,上海:上海人民出版社 2005 年。

〔95〕理查德·塔克:《战争与和平的权利》,罗炯等译,南京:

译林出版社 2009 年。

〔96〕罗伯特·达恩顿:《催眠术与法国启蒙运动的终结》,周小进译,上海:华东师范大学出版社 2010 年。

〔97〕保罗·弗莱雷:《被压迫者教育学》,顾建新等译,上海:华东师范大学出版社 2001 年。

〔98〕韦伯:《中国的宗教;宗教与世界》,康乐等译,桂林:广西师范大学出版社 2004 年。

〔99〕约翰·贝曼:《萨提亚冥想》,钟谷兰译,北京:中国轻工业出版社 2009 年。

〔100〕孔尚任:《桃花扇》,北京:人民文学出版社 1958 年。

诗经古谱

《诗经古谱》由清末袁嘉谷整理编辑而成。袁嘉谷整理的《诗经古谱》，是把传统的古谱做了通俗化的处理。他请当时的音乐家改原来的工尺谱为五线谱及简谱，易于人们的演奏和吟唱。此本为清光绪三十四年（1908）学部图书局石印本。

《诗经》作为我国最早的诗歌总集，存世的305篇，每首诗都力求合乐，因此无一篇不可歌，亦无一人不能歌。只是秦汉之后，人们只重诗篇意旨，忽视音乐旋律，致使其曲谱逐渐散佚失传，以致留存至今的《诗经古谱》虽然不全，却弥足珍贵。我们从中挑选七首耳熟能详的古谱，供读者朋友赏玩。

由于古书版式与今天的阅读习惯不一样，编选的时候形式略有调整，内容则保持原貌，不做改动。《诗经古谱》中的文字与今天的《诗经》通行本也略有差异，如「载玄载黄」作「载元载黄」，就是为了避康熙皇帝（玄烨）的讳，而把「玄」改为「元」，其实意义没有变化。为便于读者朋友理解，《诗经古谱》旁边的说明文字皆以《诗经》通行本为准，而《诗经古谱》中原有的异文则不作校改，以存旧貌。

呦呦鹿鸣，食野之苹。我有嘉宾，鼓瑟吹笙。吹笙鼓簧，承筐是将。人之好我，示我周行。

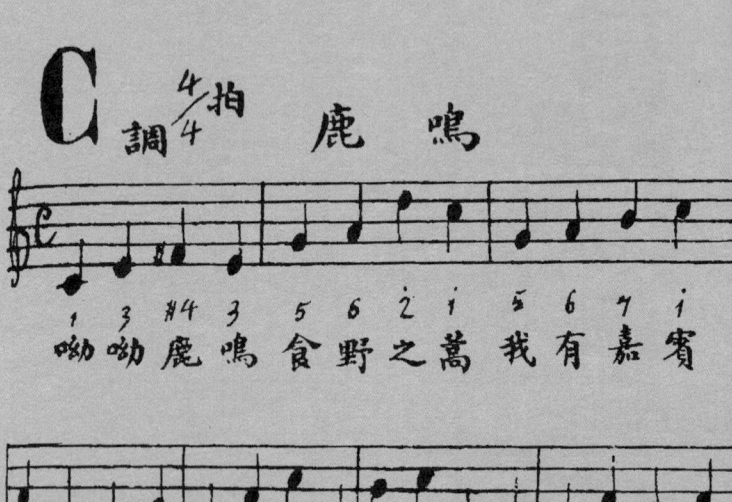

呦呦鹿鸣，食野之蒿。我有嘉宾，德音孔昭。视民不恌，君子是则是效。我有旨酒，嘉宾式燕以敖。

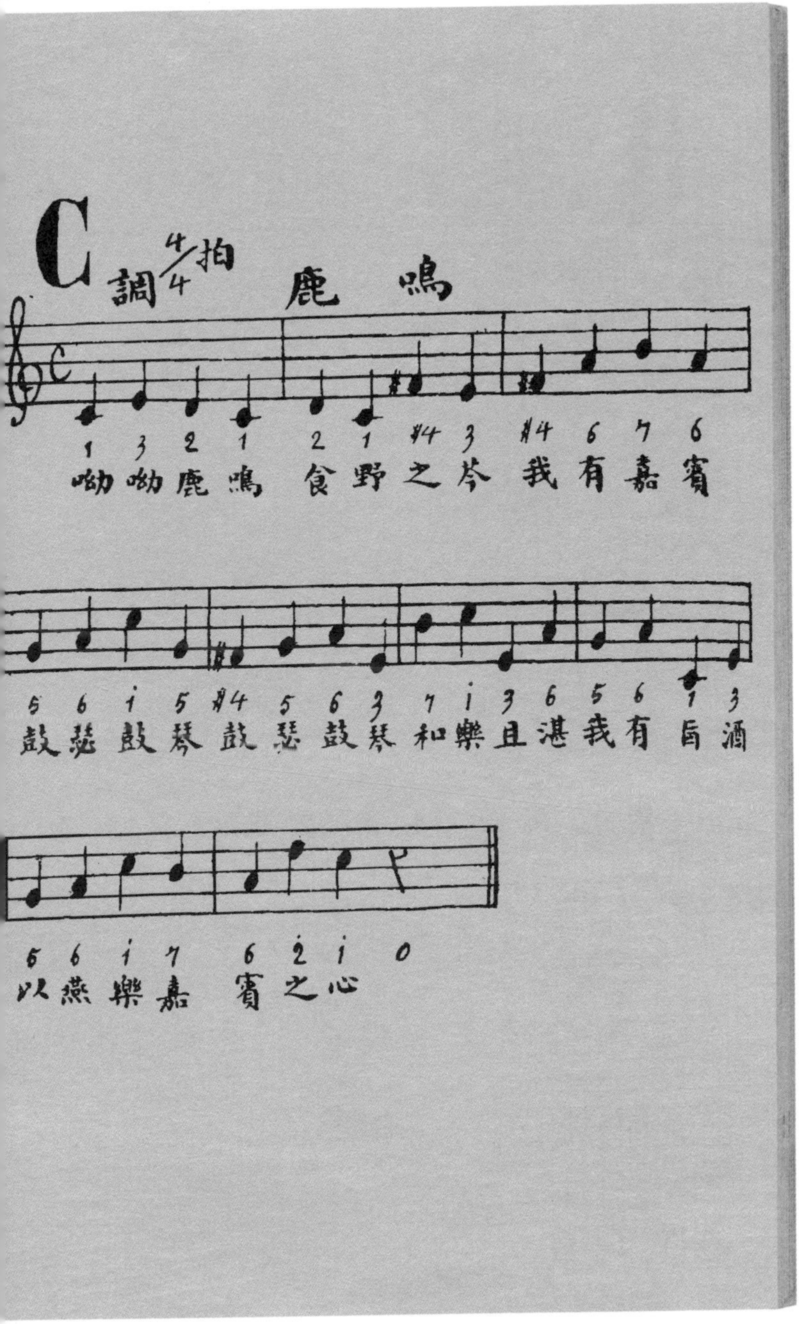

C 调 4/4 拍 鹿 鸣

1 3 2 1 2 1 #4 3 #4 6 7 6
呦 呦 鹿 鸣 食 野 之 苓 我 有 嘉 宾

5 6 i 5 #4 5 6 3 7 i 3 6 5 6 i 3
鼓 瑟 鼓 琴 鼓 瑟 鼓 琴 和 乐 且 湛 我 有 旨 酒

5 6 i 7 6 2 i 0
以 燕 乐 嘉 宾 之 心

呦呦鹿鸣，食野之苓。我有嘉宾，鼓瑟鼓琴。鼓瑟鼓琴，
和乐且湛。我有旨酒，以燕乐嘉宾之心。

301

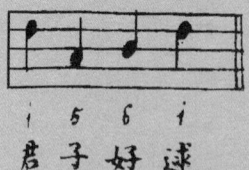

关关雎鸠，
在河之洲。
窈窕淑女，
君子好逑。

参差荇菜，
左右流之。
窈窕淑女，
寤寐求之。

求之不得，
寤寐思服。
悠哉悠哉，
辗转反侧。

参差荇菜，左右采之。窈窕淑女，琴瑟友之。
参差荇菜，左右芼之。窈窕淑女，钟鼓乐之。

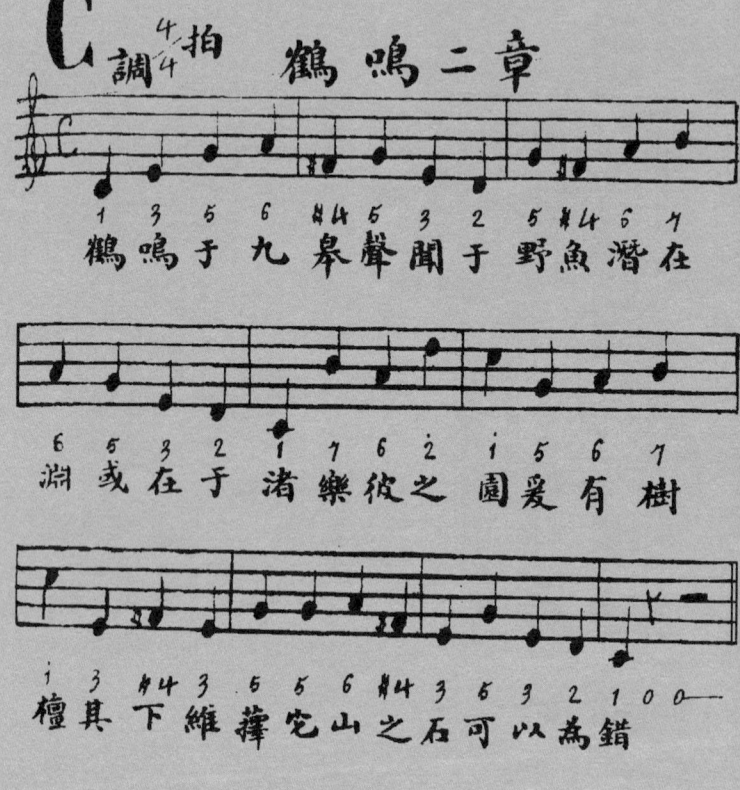

鹤鸣二章

鹤鸣于九皋，声闻于野。鱼潜在渊，或在于渚。
乐彼之园，爰有树檀，其下维萚。他山之石，可以为错。

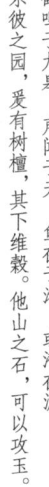

305

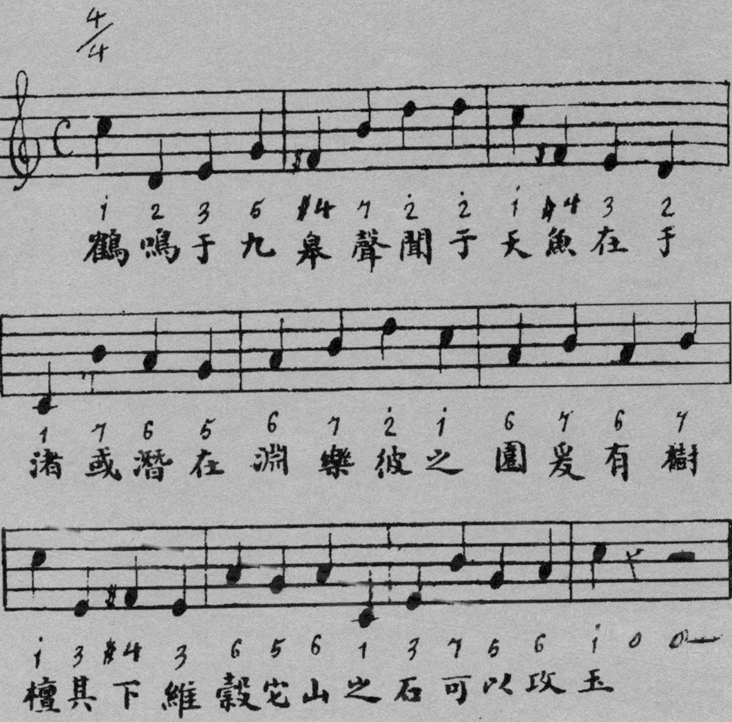

《豳风·七月》

七月流火，九月授衣。一之日觱发，二之日栗烈。无衣无褐，何以卒岁。三之日于耜，四之日举趾。同我妇子，馌彼南亩，田畯至喜。

七月流火，九月授衣。春日载阳，有鸣仓庚。女执懿筐，遵彼微行，爰求柔桑。春日迟迟，采蘩祁祁。女心伤悲，殆及公子同归。

《豳风·七月》

七月流火，八月萑苇。蚕月条桑，取彼斧斨，以伐远扬，猗彼女桑。七月鸣鵙，八月载绩。载玄载黄，我朱孔阳，为公子裳。

四月秀葽，五月鸣蜩。八月其获，十月陨蘀。一之日于貉，取彼狐狸，为公子裘。二之日其同，载缵武功，言私其豵，献豜于公。

五月斯螽动股，六月莎鸡振羽，七月在野，八月在宇，
九月在户，十月蟋蟀入我床下。穹窒熏鼠，塞向墐户。
嗟我妇子，曰为改岁，入此室处。

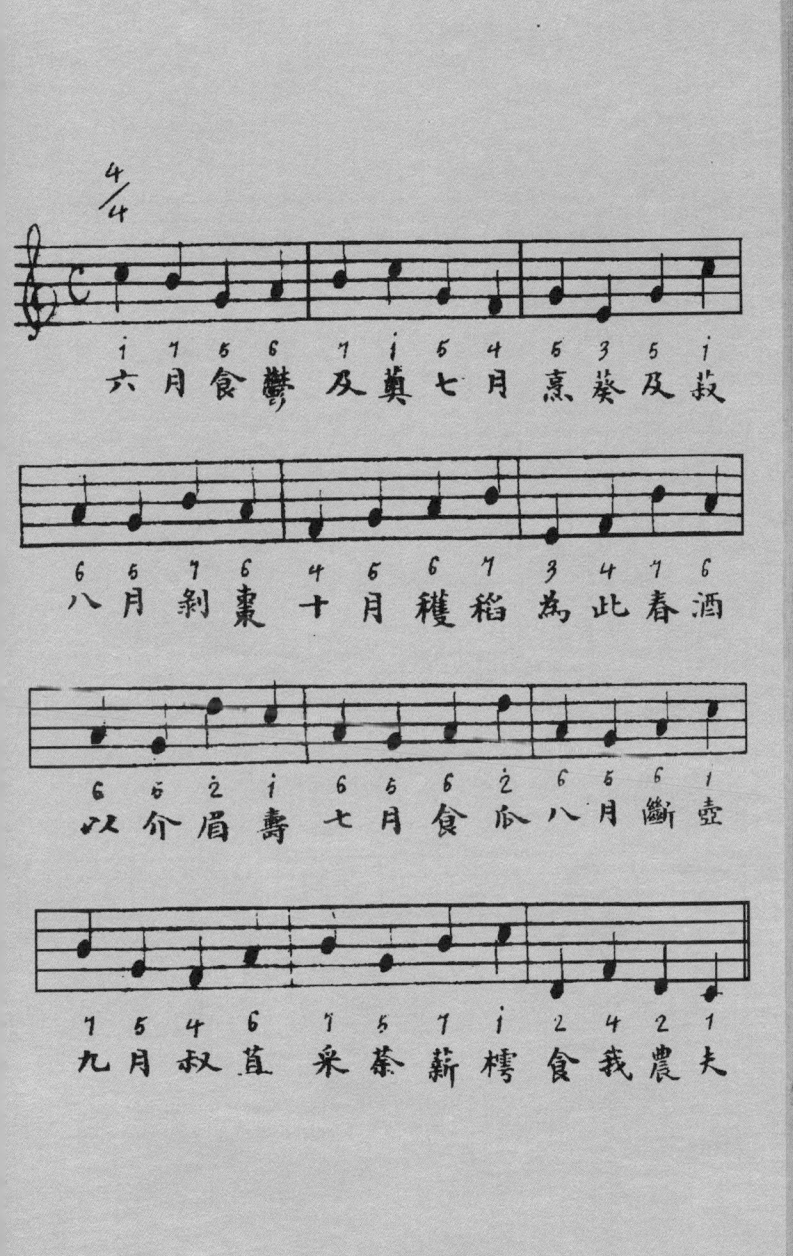

六月食郁及薁，七月亨葵及菽，八月剥枣，十月获稻，为此春酒，以介眉寿。七月食瓜，八月断壶，九月叔苴，采荼薪樗，食我农夫。

《豳风·七月》

九月筑场圃，十月纳禾稼。黍稷重穋，禾麻菽麦。嗟我农夫，我稼既同，上入执宫功。昼尔于茅，宵尔索绹。亟其乘屋，其始播百谷。

二之日凿冰冲冲，三之日纳于凌阴。四之日其蚤，献羔祭韭。九月肃霜，十月涤场。朋酒斯飨，日杀羔羊。跻彼公堂，称彼兕觥，万寿无疆。

313

《周南·卷耳》

采采卷耳，不盈顷筐。嗟我怀人，寘彼周行。

陟彼崔嵬，我马虺隤。我姑酌彼金罍，维以不永怀。

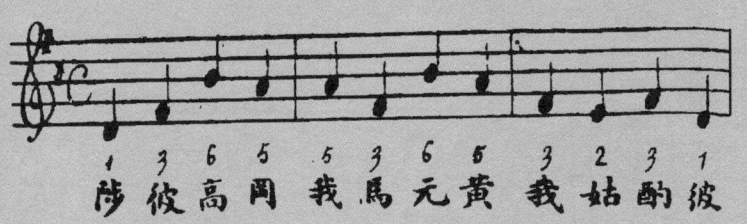

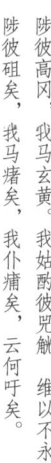

陟彼高冈，我马玄黄。我姑酌彼兕觥，维以不永伤。

陟彼砠矣，我马瘏矣，我仆痡矣，云何吁矣。

315

《大雅·文王》

文王在上，於昭于天。周虽旧邦，其命维新。有周不显，帝命不时。文王陟降，在帝左右。

316

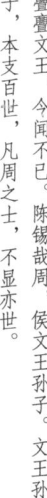

《大雅·文王》

亹亹文王，令闻不已。陈锡哉周，侯文王孙子。文王孙子，本支百世，凡周之士，不显亦世。

317

世之不显，厥犹翼翼。思皇多士，生此王国。王国克生，维周之桢；济济多士，文王以宁。

318

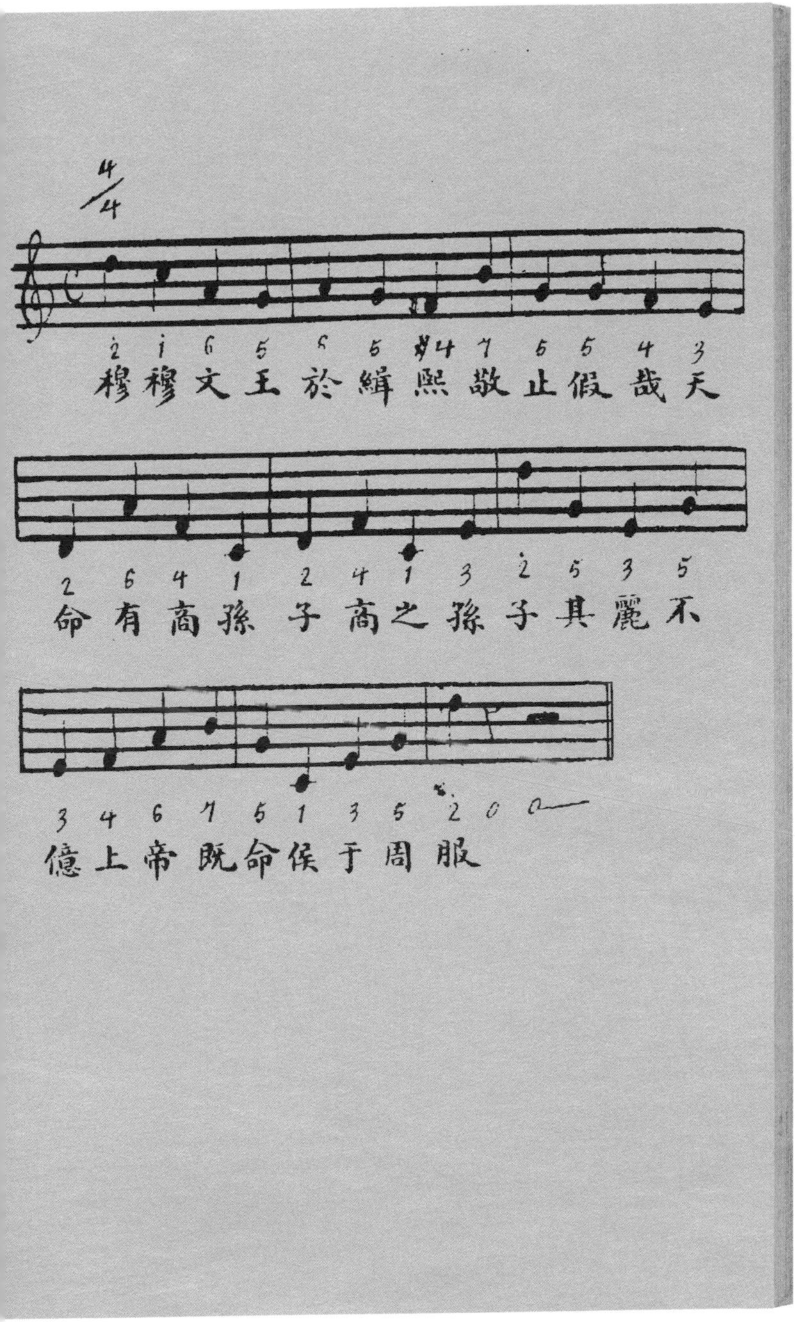

4/4
2 1 6 5 6 5 #4 4 7 5 5 4 3
穆穆文王於緝熙敬止假哉天
2 6 4 1 2 4 1 3 2 5 3 5
命有商孫子商之孫子其麗不
3 4 6 7 5 1 3 5 2 0 0
億上帝既命侯于周服

《大雅·文王》

穆穆文王，於缉熙敬止。假哉天命，有商孙子。商之孙子，其丽不亿。上帝既命，侯于周服。

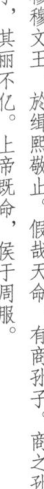

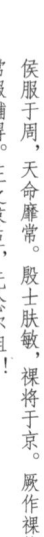

《大雅·文王》

侯服于周，天命靡常。殷士肤敏，裸将于京。厥作裸将，常服黼冔。王之荩臣，无念尔祖！

$\frac{4}{4}$

2	5	7	6	7	5	7	6	5	4	7	5
無	念	爾	祖	聿	修	厥	德	永	言	配	命

2	1	3	5	7	5	4	3	2	5	7	4
自	求	多	福	殷	之	未	喪	師	克	配	上

6	3	5	3	6	7	6	2	2	0
帝	宜	鑒	于	殷	駿	命	不	易	

无念尔祖，聿修厥德。永言配命，自求多福。殷之未丧师，克配上帝。宜鉴于殷，骏命不易！

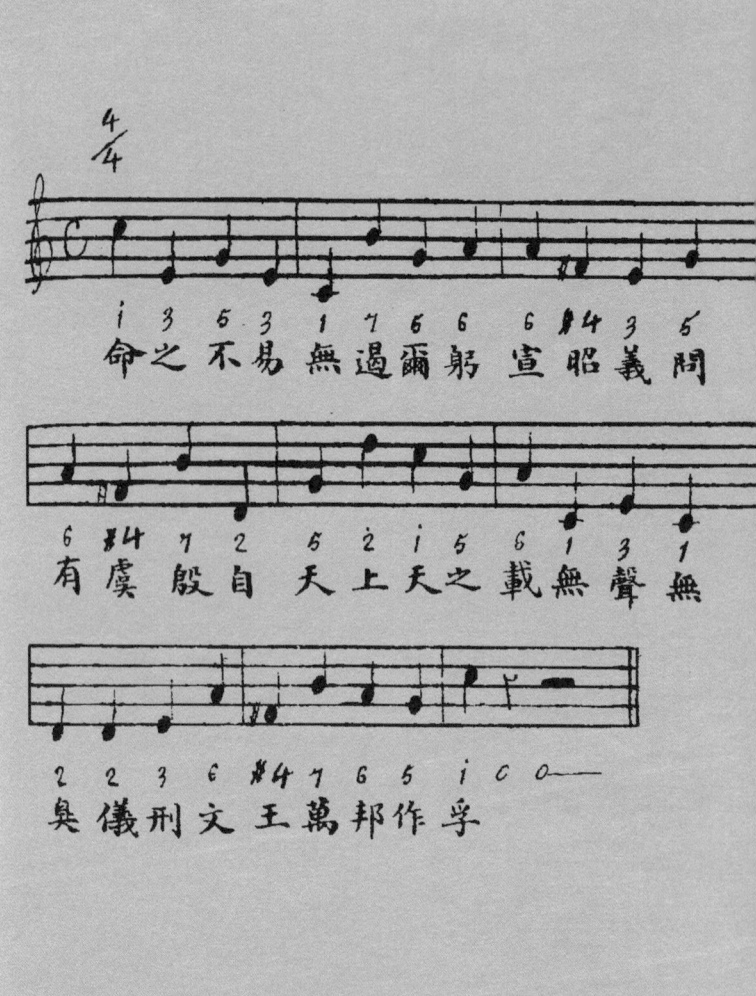

《大雅·文王》

命之不易，无遏尔躬。宣昭义问，有虞殷自天。上天之载，无声无臭。仪刑文王，万邦作孚。

蒹葭苍苍，白露为霜。所谓伊人，在水一方。溯洄从之，道阻且长。溯游从之，宛在水中央。

《秦风·蒹葭》

蒹葭凄凄 白露未晞 所謂伊人

在水之湄 遡洄從之 道阻且躋

遡游從之 宛在水中坁

蒹葭凄凄，白露未晞。所谓伊人，在水之湄。溯洄从之，道阻且跻。溯游从之，宛在水中坁。

兼葭采采 白露未已 所謂伊人

在水之涘 遡洄從之 道阻且右

遡游從之 宛在水中沚

蒹葭采采，白露未已。所谓伊人，在水之涘。溯洄从之，道阻且右。溯游从之，宛在水中沚。